黙環

잠산 新무협판타지 소설

묵환 1

잠산 新무협 판타지 소설

초판 1쇄 찍은 날 § 2006년 10월 17일
초판 1쇄 펴낸 날 § 2006년 10월 25일

지은이 § 잠산
펴낸이 § 서경석

편집장 § 문혜영
편집책임 § 문정흠
편집 § 최하나

펴낸곳 § 도서출판 청어람
등록번호 § 제1081-1-89호
등록일자 § 1999. 5. 31
어람번호 § 제2-1033호

주소 § 경기도 부천시 원미구 심곡1동 350-1 남성B/D 3F (우) 420-011
전화 § 032-656-4452 팩스 § 032-656-4453
http://www.chungeoram.com
E-mail § eoram99@chollian.net

© 잠산, 2006

ISBN 89-251-0357-5 04810
ISBN 89-251-0356-7 (세트)

Fantastic Oriental Heroes
잠산 新무협 판타지 소설

뜻을 세우다

목차

짜장면은 중국 음식이 아니라 한국 음식입니다. 인천 자유 공원 밑 차이나타운에 있는 공화춘이라는 중국집에서 개발했다고 합니다. 더 재미있는 것은 짜장면의 주원료인 춘장이 실은 한국 음식이라는 점입니다. 중국에는 춘장이 없습니다. 밀가루를 발효시켜 만든 가짜 된장입니다. 아무튼 중국 음식점의 기본 메뉴인 짜장면은 한국 음식입니다.

일본의 라면도 이 비슷한 사정을 가지고 있습니다. 일본에서는 중국 요리점(주─카료리텐)의 기본 메뉴가 라면입니다. 요코하마 차이나타운에서 개발된 음식이지요. 그래서 일본 사람 중에는 아직도 라면이 중국 음식이라고 생각하는 사람이 많습니다. 라면 역시 밀가루를 발효시켜서 면을 만드는 것입니다. 짜장면의 짜장 소스나 라면이나 모두 '발효 밀가루'란 점에서는 같습니다.

짬뽕은 일본 음식입니다. 나가사키[長崎] 특산 음식이지요. 해물이 잔뜩 들어간 면입니다. 이름도 똑같습니다. 그게 한국에 들어와서 맵게 변한 것이 한국에 있는 중국 음식점의 짬뽕입니다.

짜장면과 마찬가지로, 무협은 중국 컨텐츠가 아니라 한국 컨텐츠입니다. 대만과 홍콩에서 발달한 중국 무협이 한국에 들어온 지 40년이 지났습니다. 그래서 이제 우리는 '한국 무협'을 가지고 있습니다. 한국 무협은 중국 무협과는 많이 다릅니다. 앞으로 더 달라질 것이고, 더 재미있게 될 것이라고 믿습니다.

그래서 천하를 무대로 선과 악이 싸우는 이야기인 묵환을 쓰면서 중국 역사를 지워 버렸습니다. 연대 표기에도 무력(武歷)을 썼지요. 언젠가는 진짜 중국 역사를 배경으로 한 무협을 쓰겠지만 그때에도 중화사상과는 전혀 다른 시각에서 중국 역사를 이용할까 생각 중입니다.

묵환은 양자강의 험난한 상류가 끝나는 곳, 호북성 파동에서 태어나서 자란 순박한 남자가 겪는 이야기입니다. 본인의 선택이 아니라 운명에 의해 악과 싸우는 선봉을 맡게 됩니다. 절대악은 사람이 아닙니다. 사람 사이의 일에는 절대선도 절대악도 없다고 생각합니다. 묵환에서 절대악은 마왕입니다. 마치 반지의 제왕에서 사우론이 사람이 아닌 존재인 것과 마찬가지입니다. 영원히 죽지 않는 마왕이지요. 없앨 수 없는 존재입니다. '없앨 수 없는 존재를 없애는 사람들'의 모험과 우정을 그리려고 노력했습니다.

묵환은 공간을 넓게 쓰려고 노력한 작품입니다. 중원이니

관중이니 하는 작은(?) 공간에 갇혀 있기 싫었습니다. 지금의 카자흐스탄[合薩克]부터 신강, 청해, 서장, 사천, 호북, 안휘, 절강, 해남도까지 삼만 리에 걸친 동서 벨트가 기본 무대가 됩니다. 해동 무인들도 참여하니까 넓게 보면 삼만오천 리쯤 될 것 같습니다.

재미있으면서도 높은 산 정상에 섰을 때의 시원함을 주는 작품을 쓰려고 욕심을 부렸습니다. 아주 터무니없는 욕심은 아니었다고 믿습니다. 많이 부족하지만, 묵환과 함께 잠시 상상 속의 즐거운 여행을 다녀오시길 간절히 기원합니다.

1장

심장마비가 효자를 만든다

하정원의 아버지 하태호는 목에 힘을 주어서 말했다.

"학벌과 연줄이 중요한 거야! 학벌! 연줄! 그게 없으면 아무 일도 안 된다구!'

"……."

하태호는 얼굴까지 벌겋게 달아오를 정도로 정열적으로 말했다.

"내가 이번에 천축에서 유리 그릇을 들여온 것도 그냥 저절로 된 일인 줄 아냐? 강소절도사, 안휘절도사, 호북절도사에 연줄을 대느라고 얼마나 애먹은 줄 아냐? 너, 세상을 호락

호락하게 보면 안 된다! 아비는 아무 학벌도 연줄도 없이 고생고생하면서 금하장(金河莊)을 운영하고 있다! 하지만 너는 어엿한 학벌과 연줄을 가질 수 있어!"

"……."

하태호가 아들에게 말을 하는 동안, 하정원의 어머니 사씨는 옆에서 연신 고개를 끄덕였다. 하정원은 그저 고개를 처박고 묵묵히 앉아 있었다.

무력 1234년 이월 초 어느 날 저녁.

호북성(湖北省) 파동(巴東)의 교외에 자리 잡은 금하장(金河莊)의 내원.

장원 주인 하태호는 가난한 농민의 자식으로 태어나 젊었을 때부터 남지나상련(南支那商聯)을 따라다니며 재산을 모았다. 하태호는 재산을 어느 정도 모은 후 고향인 호북 파동에 금하상단(金河商團)이란 이름으로 창업했다. 금하상단은 파동의 선착장에 커다란 창고 겸 사무실을 짓고 시작하였으며, 하태호의 거처인 금하장은 파동에서 조금 떨어진 교외에 있다. 금하상단은 호북 일대에서 생산되는 비단을 수집하여 남지나상련에 넘겨서 수출하는 일과 남지나상련에서 수입한 흑단, 유리와 같은 물품을 일부 떼어다가 호북 일대에 판매하는 사업을 한다. 남지나상련은 복건성(福建省) 복주(福州)와 해남도(海南島)를 근거지로 삼고 있는 해상 무역 조직으로, 멀리는 천축(天竺, 지금의 인도)은 물론이려니와 아라비아[亞拉]의 바스라[富需

羅]까지 교역을 한다.

하태호와 그의 처 사씨 사이에 하나밖에 없는 자식인 하태호는 올해 열여섯이 되었다. 부모와 아들은 이날 점심과 저녁도 굶은 채 하태호의 방에서 탁자를 둘러싸고 앉아 매우 심각한 얼굴로 세 시진째 이야기하고 있었다. 물론 떠드는 것은 하태호와 그의 처 사씨였고, 하정원은 내내 고개를 처박고 앉아 있을 뿐이었다.

"천세유림(千歲儒林)에 가 공부 잘해서 과거에 붙으란 소리가 아니야! 그냥 딱 사 년만 꾹 참고 다니면서 거기 와서 공부하는 아이들하고 사귀고 와! 응? 딱 사 년! 그 애들은 다 나중에 높은 관리가 될 애들이야!"

"……."

"애야, 아버님이 이번에 너를 천세유림에 보내려고 돈을 얼마나 많이 기부한지 아니? 천세유림에서는 너 때문에 보결특별 학생이라는 제도까지 만들었어. 지금 와서 가지 않겠다고 하니 이게 말이 되는 소리니? 도대체 왜 안 간다는 거야?"

하태호의 부인 사씨가 말했다.

천세유림은 하남성(河南省) 정주(鄭州)에 있는 학원이다. 대륙에서 매년 과거시험 합격자를 가장 많이 배출하는 곳으로, 야망에 불타는 천재와 수재들이 다 모인다. 하태호는 아들을 천세유림에 집어넣기 위해 이번에 전 재산의 오분의 일을 투

자했다. 쓴 돈을 생각하자 하태호는 창자가 꼬여오면서 머리 끝까지 화가 나기 시작했다.

이때 하정원이 차분히 가라앉은 목소리로 말을 했다.

"아버지, 저 안 가면 안 돼요? 저, 반드시 금하장을 물려받아 사업을 해야 하나요?"

순간 방 안은 바늘 떨어지는 소리도 들릴 정도로 조용해졌다.

하태호가 자리에서 벌떡 일어났다.

"너… 너… 너… 이 노오오오오옴!"

하태호의 얼굴이 순간적으로 검붉은색으로 변했다. 하태호는 이내 가슴을 움켜잡고 뒤쪽으로 쓰러졌다.

쿠당!

"여보오오오옷!"

"헉… 헉… 커어억… 헉……!"

하태호는 바닥을 구르며 목이 졸리는 사람이 내는 비명을 내지르며 정신을 잃었다.

하태호의 처 사씨가 사색이 되어 비명을 지르며 하태호에게 달려들었다. 사씨의 비명을 듣고 시비와 금하장 총관 여문표가 달려왔다 나갔다. 사씨는 쓰러진 하태호를 붙들고 통곡을 하기 시작했다.

반 시진 정도 지나자 총관 여문표가 의원을 데리고 왔다. 의원은 환약을 하나 꺼내어 반을 잘라 물에 개어 하태호에게 먹였다. 하태호를 일으켜 앉혀 등을 탁! 치자 약을 갠 물이 꾸르륵 소리를 내며 하태호의 목구멍으로 넘어갔다. 의원은 총관 여문표의 도움을 받아 하태호를 침상으로 옮기고 몇 군데에 침을 놓았다. 침을 빼고 난 후에는 지압을 하였다. 잠시 후 하태호의 얼굴이 제 색깔을 되찾았고, 숨소리가 고르게 변하기 시작했다.

"몹시 마음이 상하신 일이 있었던 것 같습니다. 심장마비였습니다. 한 고비는 넘겼습니다만 정신을 차리시려면 며칠 걸릴 것입니다. 정신을 차리신 후에도 항상 마음을 편하게 가지셔야만 합니다."

의사가 이마에 송골송골 밴 땀을 손수건으로 훔치면서 사씨에게 말했다.

"아이구! 네, 감사합니다. 네."

사씨는 침상 위에 죽은 듯 누워 있는 하태호의 손을 하염없이 쓰다듬으며 말했다. 총관이 의원의 팔소매를 잡아끌자 의원은 즉시 눈치를 채었다.

"사모님, 그러면 내일 다시 오겠습니다."

의원이 깊숙이 절을 하고는 총관을 따라 물러갔다.

하태호가 쓰러진 이후 의원이 왔다 갈 때까지 하정원은 나무로 만든 장승처럼 방 한 구석에 우두커니 서 있었다. 하정원은 천세유림에 가지 않겠다는 자신의 말이 가져온 엄청난 결과에 커다란 충격을 받은 상태였다. 얼굴은 잿빛이었고, 입은 반쯤 벌어져 있었으며, 눈동자는 탁자에 멍하게 고정되어 있었다.

하태호의 처 사씨는 문득 하정원이 방 안에 있다는 것을 새삼 깨닫고는 역정이 가득한 눈빛으로 하정원에게 소리쳤다.

"너, 나가!"

하정원은 사씨의 고함에 문득 정신이 돌아온 듯 두리번거리며 사씨의 소리가 들려온 방향을 찾았다. 하정원의 눈이 사씨와 마주쳤을 때 사씨가 다시 한 번 고함쳤다.

"너, 나가!"

하정원은 아무 소리도 하지 않은 채 강시와 같이 뻣뻣하고 어색한 걸음으로 방을 나갔다. 그런 하정원의 뒤통수에 대고 사씨가 다시 한 번 고함을 질렀다.

"지 아비 어미를 잡아먹을 노오옴!"

사씨는 하정원이 나가자 문창호에 침을 발라 구멍을 내었다. 구멍에 눈을 대고 하정원이 마당을 가로질러 별채의 자기 방으로 가는 것을 확인한 후 하태호의 손등을 꼬집었다.

하태호가 슬며시 눈을 뜨자 사씨가 말했다.

"제 방으로 갔어요."

"응… 이거… 심장마비로 기절하는 것 흉내 내기도 힘드

네. 애구야!"

"아무튼 누굴 닮았는지 황소고집이라니까요. 나 닮은 것은
아니고……."

사씨가 하태호에게 눈을 흘기며 말했다.

"정원이가 어렸을 때에는 곧잘 공부를 했잖아. 나이가 들
수록 왜 저 모양이지? 공자, 맹자라고 하면 졸기만 하
니……."

"글쎄 말이에요. 그래도 공자, 맹자 말고 다른 책은 곧잘
읽고 좋아하니까 그나마 다행이지요."

사씨가 하태호의 역정을 가라앉히기 위해 최대한 부드럽
게 말했다.

*   *   *

열두 살이 되던 해 그 일이 있기 이전의 하정원은 소학(小
學)을 달달 외우고 논어를 시작할 정도로 그 또래 아이들 중
에서 제법 공부를 하는 축에 속했다. 그해 여름, 그날따라 찌
는 듯이 무더운 날이라 하정원은 친구 두 명과 함께 아침부터
족대와 그물을 둘러메고 축융산 기슭의 피바위가 있는 계곡
으로 물고기를 잡으러 갔다.

"야, 그물 밑에 돌을 더 괴라! 물살이 급해서 그물이 떠! 거
기! 응! 거기에 좀 잘 괴어봐!"

하정원이 무릎까지 차는 빠른 계류 속에서 그물을 만지고 있는 대두에게 소리쳤다. 높이 두 자에 길이 열 장(丈)짜리 그물을 물살이 빠른 여울에 가로질러 치면 두세 명의 아이가 계속해서 그물에 걸린 물고기를 빼내느라고 정신이 없을 정도로 고기가 많이 잡히는 날도 있었다. 아무리 안 잡혀도 한 망태기 이상은 너끈히 잡고는 했다.

그날따라 고기가 많이 잡혔다. 세 아이는 작은 불을 피우고 대여섯 치 길이의 돌마자와 빠가사리는 소금을 뿌려 구워먹고 씨알이 굵은 메기와 산천어는 셋이 나누어 집에 가져가려고 따로 자루에 담았다.

"할멈! 우리, 여기에서 놀아요!"

여울 바로 위 언덕에서 카랑카랑하고 암팡진 소녀의 목소리가 들렸다. 숯검댕이를 온 얼굴에 묻혀가면서 고기를 구워먹던 세 소년은 고개를 들어 언덕을 올려다보았다. 화려한 하늘색 경장을 입은 하정원 또래의 소녀가 노파와 시비 세 명을 데리고 아름드리 팽나무 그늘에 서 있었다. 시비들은 돗자리를 깔고 보자기를 풀어 먹을 것을 꺼내기 시작했다. 그 팽나무 그늘은 원래 하정원과 친구들이 부른 배를 두드리며 낮잠을 자는 장소였다.

"이놈들! 썩 가지 못해! 다른 데 가서 놀아!"

노파가 쇠를 긁는 듯한 목소리로 호통을 쳤다.

"벌거벗고도 부끄러움을 모르는 짐승 같은 놈들! 썩 다른 데로 가!"

노파가 지팡이를 들어 하정원 일행을 가리키며 다시 한 번 소리쳤다. 하정원과 친구들은 짧은 잠방이만 입은 채 구릿빛으로 탄 몸뚱이를 그대로 드러내고 있었다. 하정원이 두 친구에게 무슨 영문이냐고 물으려 고개를 돌리는 순간, 노파가 언덕에서 열 장 가까운 거리를 치달아 내려왔다.

"물가에 온통 생선을 쳐 벌려놓고! 천한 무지렁이들! 썩 물러가지 못하겠느냐!"

노파는 지팡이를 쳐들었다가 발밑의 다듬이돌만 한 바위를 찍었다.

쩡!

머리카락이 하얗게 세었을 뿐 허리가 꼿꼿하고 눈빛이 매서운 노파의 지팡이에 차돌바위가 크게 신음을 질렀다. 세 아이는 너무나 놀라서 선불 맞은 강아지 새끼들처럼 도망쳤다. 차 한 잔 마실 시간을 헉헉거리면서 달려 도망치던 하정원 일행은 논두렁에 앉아 잠시 숨을 돌렸다.

"야, 정원아. 그 할망구, 괴물이야, 괴물!"

훈장집 아들인 소평이 말했다.

"아까 그 바위가 쩡, 하고 울리는 소리 들었지? 아마 둘로 갈라졌을 거야!"

대장장이집 막내인 대두가 말했다. 셋은 노파의 행패를 생각하며 몸서리를 쳤다. 헐떡이던 숨길이 가라앉을 무렵 하정원이 말했다.

"그런데 이렇게 하고 집에 돌아갈 거야?"

하정원이 잠방이 하나만 달랑 걸치고 벌거벗고 있는 자신의 몸을 가리켰다. 이 꼴로 벌거벗은 채 동네를 지나서 집에 돌아간다면 개망신이었다. 앞으로 동네에서 얼굴을 들고 다니지 못할 일이었다.

"……."

세 아이는 우울한 표정으로 한동안 아무 말을 하지 못했다.

"야, 우리 개구리나 잡자. 개구리 잡다가 저녁때쯤 되면 그 할망구도 없을 거 아냐. 그때 가서 옷을 가져오자."

소평이 짐짓 쾌활하게 말하곤 논두렁을 내려가 텀벙거리며 논 속으로 들어갔다. 하정원은 자리에 앉은 채 꿈적도 하지 않았다. 시간은 천천히 흘렀다. 이미 대두와 소평은 개구리를 잡는다고 논물을 헤치고 다니면서 킬킬거리고 있었다. 마침내 하정원은 자리에서 일어나 다시 여울 방향으로 걸어가기 시작했다.

"야! 정원아! 뭐 해?"

심상치 않은 기미를 느낀 소평이 큰 소리로 하정원에게 물었다.

"옷이랑 그물을 가져올 거야!"

하정원은 뒤도 돌아보지 않고 걸어가면서 대답했다. 향 한

대 탈 시간 정도 오던 길을 되돌아가자 하정원의 눈에 아까 혼쭐이 나고 도망쳤던 여울과 팽나무가 보였다. 하정원은 겁이 나서 감히 가까이 갈 엄두가 나지 않았다.

"어르신, 옷하고 그물 좀 가져가면 안 될까요? 이 모양으로는 동네에 돌아갈 수가 없습니다."

하정원은 팽나무로부터 이십 장 정도 떨어진 곳에서 큰 소리로 외쳤다. 하정원이 다시 돌아오는 것을 아까부터 못마땅하다는 눈빛으로 보고 있던 노파가 자리에서 일어났다.

"흥! 빨리 챙겨서 사라지거라!"

하정원은 그물을 걷기 위해 물에 들어갔다. 하정원 또래의 소녀와 시녀들은 그물과 이 장 정도 떨어진 하류에서 무릎까지 발을 담그고 놀고 있었다. 하정원이 그물을 걷으려 하자 소녀와 시비들은 신기한 듯 이를 유심히 보았다. 하정원은 작업을 서두르기 위해 여울 양쪽의 말뚝에서 그물을 풀고 한쪽에서 그물을 휙 잡아당겼다. 그물 곳곳에 하얗게 걸린 고기가 딸려 나오다가 그중 약하게 걸려 있던 예닐곱 마리가 소녀 쪽으로 튀어갔다.

"까아악!"

소녀가 새된 비명을 지르며 여울 속에서 미끄러져 물에 빠졌다. 시비 세 명은 호들갑을 떨면서 소녀를 잡았다. 다시 일어난 소녀는 물에 빠진 생쥐 꼴이었다. 온몸에 옷이 찰싹 달라붙어 아직 채 여물지 않은 젖꼭지마저 보일 지경이었다. 시비들은 황급히 소녀를 둘러싸고 물 밖으로 나왔다.

"이노오옴!"

노파가 열 장이 넘는 거리를 한달음에 치달아 물속으로 텀벙거리며 걸어들어 오더니 하정원의 잠방이를 잡고 물 밖으로 끄집어내었다. 그러자 잠방이가 찢어져 하정원은 완벽한 나체가 된 채 불알을 덜렁거리며 기슭 자갈밭에 팽개쳐졌다. 무릎과 팔꿈치가 깨져서 피가 철철 흘렀다. 하정원은 치부를 가리면서 황급히 일어났다.

짝!

하정원은 별이 반짝이는 것을 느끼면서 다리에 힘이 풀려 풀썩 쓰러졌다. 노파에게 뺨을 맞아 입 안에 비릿한 맛이 돌았다.

퍽! 퍽!

엉덩이와 허벅지에 지팡이가 서너 번 쏟아지자 시뻘건 매 자국이 생겨 피가 터져 나가면서 뼈가 부러진 듯이 아팠다. 하정원은 비명을 참으며 벌거벗은 몸을 새우처럼 웅크렸다. 머리카락이 잡혀서 공중에 대롱대롱 들어올려진 하정원은 머리 가죽이 벗겨질 듯이 아파서 치부를 가릴 생각도 못했다. 이제 음모가 자라기 시작한 불두덩이가 온전히 드러나고 불알이 공중에서 덜렁거린다는 것을 깨달은 것은 노파의 고함소리 때문이었다.

"불측한 놈! 평생 벌거벗고 살아도 부끄러움도 모를 짐승 같은 놈! 너는 아가씨에게 사죄할 필요도 없다!"

노파는 하정원을 땅에 팽개치더니 다시 지팡이로 때리기 시작했다.

퍽! 퍽!

노파가 살의를 품고 때렸다면 하정원은 단매에 죽었을 것이다. 노파 일행은 한 달 전에 파동 시내에 거대한 장원을 사서 이사를 온 이가장(李家莊)의 호위무사였다. 노파는 평소 이가장의 위엄과 자비를 파동 일대에 단단히 세워야 한다고 생각하고 있었다. 그래서 파동 시내에 충분히 소문이 날 만큼 매섭게 때렸지만 죽을 만큼 손을 쓰지는 않았다. 이가장은 북경의 한 고위 관리가 나이 든 아버지를 살게 하고, 사별한 전처의 어린 딸을 아버지에게 맡기기 위해 사들인 것이었다.

노파가 매를 멈추고는 벌거벗은 하정원을 꿇어앉혔다. 그리곤 머리를 밟아 땅에 대게 했다. 하정원의 벌거벗은 몸이 동그랗게 말렸다.

"자, 이제 아가씨에게 사죄해라!"

노파의 발바닥에 머리가 밟힌 채 곁눈으로 보니까 소녀와 시비들은 자신을 혐오와 경멸이 섞인 눈빛으로 보고 있었다. 자신의 벌거벗은 몸뚱이는 더 이상 그들에게 부끄러움을 주지 않았다. 개는 항상 벌거벗고 있지만 그 모습에서 아무 느낌을 못 받는 것과 같다고 하정원은 생각했다. 하정원은 아무 말도 하지 않고 머리가 밟힌 채 노파를 노려봤다.

"호오! 벌거벗고도 부끄러움을 모를 뿐 아니라 아주 불칙한 똥고집이구나!"

노파는 고함치듯 말하면서 하정원의 머리를 발로 밟은 채 지팡이를 내려쳤다. 지팡이는 동그랗게 말린 하정원의 등짝을 지나 정확하게 엉덩이에 쏟아졌다.

퍽! 퍽!

쥐방울만 한 촌무지렁이의 고집에 슬슬 짜증이 나고 살기가 올라온 노파가 독하게 손을 쓸까 말까 망설일 때 팽나무가 있는 언덕에서 소리가 들렸다.

"무림고수가 촌구석의 어린아이를 매로 때려죽이는 것은 별로 흔한 광경이 아니군요."

노파는 하정원의 머리를 밟고 있던 발을 치워 언제든지 수비를 할 수 있는 자세를 취하면서 시선을 언덕 쪽으로 돌렸다. 어느새 그곳에는 흰 장삼을 입은 스무 살가량의 잘생긴 청년이 서 있었다. 두 눈에서는 정광이 넘쳐 나왔고, 얼굴은 섬세하면서도 남자다운 인상이었다. 말소리가 들릴 때까지 청년의 존재를 전혀 알아차리지 못했다는 생각에 노파는 경각심을 크게 가지면서 공력을 끌어올렸다.

"젊은이는 남의 일에 참견하는 것을 너무 좋아하는군."

노파가 냉랭하게 말했다. 청년은 노파의 말에 아랑곳하지 않고 저쪽 구석에 있던 하정원 일행의 옷 무더기를 집어다가 하정원에게 던져 주었다. 하정원은 아픈 몸을 비틀거리며 억지로 옷을 걸쳤다. 매를 맞아 터진 자리에서 나온 피로 옷이 군데군데 붉게 얼룩졌다. 청년은 하정원이 신음도 내지 않고 끝까지 꾸역꾸역 옷을 입는 모양을 보고는 감탄의 표정을 지었다.

꽝!

노파가 지팡이로 땅을 세게 찍으면서 말했다.

"내 말이 말 같지 않은가! 나는 이 발칙한 짐승에게 볼일이 있으니 어서 가게!"

"이제 그만 하시지요. 제가 사정은 모르지만 촌무지렁이 어린아이에게 그 정도로 손을 댔으면 충분하지 않습니까?"

청년이 조금 짜증스러운 표정으로 말했다. 노파는 여기에서 호락호락 물러서면 이가장 내에서 자신의 체면이 많이 상할 것이라고 생각했다.

"그으래? 그럼 한번 막아보시지! 파동 이가장의 행사를 참견하다니!"

한마디 외친 노파는 다짜고짜 지팡이에 공력을 실어 하정원의 머리를 후려쳤다.

"이런 악독한 노인네를 봤나!"

청년은 기묘하게 손을 뻗어 노파의 지팡이를 옆에서 쳐내었다.

쨍!

손과 지팡이가 부딪쳤는데 쇳소리가 났다. 하정원을 가운데 두고 청년은 노파의 살수를 여유있게 손으로 걷어내었다. 하정원은 두 손에 친구들의 옷가지를 끌어안은 채 청년의 우아하면서도 힘이 넘치는 손속을 넋을 잃고 바라보았다. 한순간 청년의 손과 노파의 손이 정면으로 부딪쳤다.

　펑!

　노파의 신형이 삼 장 정도 뒤로 튕겨 나갔다. 비틀거리며 간신히 몸의 중심을 잡고 선 노파의 입에서는 선혈이 한줄기 흐르고 있었다.

　"누구냐? 누군데 파동 이가장에 행패를 부리는 것이냐? 북경 이 대인(李大人)의 위엄을 모르느냐?"

　청년이 마음만 먹으면 일 초에 자신을 죽일 수 있다는 두려움에 노파는 '북경 이 대인'을 언급하면서 악을 썼다. 하지만 이 말이 청년을 더욱더 자극했다.

　"파동 이가장? 북경 이 대인? 이 할망구가 완전히 정신이 나갔구나! 무공을 배웠으면 몸과 마음을 수련해야지 관리나 왕실 나부랭이들의 뒷수발이나 들고 다니다니! 수치심을 모르는구나!"

　청년의 온몸에서는 기세가 폭출하여 후광과 같이 흘렀다. 노파는 숨도 못 쉴 것 같은 느낌에 온몸을 떨었다.

　"소형제는 이름이 어떻게 되나?"

　청년이 자상한 어조로 하정원에게 물었다.

"하정원입니다."

하정원이 공손하게 대답했다. 청년은 크게 고개를 끄덕이고 나서 노파에게 말했다.

"내게 오늘 중요한 일이 없었다면 살계를 크게 열어 이 자리에서 할망구 당신과 저기 있는 일행을 모조리 죽여 버리고 싶을 뿐이다."

청년은 여울가에 있는 큰 바위를 주먹으로 쳤다.

푸스스스슥.

부드럽게 친 것 같았지만 한 자 두께의 바위에는 사람 주먹이 드나들 수 있는 구멍이 뚫리면서 바위 가루가 흘러나왔다. 노파와 소녀, 시비들의 안색이 백짓장처럼 하얗게 질려 갔다.

"앞으로 여기 있는 아이나 다른 동네 사람들이 죽거나 다쳤다는 소리가 들리면 파동 이가장과 북경 이 대인 집은 개새끼 한 마리 살려놓지 않겠다! 당신 같은 할망구를 보면 구역질이 나올 뿐이야! 자, 얼른 내 눈앞에서 꺼져라!"

말을 마치고 청년은 팔짱을 끼고 버티고 섰다. 노파는 악독한 눈빛으로 하정원을 잡아먹을 듯이 노려보다가 소녀와 시비들을 데리고 가버렸다.

하정원은 긴장이 풀려 자리에 털썩 주저앉았다. 온몸이 쑤시고 얼얼했으며 오한이 났다. 청년은 하정원의 몸 이곳저곳을 만져 보더니 품속에서 환약을 하나 꺼내 반으로 쪼개어 하정원에게 주었다.

"별것 아닌 약이지만 몸이 다쳤을 때 먹어두면 괜찮네."

"감사합니다."

하정원은 기력이 없어서 짧게 대답한 후 바로 약을 씹어서 삼켰다. 매우 쓴맛이 돌았지만 청량한 기분이 들었다.

"소형제는 벌거벗고 매를 맞을 때에도 아주 의젓하더군. 비명도 안 지르고 말이야. 하하!"

청년이 짓궂은 농담을 기분 좋게 했다.

"……."

"내가 지금 아주 바쁜 일이 있거든. 나는 무당파의 속가제 가 조현우라고 하네. 언제 호북 무당파 근처에 올 일이 있으 면 한번 들르게."

청년은 말을 마치고 한 걸음에 일 장씩 나는 듯이 사라져 갔다. 하정원은 황급히 비틀거리며 일어났지만 이미 청년의 모습은 까마득히 멀어져 있었다. 하정원은 청년이 사라진 방 향을 하염없이 바라보았다. 차 한 잔 마실 시간이 지나자 하 정원은 아직도 덜덜거리는 다리를 끌고 친구들의 옷을 끌어 안은 채 논두렁길을 향해서 절뚝거리며 걷기 시작했다. 멀리 서 하정원이 매를 맞는 것을 보고 도망쳤는지 소평과 대두는 논두렁에 없었다.

논두렁 끝까지 걸었을 무렵에 반대편에서 금하장의 총관 이 헉헉거리면서 달려오는 것이 보였다. 하정원은 스르르 정신을 놓았다. 금하장에는 그날 의원이 여러 차례 들락거렸으며, 사씨는 응담을 꺼내어 다섯 번이나 물에 타서 하정원에게 먹이고 밤새 온몸을 화주를 적신 수건으로 닦았다. 다음날 아침에 정신을 차린 하정원으로부터 자초지종을 들은 하태호는 온몸을 부르르 떨면서 여러 차례 장담했다.

"그런 죽일 놈의 할망구가 있나! 이 아비가 반드시 단단히 혼을 내주마!"

대엿새가 지나 하정원이 어느 정도 어기적거리면서 걸어다닐 수 있게 되자 하태호가 두어 번 헛기침을 하더니 힘없는 목소리로 말을 꺼냈다.

"정원아, 아비랑 어디 좀 다녀오자."

"어디에 가는데요?"

하정원은 아직 여기저기 쓰리고 아픈 몸뚱이를 외출복 속으로 밀어 넣으면서 물었다.

"글쎄, 아무 말 말고 따라와!"

하태호가 짜증 섞인 음색으로 역정을 내었다. 하태호와 하정원을 태운 마차는 잠시 후 파동 시내의 으리으리한 장원 앞에 멈추었다. 운하장(雲霞莊)이라는 금으로 쓴 간판이 걸린 장원이었다.

"여기가 이가장이다. 지난번에 여울가에서 너랑 마주쳤던 사람들이 사는 곳이지. 정식 이름이 운하장이란다."

하태호가 하정원을 부축해서 장원 안으로 들어서면서 말

했다. 내원이 아닌 데에도 가산(假山:정원 안에 흙을 쌓아 만든 동산)과 얕은 못이 있었다. 못 속에서는 비단잉어가 이리 저리 헤엄치고 있었고, 못 가운데의 작은 돌산에는 귀하게 보이는 여러 종류의 난초가 분재 형식으로 심어져 있었다. 못 옆으로는 곧게 자란 적송 두 그루가 운치있게 뻗어 올라가고 있었다. 하태호는 이가장 총관의 집무실로 안내되었다.

"금하상단의 하태호입니다."

하태호를 안내한 이십대 초반의 청년이 총관 집무실 문을 열면서 하태호의 이름을 동네 개 이름 부르듯 입에 담았다. 총관은 책을 보고 있었는데 책상에서 눈을 떼지도 않은 채 물었다.

"하 장주?"

"네, 제가 하태호입니다."

"당신의 잘난 아들 때문에 우리 아가씨가 몸살이 나서 얼마나 아픈지 알아?"

하태호보다 다섯 살은 어리게 보이는 총관은 다짜고짜 반말이었다.

"죄송합니다. 용서해 주십시오."

"참나, 파동이 이리 상스러운 동네인 줄 알았으면 이곳으로 오는 게 아니었는데…… 온천이 좋다고 해서 왔더니만 이거 순 상놈들만 사는 동네야."

총관이 책을 탁 덮으며 하태호의 눈을 정면으로 쏘아보았다. 하정원은 책표지에 적힌 제목을 얼핏 보게 되었다. 금병매(金甁梅)였다. 음탕하고 난잡한 이야기만 적혀 있다고 해서 어른들이 절대로 못 보게 하는 책이었다. 물론 하정원과 그 친구들은 올봄에 킬킬거리며 그 책을 돌려보았지만. 하태호가 품속에서 무엇인가를 꺼내어 두 손으로 공손하게 총관에게 바쳤다.

"약소합니다만 아가씨의 천금 같은 옥체를 상하게 해서 마련했습니다. 죄송합니다."

하태호는 다시 머리가 땅에 닿게 수그렸다.

"허허, 참나. 이게 약값으로 해결될 일인가?"

총관은 하태호가 건네준 주머니를 받아 아무렇게나 건너편 탁자에 툭 던지곤 문밖을 향해서 소리쳤다.

"가서 철장파파를 모시고 오너라!"

잠시 후 문이 열리고 여울가에서 보았던 노파가 기세등등한 모습으로 들어섰지만 이상하게도 하정원은 조금도 겁이 나지 않았다. 여울가에서 청년에게 쩔쩔매던 모습만 겹쳐져 보일 뿐이었다.

"파파, 하 장주가 특별히 이렇게 사죄를 하러 왔으니 이 발칙한 아이 놈을 그만 용서해 줍시다."

총관이 거드름을 피우면서 말하자 하태호는 다시 깊이 머리를 숙였다.

"흥! 그래, 이제는 사죄를 한답디까?"

철장파파가 코웃음을 쳤다.

"죄송합니다. 제가 미욱해서 자식놈을 잘못 가르쳤습니다."

하태호가 다시 머리가 땅에 닿도록 허리를 숙였다.

"흥! 그래, 네놈 아비는 이렇게 허리가 꼬부라지게 사죄를 하는데 네놈은 아직도 나를 뻔뻔하게 쳐다만 보느냐?"

철장파파가 싸늘하게 비웃으며 하정원을 보며 말했다. 하정원은 계속 철장파파를 빤히 쳐다보면서 속으로 무슨 이런 사람이 다 있을까 하고 생각했다.

"정원아."

옆에서 아버지가 나직하게 부르는 소리가 들렸다. 하정원은 아버지의 얼굴을 쳐다보았다. 깊은 슬픔이 앉은 아버지의 눈은 여러 가지 이야기를 하고 있었다. 하정원은 아버지의 눈만을 생각하면서 허리를 숙였다.

"잘못했습니다. 용서해 주십시오."

그날 마차를 타고 집에 오면서 하정원은 아무 말도 하지 않았다. 철장파파더러 '관리와 왕실 나부랭이들의 뒷수발이나 드는 인간'이라고 부르던 청년의 당당한 모습만 눈에 어른거릴 뿐이었다. 하태호가 하정원의 손을 꼭 붙잡고 있었지만 하정원은 청년과 같은 사람이 되고야 말겠다고 결심했다. 그 결심이 하정원의 인생을 결정 지은 첫 단추였다.

*　　　　　*　　　　　*

　하태호가 심장마비를 가짜로 연출한 것인지 전혀 모르는 하정원은 자기 방 탁자에 앉아 멍한 시선으로 창밖의 밤하늘을 보고 있었다. 하정원은 오직 무공만 생각하고 무공만 닦으며 살고 싶었다. 나중에 커서 금하장을 물려받고 싶지도 않고, 고위 관리들과 친하게 지내며 장사를 하고 싶지도 않았다. 사 년 전 개울가에서 만났던 조현우 같은 무림고수가 되고 싶었다. 천세유림에 가서 하루 종일 공자, 맹자를 외우고 들어야 한다니 가슴이 갑갑할 뿐이었다. 천세유림으로 출발하는 대신에 집 뒤에 있는 야산을 타고 축융산으로 도망쳐 들어가 산속에서 살고 싶다는 생각만 간절할 뿐이었다. 작년에도 두 달 정도 축융산으로 도망쳐 들어가 살다 나온 적이 있었다.

　하정원은 울적한 마음을 수습하려고 토납 호흡과 도인 체조를 하기 시작했다. 한 시진 동안 땀을 뻘뻘 흘리며 열심히 수련을 하고 나서 몸을 씻고 잠자리에 들었다. 하정원의 수련은 혼태토납공(渾太吐納功)이라는 책에 따른 것이었다.

　그 책은 하태호로부터 작은 도움을 받은 적 있는 사천의 아미파(峨嵋派)에서 칠팔 년 전에 선물로 보내온 것이었다. 무공이나 내공의 수련과는 전혀 관계없는 토납 호흡과 신체를 강인하고 유연하게 만드는 도인 체조에 관한 책이었다. 원래 아미파에서 만든 것이 아니라 장서고에 오랫동안 방치했던 책이다. 하태호의 금하장에서 약간 도움을 받은 아미파가 선물을 보내긴 해야겠는데 다른 마땅한 것이 없어 두툼하고 고색창연하면서도 쓸모없는 책 중에서 대충 골라 보낸 것이었다.

그런데 마침 무공을 동경하고 있던 하정원이 열두 살 때 하태호의 책장에서 이 책을 보게 되었다. 그 후로 지난 사 년 동안 하정원은 책에 쓰여진 내용에 따라 하루에도 대여섯 번씩 토납 호흡과 도인 체조를 수련했다. 무공을 모르는 하정원은 이 책의 내공이 무공 초식과는 아무 관계가 없는 줄 몰랐기 때문에 이 책에 쓰인 대로만 한다면 어느 날에는 무공을 할 수 있게 될 것이라고 믿었다.

그날 밤 하정원은 잠을 들 수 없었다. 뒤척이다가 자시(子時)가 넘자 더 이상 참을 수가 없어서 자리에서 일어났다. 그리고 하정원은 탁자에 앉아 아버지, 어머니에게 보내는 편지를 썼다.

부모님 전상서.
부족한 저 때문에 아버님께서 몸을 많이 상하셔서 송구스러울 뿐입니다.

여러 번 말씀드렸듯이 저는 학자가 되거나 관리가 되고 싶지 않습니다.

아버님의 사업을 물려받아 상인이 되고 싶지도 않습니다.

무공을 익혀 강호를 돌아다니며 살고 싶습니다.

하지만 아버님이 저 때문에 생명이 위독하실 정도로 편찮으시다니 제 고집대로 하지 않고 부모님 말씀에 따르겠습니다.

천세유림에 가서 사 년 내지 오 년 동안 공부하고 오겠습니다.

공부하고 난 후에는 저의 길을 가겠습니다. 학식이나 돈만이 인생의 전부가 아니라고 생각합니다.

천세유림에 가기 전에 닷새 정도 산에 들어갔다 오겠습니다. 걱정하지 마십시오.

산에 갔다 오는 대로 바로 천세유림으로 출발하겠습니다.

불초 소생 하정원 올림.

하정원은 편지를 탁자에 놓고 문진(文鎭:책갈피나 서류가 바람에 날리지 않도록 눌러놓을 때 쓰는 물건)으로 눌러놓은 다음 이것저것 챙기기 시작했다. 천세유림에는 가져갈 수 없지만 집에 놓아두었을 경우 아버지, 어머니가 없애 버릴 것이 확실한 물건들이었다.

우선 혼태토납공과 침상 밑에 감추어놓은 검과 도를 챙겼다. 또한 탁자 뒤에 감추어놓은 각반과 수투도 챙겼다. 그리

고 화분을 옮겨 그 밑의 마루 판자를 들어내자 강호와 무공에
관한 잡다한 책들이 열 권가량 나왔다. 옷장을 옆으로 밀고
그 뒤에 숨겨놓았던 미숫가루와 건포, 부싯돌도 챙겼다. 행낭
에 주섬주섬 물건을 넣은 후 하정원은 담장을 넘어 집 뒤의
야산 쪽으로 발걸음을 옮겼다.

이 야산의 산등성이는 곧바로 축융산(祝隆山)으로 이어진
다. 축융산은 장강(長江) 무협(巫峽) 동북쪽의 험준한 산맥
에 속하는 산이다. 축융산이야말로 하정원의 안마당이었
다. 하정원은 재작년부터 축융산에 들어가 시간을 보내곤
했다.

반 시진도 안 되어 하정원은 야산의 능선을 타고 어느새 축
융산 초입에 도달했다. 혼태토납공을 익힌 지 사 년이 지난
지금, 하정원의 단전에 내공이라고는 조금도 없었지만 체력
과 체질은 완전히 바뀌었다.

며칠을 안 쉬고 달려도 지치지 않는 체력을 갖추었을 뿐 아
니라 전혀 추위와 더위를 타지 않았다. 장정 허리만큼 두꺼운
나무도 발이나 손으로 한 번 후려치면 크게 흔들리고 나뭇잎
이 우수수 떨어질 만큼 힘도 세어졌다. 또한 담력도 세어지고
눈에 정광이 생겨 산에서 곰이나 호랑이를 만나도 칼이나 지
팡이를 치켜 든 채 가만히 노려보고 있으면 맹수가 스스로 자
리를 비켜주었다.

최소한 보통 사람의 걸음걸이의 두 배 내지 세 배의 속도로

하정원은 산을 탔다. 인시(寅時)경 물안골을 지나고 범바위 능선에 올라서자 축융산의 주 능선이 꺼멓게 모습을 드러냈다. 사람이 다니지 않는 곳이라 계곡의 이름과 봉우리의 이름은 모두 하정원이 지은 것이다.

이미 동녘 하늘엔 새벽 기운이 완연했고, 금성(金星)은 빛을 잃어가고 있었다. 하정원은 축융산 주능선을 따라 오십 리 길을 내리 걸었다. 축융산에서 두 번째로 높은 봉우리인 장군봉 정상을 약 반 마장 남겨두고 하정원은 능선을 슬쩍 벗어났다. 관목 숲을 헤치면서 약 삼백 장쯤 나아갔다. 갑자기 눈앞이 환해지더니 동남향으로 약 백 평 정도 되는 평평한 공터가 나타났다. 공터의 한 구석으로 가서 돌과 나무 무더기를 치우자 깊이가 오 장쯤 되는 아담한 동굴이 나타났다.

동굴 한구석에는 나뭇가지를 얼기설기 엮어서 만든 선반이 있었고, 그 선반에는 솥, 냄비, 나무로 깎은 그릇 따위의 간단한 살림 집기가 놓여 있었다. 다른 한쪽 구석에는 도끼, 톱, 칼, 낫, 대패, 망치, 노루발 못뽑개, 못, 삽, 곡괭이, 밧줄, 숫돌과 같은 각종 도구들이 있었다. 또한 도구를 손질할 때 녹슬지 않도록 바르는 동백기름을 담은 주전자도 있었고, 낚싯대, 낚싯줄, 낚시 바늘, 족대—두 개의 짧은 대나무 사이에 폭이 다섯 자쯤 되는 작은 그물을 매달아놓은 것—와 투망 같은 낚시 도구들도 있었다. 그리고 소금과 쌀, 밀가루도 있었다. 한마디로 산속의 살림집이 갖추어야 할 것은 대충 다 있었다.

하정원은 나무로 깎은 대접과 수저를 하나 들고 나와 공터의 한구석에 있는 샘으로 가 물을 떠 마셨다. 또 한 번 물을 떠서 동굴 입구로 돌아와 털썩 주저앉은 하정원은 행낭에서 미숫가루를 꺼내 물에 개어 한 그릇을 후루룩 마셨다. 그러고는 팔베개를 하고 드러누워 건포를 질경질경 씹으면서 이월의 햇볕이 내리쪼이는 파란 하늘을 바라보았다. 아직 오전으로 진시(辰時) 경이었다. 만약 보통 사람이었다면 여기까지 오는 데 하루 종일 걸렸을 것이다.

이곳이 하정원의 마음의 고향이었다. 숲 냄새, 새소리, 바람 소리, 하늘, 별. 그 속에서 하루에도 몇 번씩 혼태토납공을 수련했다. 계류에 내려가면 고기를 잡을 수 있었다. 송어, 산천어, 열목어, 꺽지, 메기, 빠가사리, 돌마자, 쏘가리 같은 고기가 우글거리고 있어서 어떨 때에는 지렁이를 끼운 낚시로 잡고 어떨 때에는 족대로도 잡았다. 게다가 친구인 송골이도 있다. 송골이는 이제 두 돌이 조금 안 된 송골매다. 재작년에 숲 속 나무 밑에 떨어져 죽어가던 송골매 새끼를 물고기를 잡아 먹여서 기르다 놓아주었더니 작년부터는 하정원이 숲에 들어오면 어느새 알고 산비둘기나 꿩을 한 마리씩 잡아다 주고 갔다. 아, 저기 송골이가 오고 있다.

하정원은 축융산 숲에서 닷새를 머물면서 마음을 정리했다. 사 년에서 오 년 동안 천세유림에서 공부하고 돌아올 것이라고 다짐했다. 그리고 그 이후에는 하태호가 심장마비를 일으키거나 말거나 무공을 수련하고 강호를 여행하면서 살겠다고 다짐했다.

닷새 후, 하정원은 혼태토납공 책을 불태우고 살림살이를 반듯하게 정리했다. 쇠로 된 솥, 냄비나 칼과 같은 도구에는 정성 들여 기름을 듬뿍 먹인 천을 감았다. 쌀과 밀가루는 공터 구석에 땅을 파 묻어버렸다. 동굴 입구를 잘 감추고 나서는 집을 향해 출발했다. 마음속에 몇 번씩 뒤돌아보고 싶은 생각이 솟구쳤지만 한 번도 뒤돌아보지 않았다. 송골이는 하늘을 빙글빙글 돌면서 집에 이를 때까지 하정원을 쫓아왔다.

2장

바보도 잘하는 게 있다

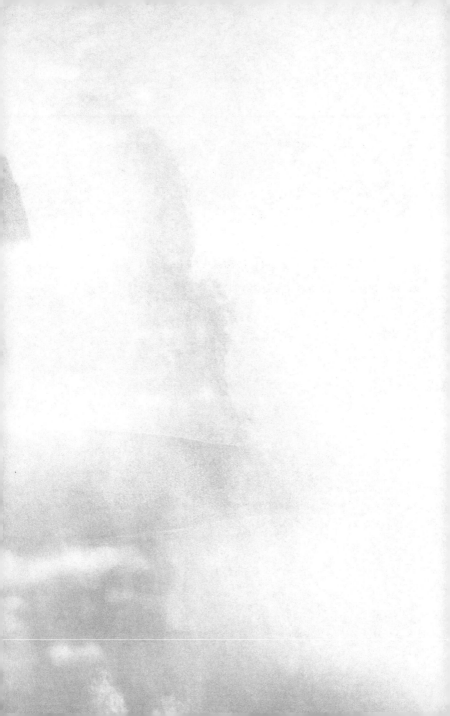

묵환
默環

하남성(河南省) 정주(鄭州) 남문 밖 오 리
쯤 되는 곳. 야산과 구릉에 둘러싸인 약 오만 평의 대지에 자
리 잡고 있는 천세유림의 정문. 화려하지도 초라하지도 않은
마차에서 장년의 사내와 앳되 보이는 청년이 내렸다. 한 달
남짓한 여행 끝에 천세유림에 도착한 하태호 부자였다.

"정신 똑바로 차리고 살아야 한다. 열심히 공부하고 행동
은 진중하게 해야 한다. 공부 잘하는 학생들은 특별히 신경
써서 친해져야 한다. 알았지?"

"네."

하태호는 문지기가 가르쳐 준 대로 천세유림의 총관이 근

무하는 등룡각으로 가면서 계속 같은 말을 하정원에게 당부했다. 하정원은 귀에 못이 박힐 지경이었다. 드디어 등룡각에 들어섰다. 집무실 한가운데에는 책상이, 그 앞에는 탁자와 의자들이 놓여 있었다. 책상에는 매부리코에 양옆으로 길게 찢어진 눈을 한 사십대 사내가 앉아서 서류를 보고 있었다.

"저… 총관을 뵈러 왔습니다. 호북 파동에서 온 금하장의 하태호라고 합니다."

하태호가 공손히 말했다. 책상에 앉아 서류를 보던 사내가 천천히 얼굴을 들었다. 그리고 잠시 머리속의 정보를 더듬는 듯했다.

"아, 호북 파동의 금하장. 하태호 장주. 아드님은 올해 열여섯 살 하정원."

여기까지 말하고 난 다음 총관은 잠시 후에 말을 이었다.

"하 장주, 이 젊은이가 아드님이신 모양이죠?"

"아, 네. 제 아이입니다. 하정원입니다. 올해 열여섯이 됐습지요"

하태원은 옆에서 보기에 민망할 정도로 총관에게 공손히 말했다.

"제가 우리 정원 군에게 몇 가지 물어보고 싶습니다만… 정원 군, 논어는 다 외우고 있는가?"

"아니요. 외우지는 못하고 읽을 수는 있습니다."

하정원이 무뚝뚝하게 대답했다. 총관은 잠시 어이가 없다는 듯 하정원을 보았다.

"저… 그것이… 이 아이가 글자는 다 읽는데 유독 공자, 맹자만 보면… 에… 저…사실은 줍니다. 네, 사정없이 졸지요."

하태원이 한숨을 푹 내쉬면서 말했다. 총관은 대학, 예기, 춘추, 서경, 시경, 역경에 대해서도 물어봤다. 하정원의 답은 한결같았다.

"외우지는 못하고 읽을 수만 있습니다."

총관은 잠시 생각에 잠겼다. 그리고 하태호의 눈을 똑바로 보면서 말했다.

"하 장주, 원래는 아드님을 일 학년에 넣으려고 했는데, 지금 보니 삼 학년에 넣어야 되겠습니다."

총관의 말에 하태호는 어리둥절했다. 일 학년도 따라가기 버거울 텐데 삼 학년에 넣다니……. 총관이 딱 잘라 말했다.

"어차피 정규 학생들처럼 공부할 것은 아니니까 나이가 같은 학생들과 함께 지내는 것이 좋을 것 같습니다. 자, 오늘은 이만 가보셔도 됩니다. 내일 진시(辰時)에 아드님을 데리고 다시 오십시오. 그때 방을 배정하고 준비를 시키겠습니다."

하태호 부자는 천세유림을 나와서 정주 시내의 객잔에 짐을 풀었다. 이제 아들과 헤어지면 앞으로 사오 년 동안 아들을 보지 못한다는 생각에 하태호는 마음이 착잡했다. 그래 객잔 식당에서 평소 그의 씀씀이와 달리 대여섯 개의 호화로운 요리를 시켜 아들과 마음껏 먹었다. 가볍게 죽엽청까지 한잔 곁들인 하태호는 아들을 지그시 바라보았다. 지난 한 달 이상 아들을 데리고 하남 정주 등지를 여행하면서 하태호는 새삼스럽게 아들과 정이 많이 쌓였다. 항상 금하상단의 일에 치어서 아들과 제대로 된 대화 한번 해본 적이 없었던 하태호이다.

"정원아, 정주 시내 골동품 가게 구경 좀 하자."

하태호가 자리에서 일어나면서 말했다. 정주는 하남에서 가장 큰 도시이며, 하남은 지난 수천 년 동안 대륙의 중심이었다. 하남에서는 기이한 고급 골동품이 나오는 것으로 정평이 나 있었다. 하태호는 호북 파동에 돌아갈 때 골동품을 하나 사가지고 갈 생각을 하고 있었다. 물론 집에 두기 위함이 아니라 뒤를 봐주는 고위 관리에게 선물로 줄 생각이었다.

하태호 부자는 마차를 하나 불러 타고 정주의 골동품 상점이 몰려 있는 삼원로로 갔다. 너댓 장쯤 되는 넓지 않은 길 양쪽으로 골동품 상점 수백 개가 몰려 있었다. 하태호는 그중에서 특히 대륙제일 왕조 이전의 옥(玉)으로 만든 골동품을 많이 가지고 있는 가게로 들어섰다.

"어서 오십시오."

"제일왕조 때나 그 이전에 만든 종(琮)이나 벽(璧) 있습니까?"

종은 옥으로 만든 사각 기둥 안에 둥근 구멍을 깎아 내부를 관통하도록 만든 물건이다. 하늘은 둥글고 땅은 네모나게 생겼다는 고대의 믿음을 나타낸 것으로써 신령스러운 제기(祭器)로 사용되었다고 한다. 벽은 옥으로 만든 원반으로써 가운데에 둥근 구멍이 뚫려 있다. 하늘을 상징하는 제기로 사용되던 물건이다. 장인(匠人)이 평생에 걸쳐 정교하게 깎은 은은한 연녹색 종이나 벽을 특별히 좋아하는 관리들이 있었다. 지금 호북의 절도사 역시 그런 관리 중의 하나였다.

"아, 마침 제일왕조 이전의 종이 하나 좋은 게 있습니다. 자, 이리로."

골동품 가게 주인이 하태호를 데리고 안쪽의 밀실로 갔다. 하정원은 밀실로 따라가지 않고 가게 이곳저곳을 다니며 신기한 물건들을 보고 있었다. 곡옥(曲玉:초승달 모양으로 휘어진 엄지손가락만 한 옥)이 주렁주렁 달린 황금 요대도 있었고, 호박(琥珀)으로 만든 작은 팔첩 병풍도 있었다. 손잡이에 아수라 문양이 새겨진 두 자가 넘는 칼도 있었고, 칼집에 현묘한 파도 무늬가 새겨진 장중한 검도 있었다. 하정원은 방금 새로 도착한 것으로 보이는 꾸러미가 흐트러져 있는 곳에서 무슨 이유에서인지 마음에 끌리는 물건을 발견했다. 험한 노끈으로 서로 묶여 있는 한 쌍의 쇠로 된 팔찌였다.

팔찌는 약 네 치 정도의 폭으로, 사실은 팔찌라기보다는 하완갑(下腕甲:팔뚝을 보호하는 장비)에 가까웠다. 쇠는 검은 묵빛을 띠고 있었다. 아직 손질이 되지 않아 팔찌에 흙과 먼지가 많이 끼어 있어서 무늬나 글자가 새겨져 있는지 알아볼 수는 없었다. 하정원은 조심스럽게 손을 내밀어 팔찌를 잡았다.

징.

하정원의 착각인지 팔찌가 약하게 진동하는 듯한 느낌을 받았다.

하정원이 팔찌를 들고 이리저리 살피고 있는데, 하태호와 골동품점 주인이 밀실에서 나왔다. 하태호의 손에는 잘 포장된 상자가 하나 들려 있었다.

"왜, 너도 무엇을 고르느냐?"

"아뇨. 그냥 심심해서 팔찌를 하나 보고 있었어요."

하정원이 우물쭈물 대답했다.

"핫핫, 공자. 그건 팔찌가 아니라 하완갑이라고 해야 할 걸세. 하완갑치고는 너무 짧기는 하지만… 요즘엔 거의 안 쓰이지만 고대에는 팔목에 그걸 차고서 싸웠다고들 하지. 핫핫!"

"오늘 종을 하나 파셨는데 저건 그냥 덤으로 주시오."

하태호가 말했다.

"네, 그러지요. 오늘 아침에 산동(山東)에서 도착한 물품들 사이에 끼워져 있었던 것인데, 마침 아드님 눈에 들려고 그랬나 보지요. 하하핫!"

골동품점 주인은 아침부터 비싼 물건을 하나 팔아서 매우
기분이 좋은 듯했다. 어차피 이 골동품점은 고대의 옥 제품을
전문으로 다루는 상점이기 때문에 무사들이 팔목에 찼던 쇠
붙이 따위는 주인의 관심 대상이 아니었다.

객잔으로 돌아온 하정원은 자기 방에 처박혀서 오후 늦게까
지 팔찌를 닦았다. 팔찌는 무슨 재질로 만들었는지 조금도 녹
이 슬거나 삭아 있지 않았다. 흙과 먼지가 지워지자 팔찌에서
는 은은한 용 무늬가 어른거렸다. 객점 주방에서 동백기름을
얻어와서 팔찌를 기름걸레로 닦은 후 다시 한 번 기름기가 완
전히 없어질 때까지 손질하자 범상한 물건이 아닌 듯 보였다.
약간 회색이 감도는 묵빛의 팔찌였다. 팔찌의 겉면과 안면
에는 매우 섬세한 용 무늬와 구름 무늬가 새겨져 있었다. 하
정원은 팔찌를 두 팔목에 찼다. 처음엔 조금 헐렁거리던 팔찌
가 저절로 조금씩 움직이더니 팔목에 착 달라붙었다. 그러나
팔찌를 찬 느낌이 전혀 들지 않았다. 하정원은 팔찌가 스스로
조정되어 팔뚝에 달라붙자 크게 놀라서 하태호의 방으로 갔
다.

"무슨 일이냐?"

이곳에 와서까지도 금하장의 장부책을 보고 있던 하태호
가 눈을 들어 하정원을 보면서 물었다.

"아, 네. 이 팔찌가 꽤 괜찮은 것 같아서요."

하정원은 평소 무공 수련에 대해 탐탁하게 여기지 않는 아버지에게 사정을 모두 이야기할 수 없어서 말을 얼버무리면서 두 팔뚝을 들어올려 팔찌를 보여주었다.

"호오! 그거 범상한 물건이 아닌데?"

하태호도 진심으로 감탄했다. 잠시 후 하태호가 말을 이었다.

"너, 그거 차고 공부는 안 하고 매일 무공만 수련할 거지? 허허, 참. 아무튼 사 년만 버텨라. 오 년 버티면 더 좋구. 거꾸로 매달아도 천세유림의 시계는 간다."

하정원은 빙긋이 웃고 하태호의 방을 나왔다. 하정원은 두 팔에 채운 팔찌가 실은 그의 운명을 채운 족쇄라는 것을 모르고 있었다. 하정원은 팔찌에 '묵환(默環)' 이라는 이름을 지어주었다. 그날 밤 하정원은 팔찌를 찬 채 자리에 누워 묵환을 쓰다듬다가 잠이 들었다.

다음날, 아침을 배불리 먹은 후 하태호는 하정원을 천세유림으로 데리고 갔다. 천세유림 정문 앞에서 하태호는 눈물을 글썽이며 아들의 손을 꼭 잡았다가 놓고는 부리나케 걸어가 버렸다.

이렇게 해서 하정원은 졸지에 천세유림 삼 학년에 들어가게 되었다. 학과 시간에는 무슨 소리인지 하나도 알지 못하고 꾸벅꾸벅 졸기만 했으며, 모든 시험은 백지로 제출하게 되었다. 삼 학년에 배정된 지 칠팔 일 만에 하정원은 '예외적 존재', 혹은 '왕따'가 되었다. 기숙사에서는 누구도 같은 방을 쓰고자 하지 않았기 때문에 하정원은 삼백십이 호 독방을 썼다.

'내 아이를 다른 집 공부 잘하는 아이와 깊게 사귀게 해주겠다'는 하태호의 야심에 찬 전략은 처음부터 보기 좋게 어긋나 버리고 말았다.

하정원은 천세유림에 입학한 지 며칠 지나지 않아 '천세유림의 바보'로 통하게 되었다. 어떤 학생은 '역사적 바보'라고 했고, 또 다른 학생은 '운명적 바보'라고도 했다. 하정원은 수업 시간에는 계속 졸았다. 선생님이 질문하면 질문 자체를 이해하지 못했다. 시험은 백지로 내었다.

수업이 끝나면 장서각으로 가서 책을 빌리거나 자기 방에서 공부하는 적이 거의 없었다. 기숙사 뒤뜰, 혹은 자기 방에서 밤새 기기묘묘한 자세로 몸을 꼬고 숨을 쉴 뿐이었다. 새벽부터 남들은 모두 책을 읽는데 하정원은 두 다리에 모래주머니를 차고 남문 밖 이십 리까지 뛰어갔다 왔다 했다. 한마디로 천세유림과는 전혀 상관없는 생활을 하는 '뜻 깊은' 학생이었다.

하정원이 입학한 지 한 달쯤 지나서 천세유림 삼 학년 과정에 수리역경(數理易經) 강좌가 새로 개설되지 않았다면 사람들은 하정원이 정말 바보인 것으로 생각할 뻔했다.

당시는 대륙 제오왕조 혜제(惠帝)가 다스리던 시절이었다. 혜제는 황노학(黃老學), 즉 삼황오제(三皇五帝)의 일인인 황제(黃帝)와 도가사상의 원조인 노자(老子)의 학문을 중시하고 주역(周易)을 좋아했다. 천세유림 측은 유학과 정반대의 입장에 있는 황노학에 대해서는 강좌를 증설하지 않았다. 하지만 유교의 삼경(三經) 중 하나로 꼽히는 주역에 대해서는 당대 최고의 주역 학자로 꼽히는 혁천세를 교수로 초빙하여 수리역경(數理易經) 강좌를 열었다. 역경은 숫자 계산과 직결된 학문이기 때문에 수리와 역경을 하나로 묶은 강좌를 만든 것이었다.

하정원은 강좌가 열리자마자 제일 먼저 등록했다. 하정원이 익히고 있는 혼태토납공의 정식 명칭은 혼돈태허토납도인공(渾沌太虛吐納導引功)이다. 이중 혼돈이니 태허니 하는 이야기는 모두 주역과 직결되어 있다. 혼태토납공의 공부가 깊어질수록 하정원은 그 근본 원리에 대해 목말라 하게 되었다. 그래서 강좌가 열리자마자 바로 등록한 것이다.

"나는 혁천세라고 한다. 제군들에게 수리역경을 가르치게 되었다. 우리가 지금 보는 것은 문왕(文王)의 역(易)이다. 문왕은 대륙 제이왕조인 주(周) 사람이다. 그래서 주역(周易)이라고 한다. 문왕 이전에 이미 역은 존재하고 있었다. 역을 처음 만든 이는 복희(伏羲)다. 복희는 대륙에 왕조가 생기기 이전의 인물로서 대륙의 동북방 해동에서 왔다고 전해진다. 복희의 역과 문왕의 역이 어떻게 다른지 누구 나서서 설명해 보라."

강좌 첫날 혁천세는 강의실에 들어오자마자 질문을 던졌다.

한동안 아무도 대답을 못했다. 한참 지나서 하정원이 쭈뼛대면서 대답하기 시작했다. 일단 말문이 트이자 하정원은 무려 향이 반 대 정도 탈 시간 동안 열변을 토했다.

하정원의 열변이 끝나자 혁천세는 빙긋이 웃으면서 말했다.

"하정원 군이라고 했나? 잘 들었다. 하지만 군이 말한 내용의 대부분은 잘못 알고 있는 것이다. 그러나 틀리게 알고 있는 것이라고 해도 좋은 출발점이 될 수 있다. 열심히 공부하여 수리역경을 완전히 정복하기를 바란다."

열두 살 이후 혼자서 혼태토납공을 수련해 오던 하정원은 혁천세가 가르치는 수리역경을 솜이 물을 빨아들이듯 흡수했다. 이제까지는 혼태토납공에 나온 동작이나 호흡법을 그대로 흉내 내는 데에 그쳤지만 주역을 통하여 음양오행과 혼돈태허를 알게 되자 그 깊은 뜻이 보이기 시작했다. 모든 분별과 구별이 사라진 혼돈이 우주의 참 모습이라는 것을 느끼게 되어 시도 때도 없이 이만 자가 넘는 혼태토납공을 암송했다. 하정원은 주역에 대한 이해가 깊어지자 장서각에 드나들면서 천문과 수리에 관한 책을 빌려 읽기도 했다. 인간 세상에 관한 도리를 밝힌 공자, 맹자가 아니라 우주와 천지의 이치가 하정원의 마음을 사로잡았다. 하정원은 나중에 이 시기가 평생에 가장 행복한 시절 중의 하나였다고 회고했다.

하정원은 점점 더 다른 학과 시간에 혼자 무엇인가를 중얼거리며 멍한 표정으로 생각에 잠기는 일이 많아졌다. 공자, 맹자 수업 시간에 혼자 웅얼거리다가 무릎을 치는 일도 자주 있어서 사람들은 하정원이 실성한 것 같다고 수군거리기에 이르렀다. 장서각에서 빌린 수리역경에 관한 책을 학과 시간이 끝난 후에 공부하는 것이 아니라 우선 무조건 며칠에 걸쳐 외운 후에 학과 시간에 혼자 중얼거리며 연구하는 것이었다. 학과가 끝난 후에는 여전히 예전처럼 혼태토납공을 익히고 새벽 구보를 하여 몸을 단련하였다.

혁천세가 강좌를 시작한 지 백 일쯤 지난 어느 날 저녁, 하정원이 불쑥 탕춘헌(湯春軒)에 나타났다. 탕춘헌은 천세유림 뒤편 바깥의 야산 기슭에 있는 오두막집이다. 십 년 전까지만 해도 천세유림에서 직접 말을 몇 마리 길렀는데, 그 당시에 말 조련사가 살던 집이었다. 혁천세는 천세유림이 근사한 '강사 사택'을 내어주었음에도 '텃밭이 없고 좁아서 갑갑하다' 는 이유로 지난 칠팔 년간 방치되어 온 이곳을 달라고 하여 살고 있었다. 탕춘헌 뒤로는 바로 숲이 이어졌고, 탕춘헌 옆 오십 장쯤 떨어져서는 맑은 시냇물이 시원스럽게 흐르고 있었다. 혁천세가 여기저기 나무판자를 대기도 하고 기둥도 보강하고 이엉을 다시 얹기도 하여 탕춘헌은 이제 아늑한 오두막 분위기를 내기 시작하고 있었다.

"어, 하 군이구먼. 웬일이냐?"

혁천세가 물었다. 하정원은 갑자기 말문이 얼어붙어 한참 동안 아무 말 하지 않고 서 있다가 불쑥 엉뚱한 말을 했다.

"선생님, 고기 잡아드릴까요?"

"뭐?"

하정원은 스스로 생각해도 정말 엉뚱하고 바보 같은 소리를 했다고 느껴졌지만, 입에서는 갑자기 고기에 대한 이야기가 술술 나오기 시작했다. 지난 몇 달간 천세유림의 갑갑한 생활로 인해 쌓여왔던 짓눌린 마음이 열리기 시작한 것이다.

오십 장 밖에 흐르는 시냇물을 가리키며 하정원이 말했다.

"저기, 고기가 많아요."

"……?"

혁천세는 어리둥절한 표정을 지었다.

"메기, 빠가사리, 열목어, 산천어, 송어, 돌마자, 꺽지… 엄청 많아요. 잡아서 구우면 술안주로도 좋아요."

그제야 혁천세는 하정원의 말을 알아듣고는 크게 웃었다.

"하하하하하!"

수리역경 빼고는 바보라는 소리를 듣는 이 어눌한 소년이 무엇인가 답답하고 갑갑한 것을 풀어내기 시작하고 있다는 것을 혁천세는 느낄 수 있었다.

"그래그래, 이번 휴일에 오너라. 네가 고기를 잡고 나는 술을 먹을 테다. 하하하!"

혁천세는 이 소년에게 무엇인가 도움을 주고 싶은 생각이 들었다. 이것이 혁천세와 하정원의 나이를 초월한, 평생에 걸친 교감의 시작이었다.

당시 대륙에서는 농사에서는 양력을 사용했지만 공식적 역법으로는 음력을 사용했다. 천세유림은 음력으로 '오(五)의 배수가 되는 날' 하루씩 휴일을 주었다. 나흘 공부하고 하루 쉬는 형식이었다. 하정원은 약속대로 휴일 날 혁천세를 찾아가서 고기를 잡았다.

"하 군은 어떻게 그렇게 고기를 잘 잡나?"

휴일 저녁 탕춘헌 마당에 탁자를 놓고 튀긴 물고기를 안주로 죽엽청을 마시면서 혁천세가 물었다.

"지난 이 년 동안 산에서 많이 살았어요."

소금을 뿌려 구운 물고기를 반찬으로 밥을 먹으면서 하정원이 대답했다. 오늘 점심이 지나서 하정원이 족대 하나를 달랑 들고 찾아왔을 때 혁천세는 그저 그러려니 생각했다. 오죽 가슴에 답답한 것이 많았으면 고기잡이를 핑계로 나를 찾아 왔을까라고 측은하게 여기는 마음뿐이었다. 그러나 족대를 메고 시냇물에 들어선 하정원은 완전히 바뀌었다. 어떨 때에 는 진중하게, 어떨 때에는 번개같이 족대질을 하는데, 족대를 한번 올릴 때마다 예닐곱 치 정도 길이의 물고기가 한 마리씩 들어 있었다. 지금 탁자에는 내일까지 먹고도 남을 만큼의 많 은 물고기가 튀겨지거나 구워져서 쌓여 있었다.

"부모님이 산에 사시나 보지?"

혁천세는 혹시 하정원이 녹림 산적 집안 출신인 것이 아닌 가 하는 생각이 들어 매우 조심스럽게 물었다.

"아뇨. 호북 파동 시내에서 장사하세요."

"그런데 왜 산에서 많이 살았어?"

혁천세는 하정원이 혹시 남한테 내놓을 수 없는 남녀 관계 로 태어난 자식이어서 산속의 절이나 도관에 숨겨졌던 것 아 닌가 하는 생각이 들어서 더욱 조심스럽게 물었다.

"그냥 갑갑해서요. 집 뒤 야산을 타고 한 오류십 리 들어가 면 축용산 계곡이에요. 거긴 정말 좋지요. 아, 물론 집에는 한 달에 두어 번 들어갔지요."

하정원의 눈에 문득 아련한 그리움이 스치고 지나갔다.

그제야 혁천세는 하정원이 겉보기와는 달리 천성적으로 고독하고 예민한 기질이라는 것을 알 수 있었다. 지금이 열여섯 살인데 열네 살 무렵부터 자기 발로 깊은 산속으로 들어가서 살았다는 생각을 하자 하정원이 좀 달리 보였다. 그리고 아무리 체구가 크고 힘이 좋게 생겼다고는 하지만 산길 오륙십 리를 걸어서 산속에 들어가서 시간을 보냈다는 것을 알게 되자 언뜻 소년이 아니라 장부라는 느낌이 들었다.

잠시 후 하정원이 혁천세에게 정말 묻고 싶었던 질문을 했다. 그것은 주역의 핵심에 관한 것이었다.

"그런데 선생님, 문왕은 주역 육십사괘를 왜 그 순서로 배열했지요? 복희가 육십사괘를 배열한 순서를 보면 숫자를 하나씩 올려가면서 배열한 것이니까 그냥 이해가 됩니다. 그런데 문왕은 뒤죽박죽으로 배열한 것처럼 보이거든요."

혁천세는 밤이 새도록 땀을 뻘뻘 흘리면서 자신의 밑천을 다 털어내어야 했다. 다음날 아침이 밝고 나서야 하정원은 돌아갔고, 혁천세는 잠 한숨 못 자고 빠가사리 가시를 수염에 붙인 채 서둘러 수업에 가야 했다. 수업 시간에 학생들이 혁천세에게 '선생님 수염에 생선가시가 붙어 있습니다'라고 하자 혁천세는 그만 '어, 이거 빠가사리 가시인 모양이네'라고 말했다. 그 후로 학생들 사이에서 혁천세의 별명은 '빠가수리(數理)'가 되었다.

하정원은 그 후 휴일마다 탕춘헌에 드나들면서 혁천세의 가르침을 받았다. 그리고 혁천세는 휴일마다 튀기거나 구운 송어, 산천어, 열목어, 메기, 빠가사리를 먹을 수 있었다. 탕

춘헌에 드나든 지 석 달쯤 지난 늦가을이 되자 하정원은 수리
역경에 대해 통달하게 되었다. 공자, 맹자에 관해서는 여전히
바보였지만.

늦가을부터 하정원이 장서각에서 빌리는 책은 주역에서
황노학 쪽으로 바뀌게 되었고, 겨울 내내 혁천세는 하정원에
게 시달려야만 했다. 하정원은 이제 주역과 황노학에 대한 지
식이 깊어짐에 따라 혼태토납경을 완전히 재해석하기에 이르
렀다. 좌선과 마보참장을 하는 시간이 점점 더 길어져서 어떨
때에는 좌선을 한 채 밤을 새기도 했고, 또 어떨 때에는 마보
참장을 한 채 잠이 들기도 했다.

눈빛은 유연해졌고 몸은 더욱 강인해졌다. 겨울에 하정원
은 물고기를 잡으려고 시냇물의 얼음을 깨게 되었는데, 얼음
이 얇은 쪽을 찾아내기 위하여 발을 몇 번 구르자 한 자 두께
의 얼음이 깨어지는 것을 보자 뿌듯하기도 하고 스스로 겁이
나기도 했다. 이제 곰과 같은 힘을 지니게 되었기 때문이다.
물론 여전히 단전에는 눈곱만큼의 내공도 쌓인 흔적이 없었
다.

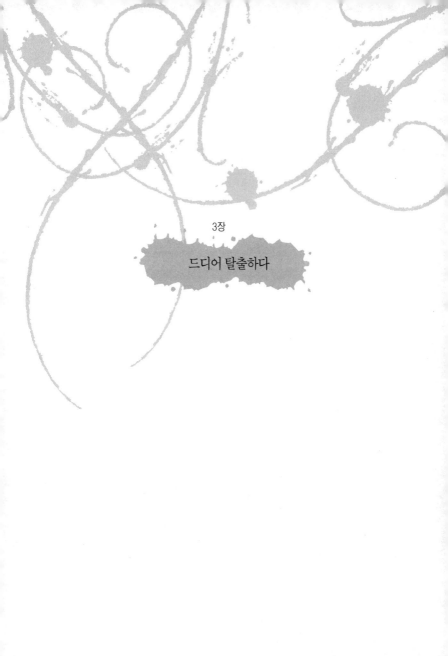

3장

드디어 탈출하다

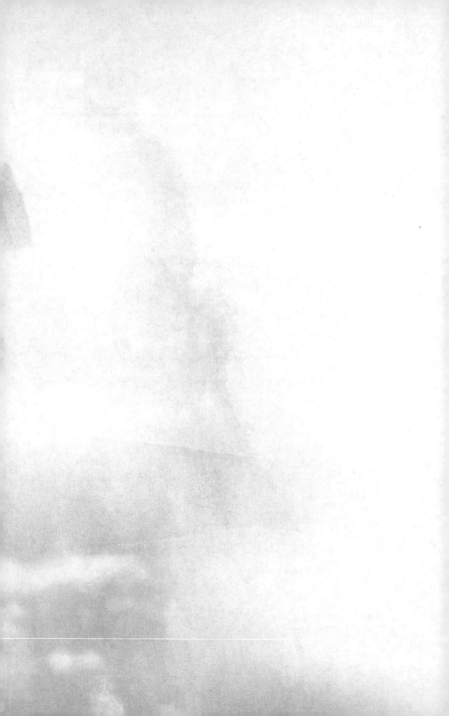

묵환
默環

하정원이 천세유림에 온 지 처음으로 해가 바뀌고 어느새 이른 봄이 되었다. 하정원은 휴일인 이날도 탕춘헌에 찾아와서 화롯불에 은행을 구워 먹으며 하루 종일 황노학에 대해 혁천세를 괴롭히고 있었다.

"선생님, 노자가 하늘은 잔인하다[天地不仁]라고 한 것은 무슨 뜻입니까?"

"선생님, 산해경(山海經)에 혼돈에 일곱 개의 구멍을 뚫었더니 구멍에서 피를 흘리며 혼돈이 죽어버렸다고 했는데, 그 일곱 개의 구멍이 눈, 코, 귀, 입의 구멍 일곱 개라는 뜻 말고도 다른 것을 뜻하는 것은 아닐까요? 예를 들어, 음양오행(陰

陽五行)을 뜻하는 것은 아닐까요? 혼돈이 죽어버렸다는 것은 혼돈이 변화하여 음양오행이 되었다는 뜻 아닐까요?"

하정원은 혁천세를 만날 때마다 이런 식의 질문을 끊임없이 했다.

하정원의 질문에 진땀을 빼던 혁천세는 얼마 전부터 하정원이 올 때마다 이렇게 말하게 되었다.

"오늘도 고문하러 왔냐? 그래, 오늘은 무엇을 가지고 날 고문할 거냐?"

그럴 때마다 하정원은 빙그레 웃기만 할 뿐이었다.

저녁을 먹고 나서 한참 화로 속의 숯불을 바라보던 하정원이 입을 열었다.

"선생님, 저를 내제자(內弟子:선생의 집에서 선생과 같이 생활하는 제자)로 받아주실 수 없을까요? 이곳 탕춘헌에서 생활하면서 하루 종일 무공을 닦거나 아니면 제가 진짜 해야 할 공부에만 집중하고 싶습니다. 더 이상 다른 강좌에 들어가서 공자, 맹자를 들으면서 졸고 앉아 있는 것은 의미가 없습니다."

혁천세는 아무 소리도 하지 않고 계속 화로 속의 숯불만 바라보았다. 하지만 그의 가슴은 크게 격탕하고 있었다. 그가 보아온 하정원은 성품이 매우 순후한 천재였다. 겉으로 보면 말이 어눌하고 자신의 생각을 잘 표현하지 않아서 별로 머리가 좋은 것같이 보이지 않았지만 자신이 뜻을 둔 분야에 관해서는 비상한 집중력과 기억력과 이해력을 가지고 있었다. 무공을 익혀서 강호를 돌아다니겠다는 인생 목표도 확실했다. 얼마나 고강한 무공을 익히게 될지는 모르겠지만.

당시 지식인들 사이의 대세인 정통 유가(儒家)의 입장에서 보면 주역과 황노학을 공부하는 혁천세는 좋게 말하면 '별난 인간'이고, 나쁘게 말하면 '천박한 지식인'이었다. 뛰어난 인재는 혁천세가 종사하고 있는 주역이나 황노학 분야로는 오지 않는 것이 일반적인 현실이었다. 하정원이 내제자가 되어 혁천세의 가르침을 받겠다고 하자 혁천세는 바로 하정원의 손을 덥석 잡고 싶은 것을 억지로 참았다.

"부모님께서 허락하실까?"

혁천세가 걱정스러운 표정으로 말을 했다. 하태호가 아들 하정원에게 '공자, 맹자는 공부하지 않아도 된다. 무조건 사오 년만 버텨라'라고 말했다는 것을 알지 못하는 혁천세로서는 당연한 걱정이었다.

"부모님은 천세유림에 가 공부하라고 하시면서 공자, 맹자를 심오하게 익힐 필요는 없다고 하셨습니다. 그리고 전 이제 열일곱 살이 됐습니다. 저는 제가 무엇을 해야 할지 확신이 서고 있습니다. 제가 해야 할 일은 선비나 학자도 아니고, 사업도 아닙니다. 저는 무사가 될 것입니다."

하정원은 단호하게 말했다.

혁천세는 하정원의 마음이 바위처럼 확고한 것을 알고 말했다.

"그래. 음… 그렇다면 내가 한번 천세유림의 총관과 상의해 보마. 며칠 내에 결과를 알려주마."

하정원은 뛸 듯이 기뻤다. 그날 밤 하정원은 기숙사로 돌아오면서 마구 뛰며 고함을 지르고 싶은 것을 간신히 참았다.

며칠 후, 천세유림 총관의 요청에 의해 핵심 강사들의 강사 회의가 열렸다. 하정원을 혁천세의 내제자로 보낼 것인지의 여부를 결정하기 위해서였다. 만장일치로 가결되었다. 천세유림 선생들의 입장에서는 앓던 이가 빠지는 기분이었다. 수업 시간에 졸기만 하고 질문을 받으면 졸린 눈을 거슴츠레하게 뜨고 두리번거리며, 시험은 백지만 내는 존재는 골칫덩어리일 뿐이었다. 골칫덩어리가 없어진다는 데에 반대할 이유가 없었던 것이다. 당장 신학기인 삼월 달부터 혁천세의 내제자로 보내기로 결정되었다.

물론 '천세유림 학생'이라는 하정원의 신분은 고스란히 유지되었다. 하태호가 매년 보내는 학비와 찬조금은 결코 작은 액수가 아니었기 때문이다.

하정원이 혁천세의 내제자로 들어가는 것으로 결정된 지 며칠 후였다. 하정원은 기숙사 식당에서 혼자 탁자 하나를 차지하고 앉아서 저녁밥을 먹고 있었다. 탁자를 혼자 차지하게 된 것은 순전히 동급생들이 하정원과 어울리기를 꺼려 했기 때문이다. 한참 밥을 먹고 있는데 누군가가 하정원의 탁자 앞에 와서 섰다.

　"너, 기숙사에서 나가 탕춘헌으로 들어간다며? 그리고 이제 수업도 안 나온다며?"

　황보준이었다. 황보준은 하정원이 고개를 들기도 전에 이미 자기 밥그릇을 하정원의 탁자에 내려놓으며 합석하려 하고 있었다. 황보준은 동급생 전체에서 항상 일등을 하는 학생으로서 천세유림의 여러 선생들이 '천재'라 인정하고 있었다. 하정원은 황보준과 한번도 제대로 말을 섞어본 적이 없었다.

　"응."

　하정원이 밥을 우물거리며 짧게 대답했다.

　"이거 큰일인데⋯⋯. 그렇지 않아도 너한테 무엇 좀 묻고 도움받을 일이 있었는데. 주역에 대해서 말이야."

　황보준이 젓가락을 들면서 짐짓 걱정스러운 표정을 지으며 말했다. 순간 하정원의 눈이 둥그래졌다. 하정원은 스스로를 '천세유림의 꼴찌'라고 항상 생각해 왔다. 그런데 '천세유림의 천재'인 황보준이 무엇인가를 묻고 배우기를 청하다니…….

"너, 주역에 관해서는 잘 알고 있잖아. 오늘 저녁이라도 내가 무얼 좀 물어봐도 되겠니?"

황보준이 상체를 좀 기울여 하정원에게 얼굴을 가까이 대면서 진지하게 물었다.

"응."

하정원은 얼떨결에 응낙하고 말았다.

저녁 식사 후 황보준이 기숙사 삼백십이 호 하정원의 방으로 찾아왔다. 그날 자정이 넘도록 하정원은 황보준이 묻는 것을 성심성의껏 가르쳐 주었다. 황보준은 궁금한 것을 많이 해결한 듯 고마워하는 표정이 역력했다. 가지고 왔던 책을 주섬주섬 싸면서 황보준이 말했다.

"그런데 내가 도와주어야 할 일은 좀 없을까?"

하정원은 한동안 생각에 잠겼다가 느릿한 어조로 입을 열었다.

"응… 내일이 휴일이잖아. 시내에 나가서 도구도 좀 사고 목수하고 이야기도 좀 해야 해. 탕춘헌은 너무 좁거든. 한 대여섯 평짜리 오두막을 하나 더 짓기로 혁 선생님과 이야기했어. 내일 정주 시내에 같이 안 갈래?"

하정원이 조심스럽게 말했다.

"이야! 네가 집을 짓는다는 말이야?"

하정원이 집을 짓는다는 말에 황보준이 신기한 듯이 물었다.

"집이야 목수가 짓지. 나는 목수랑 상담하는 거구."

하정원이 황급히 말을 고쳐 주었다.

"그게 그거지! 그래, 내일 같이 가자!"

황보준이 탁자를 호기롭게 탁 내려치며 외쳤다. 덕분에 공부하면서 먹고 있었던 삶은 땅콩 수십 개가 공중으로 튀어 어지럽게 흩어졌다.

다음날 아침 일찍 하정원과 황보준은 정주 시내로 들어갔다. 황보준의 생각과 달리 하정원은 먼저 건축 자재상과 철물점부터 갔다. 하정원은 목재, 기와, 진흙 등 건축 자재의 값을 물어서 꼼꼼히 무엇인가를 계산해서 적었다. 또한 막일꾼의 하루 품삯도 물어서 적었다. 황보준이 어리둥절해져서 말했다.

"그냥 목수에게 통째로 시키면 되지 이런 걸 왜 물어보니?"

"응, 목수한테 통째로 시킬 거야. 하지만 재료값을 알아야 목수한테 바가지를 안 쓸 거 아니야?"

하정원이 계산에 열중하여 무엇인가를 꼼꼼히 적으면서 심드렁하게 대답했다. 하정원의 답에 황보준은 뒤통수를 한 대 맞은 기분이 들었다. 이런 사람을 두고 천세유림의 학생과 선생들은 '바보'라고 부르다니, 오히려 그 사람들이 바보라는 생각이 들었다.

　건축 자재상을 나와서 하정원은 철물점으로 갔다. 도끼, 톱, 끌, 큰 망치, 작은 망치, 노루발 못뽑개, 대패, 곡괭이, 삽, 못, 밧줄, 끈, 칼과 같은 도구를 잔뜩 사더니 지게를 하나 사서 그 위에 바리바리 얹어서 묶었다. 지게 짐의 크기가 산더미만 해졌다. 하정원이 지게를 힘 하나 들이지 않고 둘러메고 성큼성큼 걷는 것을 종종걸음으로 쫓아가며 황보준이 물었다.

　"이봐, 정원아. 네가 집을 지을 것도 아니면서 무슨 도구를 이렇게 많이 사냐?"

　"응. 이제 집이 두 채가 되었어. 하나는 선생님 집, 하나는 내 집. 살다 보면 이래저래 손볼 일이 많을 거야. 그건 목수를 부를 필요 없이 내가 해도 되거든."

　하정원은 산더미같이 짐이 쌓인 지게를 지고 가면서도 빈 몸으로 사뿐사뿐 걷는 것 같았다.

　"네가 저런 도구도 다룰 줄 알아?"

　황보준이 약간 놀란 표정으로 물었다. 하정원은 몸을 돌려 세우고 황보준을 똑바로 보고 말했다.

　"야, 공부도 못하는 놈이 몸으로 때우는 것이라도 잘해야지! 안 그래?"

　하정원이 워낙 진지하게 이야기하자 황보준은 웃음이 나왔다.

"하하하! 그런데 정원아, 이렇게 무거운 짐을 뭐 하러 미리 사서 들고 다니니? 목수 만나고 와서 사도 되는 거 아니야?"

하정원은 다시 한 번 몸을 돌려세우더니 누가 들으면 부끄러운 이야기를 하는 듯이 낮은 목소리로 말했다.

"목수한테 찾아갈 때에는 빈몸으로 갔다가 목수랑 이야기 끝난 후 천세유림에 돌아갈 때 짐을 가지고 가자구? 그런 걸 잔대가리 굴린다고 하는 거야. 자, 이렇게 도구를 잔뜩 사서 메고 다니면 미련한 것처럼 보이지? 하지만 이런 모습으로 목수 집에 들어서면 목수가 일단 질리겠지. 그리고 함부로 바가지를 못 씌운다구. 여차하면 그까짓 대여섯 평짜리 오두막 하나 짓는 것쯤은 직접 할 수 있다는 것을 알게 될 테니까."

황보준은 하정원의 이야기를 듣곤 고개를 설레설레 내저었다. 하정원이 말을 이었다.

"우리 집안 내력이 장사치야. 내가 좀 별나서 장사를 안 하겠다고 결심했을 뿐이지. 거래나 협상에 관해서는 집안의 피가 지독해서 그런지 이렇게 돼."

결국 하정원은 목수와 한 시진에 걸친 실랑이 끝에 꽤 괜찮은 다섯 평짜리 집 한 채를 은자 한 냥에 짓기로 협상할 수 있었다. 황보준은 그 협상 과정을 옆에서 구경하면서 머리를 절레절레 흔들 수밖에 없었다.

지게에 짐을 잔뜩 진 채 천세유림으로 돌아가는 길에 시내에서 식사를 하기 위해 하정원과 황보준은 은성반점으로 향했다. 비싸지 않으면서도 맛있기로 정주에서 유명한 반점으로, 우육소채(牛肉燒菜)가 일품이었다. 하정원은 반점 입구에 지게를 내려놓았다. 반 시진 후 황보준과 하정원은 점심을 마치고 반점을 나왔다. 하정원이 다시 지게를 지려고 하는데 말소리가 들렸다.

"야, 요새 천세유림 글쟁이들은 막노동도 하는 모양이지?"

"그러게 말이야. 이젠 배가 너무 고파서 공부는 안 하고 아무 일이나 그냥 허겁지겁 하는 것 같아."

이제 열여덟, 열아홉 살쯤 된 네 명의 정주 왈패들이 하정원 일행을 둘러싸고 비아냥거렸다. 천세유림 학생들은 가슴에 은색 수실로 학이 수놓아진 군청색 장삼을 입고 다녔기 때문에 정주 시내에서도 눈에 확 띄었다.

정주의 흑도 무리들은 천세유림 학생들은 절대 건드리지 않는다. 첫째, 학생이기 때문에 털어도 먼지밖에는 나올 게 없고, 둘째, 상당수의 학생들이 관리의 자제였기 때문이다. 그러나 동네에서 노는 왈패들은 달랐다. 이런 왈패들은 천세유림 학생에 대한 시기 질투가 있어서 평소 매우 고까운 시선으로 학생들을 보고 있었다. 이들은 항상 시비를 만들어 행패를 부리곤 했다. 얼마 전에도 동급생 다섯 명이 정주 시내에 나갔다가 왈패들에게 얻어맞고 대로를 삼십 장 정도 두 손 두 발로 기어가면서 개 짖는 소리를 내는 수모를 겪어야 했던 사건이 있었다.

하정원은 시비에 말려들고 싶지 않아 그냥 지게를 짊어지고 가려 했다.

"이봐, 말을 하면 듣고 가야지. 사람 말이 말 같지 않아?"

황의를 입은 왈패가 인상을 구기면서 말했다.

"애들도 네 발로 기면서 개 짖는 소리 좀 내게 한 후 보내야겠어!"

청의를 입은 왈패가 말했다.

"하하하하!"

나머지 갈의를 입은 왈패와 녹의를 입은 왈패가 웃었다. 모여들기 시작한 군중 속 여기저기에서 킥킥대는 소리가 들렸다.

하정원은 이미 시비에서 벗어날 방법이 마땅치 않음을 알게 되었다. 그는 곧 느긋하게 지게를 벗어 땅에 놓고 작대기로 받쳐 놓으며 큰 소리로 말했다.

"너희들이 저번에 우리 애들을 못살게 했다는 놈들이냐?!"

"뭐? 너희? 우리 애? 놈들? 야, 이거 천세유림에서 인물 났는데? 말투가 아주 멋있어! 천세유림엔 샌님만 있는 줄 알았는데 불알 달린 놈도 있었구나!"

황의가 감탄했다는 듯 두 손을 들어올린 채 몸을 빙글 돌리면서 비아냥거렸다. 여기저기서 킥킥대는 소리가 났다.

"그래, 우리가 너희 애들을 못살게 한 분들이다! 이제 어떻게 할래?"

청의가 손에 연환철권을 끼면서 말했다. 여기저기 쇠 징이 박혀 있는 무지막지한 연환철권이었다. 천세유림 샌님쯤이야 위세를 잡으면 주먹질을 할 필요도 없이 상대를 굴복시킬 수 있다는 것을 잘 아는 청의는 일부러 천천히 연환철권을 끼웠다. 황보준은 더럭 겁이 났다. 하정원이 황보준을 뒤로 밀쳐 세우면서 말했다.

"나는 천세유림의 하정원이다. 나는 지게에 짐을 메고 가려고 한다. 내 앞길을 막고 시비를 걸고 싶으면 먼저 이름부터 밝혀라. 너희는 네 명이고 나는 한 명이니까 나한테 맞아서 이가 부러지고 뼈가 상해도 나에게 책임을 묻지 말아라. 여기 있는 여러 사람들이 증인이다. 특히 저기 은성반점의 주인 아저씨와 점소이도 증인이다."

하정원이 거침없이 말하자 모여선 군중 여기저기에서 '대단하군', '용기는 가상하다' 하는 소리가 들렸다.

수투를 낀 청의가 앞으로 나서면서 말했다.

"나는 이기원이다. 우리 네 명은 정주소사룡(鄭州小四龍)이다. 앞으로 하남의 호걸이 될 인재들이지. 오늘 너희 딸깍발이 샌님들에게 특별히 사내대장부의 도리에 관해 교훈을 내려주겠다."

이미 백여 명 넘게 모인 군중 사이에서 다시 킥킥대는 소리
가 났고, 어디선가에서는 '이 공자, 오늘은 좀 살살 하시지
요'라고 맞장구치는 소리도 났다.

하정원은 이 네 명의 왈패가 정주에서 힘깨나 쓴다는 집안
의 자제라는 것을 알 수 있었다. 그래서 한 번 더 못을 박았
다.

"지난번 천세유림의 학생 다섯 명을 쥐어 패서 길에서 두
손 두 발로 기면서 개 짖는 소리를 내게 한 너희들에게 세상
의 무서움을 가르쳐 주마. 단, 너희 네 명이 동시에 덤벼라.
한 명씩 덤비면 내가 창피하다."

네 명의 왈패는 그렇지 않아도 하정원의 기세에 겁을 먹고
있던 참이라 네 명을 상대로 한꺼번에 싸우겠다는 하정원의
말에 얼씨구나 좋다, 하고 이미 쇠 징이 박힌 연환철권을 끼
고 있는 청의 외의 나머지 세 명도 무기를 꺼냈다. 금의는 양
주먹에 여기저기 칼날이 박힌 수투를 끼었고, 다른 두 명은
각각 한 자 길이의 쇠몽둥이를 들었다. 한마디로 혹도의 못된
버릇을 고스란히 배운 저질 왈패들이었다.

청의가 비호같이 앞으로 치달리며 하정원의 아랫턱을 향
해 연환철권을 내뻗었다. 맞으면 아랫턱이 아예 뭉개져서 평
생 죽만 먹고 살게 만드는 흉험한 주먹이었다. 그러나 하정원
의 눈에 청의의 주먹은 한없이 느리게 움직이는 굼벵이같이

보였다. 하정원은 오히려 앞으로 치달으며 청의의 오른 주먹을 비스듬히 흘려 피하면서 왼손 손바닥으로 청의의 명치를 때렸다.

"흐어어억!"

청의는 제자리에서 풀썩 고꾸라져 몸을 새우처럼 구부리고 숨을 컥컥대면서 신물을 게워냈다. 아마 갈비 너덧 대쯤 금이 갔으리라. 만약 하정원이 전력을 다해 주먹으로 내질렀으면 척추가 끊어지면서 갈비통이 내려앉았을지도 모른다.

하정원은 청의가 고꾸라지는 것과 동시에 오른손으로 금의의 왼 주먹을 잡고 한 바퀴 돌리면서 크게 한 걸음을 더 내디뎠다. 금의의 왼팔이 등 뒤로 꺾이면서 금의는 머리를 땅에 처박게 되었다. 하정원은 금의의 오른쪽 종아리를 휘돌려 찼다.

빠각!

정강이뼈가 부러지는 소리가 났다.

"애구구! 나 죽네, 나 죽어! 아이구! 어머니, 나 죽어요!"

금의는 두 손으로 정강이를 부여안고 땅바닥을 데굴데굴 구르면서 울부짖었다.

이때 갈의 왈패의 쇠 곤봉이 하정원의 정수리를 내려치고 있었다. 하정원은 몸을 뒤로 눕히며 팔뚝으로 쇠 곤봉을 막으면서 오른발로 갈의의 배꼽을 내질렀다. 갈의는 거의 일 장

정도 날아가더니 땅에 처박힌 후 피를 토하면서 기절해 버렸다.

녹의는 눈 깜짝할 사이에 세 명의 장정이 곤죽이 되는 것을 보고 얼굴이 사색이 되어 꼼짝도 못하고 있었다.

하정원이 녹의에게 말했다.

"당신, 날 따라와!"

그리고 성큼성큼 은성반점으로 들어가서 붓과 종이를 달라고 하더니 '은성반점 앞 왈패 징계 개요'라는 문서를 순식간에 육하원칙에 따라 썼다.

은성반점 앞 왈패 징계 개요.

작성자:하정원. 당년 십칠 세. 하남성 정주시 소재 천세유림 3년 재학 중.

사건 발생 시간:무력1235년 이월 육일 오시(午時).

사건 발생 장소:하남성 정주시 남문 부근 은성반점 앞.

사건 개요:

황색, 청색, 녹색, 갈색 장삼을 입은 이기원 외(外) 삼 인은 위 장소에서 위 시간에 하남성 정주 소재 천세유림 삼 학년에 재학 중인 하정원이 메고 가는 지게를 붙잡고 조롱하다(조롱의 내용의 예:이제 천세유림은 학생들에게 막노동도 시키냐?).

또한 이들은 며칠 전에도 천세유림 학생 다섯 명에게 행패를 가하여 대로를 두 손과 두 발로 기면서 개 짖는 소리 흉내를 내게 했음을 스스로 밝히다.

또한 이들은 다음과 같이 무기를 꺼내 들고 위세를 과시하여 굴복할 것을 협박하다.

칼날 박힌 수투 한 쌍, 연환철권 한 쌍, 강철 곤봉 두 개.

이들은 사 대 일로 위 하정원에게 덤벼들어 하정원을 죽이려고 하다

이에 하정원은 목숨이 위험한 고비를 수차례 넘기면서 이들 중 황색, 청색, 녹색 장삼의 사내들을 쳐서 넘어뜨리다.

위 사건 당사자의 확인(이름, 나이, 지장 순).

* 녹색 장삼:

* 황색 장삼:

* 청색 장삼:

* 갈색 장삼:

위 사건 증인의 확인(이름, 나이, 주소, 지장 순).

* 증인 하나:

* 증인 둘:

* 증인 셋:

* 증인 넷:

* 증인 다섯:

이상은 사실과 정확히 일치함을 확인하여 이에 본 문서를 작성합니다.

무력 1235년 이월 육일.
작성자 하정원 (인).

하정원은 눈 깜짝할 사이에 문서를 휘갈겨 썼다. 그리고 녹의에게 '사건 당사자 난'에 자신의 이름을 적고 지장을 찍게 했다. 그리고 쓰러져서 널브러진 왈패들의 이름을 차례로 적고 손을 들어 지장을 찍은 후 옆에 '실신하여 대신 찍다. 하정원'이라고 작게 적었다. 문서의 맨 밑부분 '증인 확인'에는 은성반점 주인, 점소이, 그리고 구경꾼 중 세 명의 이름과 지장을 받아내었다.

문서를 품속에 갈무리한 하정원은 왈패 네 명의 무기를 회수하여 지게에 얹고는 황보준과 함께 휘적휘적 걸어가 버렸다. 싸움이 벌어지고부터 하정원이 모든 일을 마치고 떠날 때까지 차 한 잔 마실 시간도 걸리지 않았다.

황보준은 하정원을 따라 걸으면서 내심 크게 탄복했다. 오늘 물건을 살 때부터 왈패들을 때려눕히고 뒤처리를 하는 매끄럽고 성숙한 솜씨에 깊은 감동을 받았다. 그러나 그날 황보준만 깊은 인상을 받은 것이 아니었다. 은성반점의 창가 탁자에는 마흔 살쯤 되는 건장한 사내가 열 살 정도 되어 보이는 꼬마 여자 아이와 같이 앉아 있었는데, 하정원의 싸움 솜씨와

드디어 탈출하다 79

뒤처리를 보면서 연방 고개를 끄덕이고 있었다.

다음날 아침, 하정원은 바로 총관에게 호출되었다. 하정원은 '은성반점 앞 왈패 징계 개요' 문서의 사본을 두 부 만들어 품에 넣고, 원본은 침상 밑에 잘 감추어둔 후 헝겊에 어제 회수한 무기들을 싸 들고 총관에게 갔다. 총관의 탁자에는 총관 말고도 포쾌 두 명과 염소수염을 기른 구부정한 중늙은이 한 명이 앉아 있었다.

하정원이 들어서자 총관이 말했다.

"하정원 군, 어제 점심 무렵에 정주 시내에 있었나?"

총관이 딱딱하게 굳은 얼굴로 물었다.

"네."

"은성반점에 갔었나?"

하정원의 너무나 태연한 대답에 총관은 놀라서 좀 더 자세히 물었다.

"네."

"객잔 앞에서 사람을 쳤나?"

이제 총관은 거의 포기한 표정으로 다시 한 번 물었다.

"네."

"음."

총관이 낮게 신음을 냈다. 포쾌가 있는 앞에서 모든 것을 인정했으니 이제 어떻게 손써볼 방법이 없었다. 게다가 정주에서 세도깨나 부리는 집안의 자제 세 명이 초주검이 될 정도의 중상을 입었다니! 이건 천세유림의 손을 떠난 대형 사고였다. 총관은 속으로 이렇게 생각했다.

'저, 미련 곰탱이 같은 놈! 일단 딱 잡아떼어야 뒤로 손을 써보든 말든 할 거 아니야! 이제 잡혀가면 곧바로 죽도록 곤장을 맞기 십상인데⋯⋯.'

포쾌 중에 나이가 연장자인 사람이 나섰다.

"자네, 힘이 장사더군. 이가장의 이 공자는 갈비가 네 대나 금이 갔어. 원가장의 원 공자는 정강이뼈가 부러졌고. 공가장의 공 공자는 오늘 아침에야 정신을 차렸는데, 피오줌과 피똥을 내리 싸고 있어. 나랑 같이 관아에 가야겠네. 입건이야."

포쾌가 포승줄을 꺼내 들었다.

"네, 감옥에 집어넣어야 합지요. 이게 무슨 천세유림의 학생입니까? 순 깡패, 강도입지요."

염소수염이 두 손을 싹싹 비비면서 말했다.

"이쪽은 이가장의 집사이신 염 선생이야. 어젯밤에 우리 정주 현령님을 찾아왔었지."

포쾌가 포승을 묶으려 하자 하정원은 한 보 뒤로 물러나면서 잠깐 기다리라는 손짓을 취했다. 그리고는 '은성반점 앞 왈패 징계 개요' 사본을 꺼내어 한 부는 포쾌에게 주고, 한 부는 천세유림의 총관에게 주었다. 하정원이 말했다.

"잠깐 이것을 보시지요."

사본을 읽던 포쾌의 얼굴이 한껏 찌푸려졌다. 그때 하정원은 헝겊에 말았던 무기를 꺼내며 말을 이었다.

"자, 이런 살벌한 무기로 저를 죽이려고 덤빈 자들입니다. 저는 맨손이었습니다. 저는 순전히 제 목숨을 지키려 했을 뿐입니다. 우리 이가장의 이 공자께서 이런 무리들과 어울리시니 염 집사께서도 심려가 크시겠습니다."

하정원의 말은 촌철살인(寸鐵殺人)이었다. 한마디로 '너희 집 이 공자란 사람이 어떤 짓을 하고 다니는지나 알고 지금 포쾌를 끌고 온 것이냐?' 란 소리였다.

염 집사의 얼굴이 더 이상 구겨질 수 없을 만큼 구겨졌다. 하정원이 다시 말을 이었다.

"그 문서에 잠깐 언급되어 있지만, 며칠 전에 저희 동급생 다섯 명이 정주에 나갔다가 그 사람들에게 붙잡혀서 대로를 두 손 두 발로 기면서 개 짖는 소리를 낸 적이 있습니다. 본인 스스로 너무 부끄러워 관청에 찾아가지 않고 쉬쉬하고 있을 뿐이지요. 그 학생들 중에는 정이품, 정삼품 고관댁 자제 분도 있습니다."

하정원의 이 말에 포쾌와 염 집사의 안색이 하얗게 질렸다. 포쾌도 염 총관도 이 일은 여기에서 덮어야 한다는 것을 즉시 깨달았다. 포쾌가 부들부들 떨리는 손으로 사본을 접어서 품에 넣으면서 부드럽게 말했다.

"이 사본, 내가 가져가도 되겠지?"

"네. 제가 정식으로 입건되면 그때 원본을 제출하겠습니다."

하정원이 무기를 헝겊에 싸서 챙기면서 공손하게 대답했다.

포쾌들과 염 집사가 나가자 천세유림의 총관이 어리둥절한 표정으로 하정원에게 물었다.

"하정원 군, 동급생 중에 정삼품 자제가 있는 것은 아는데, 정이품 자제는 누구지?"

"저도 모르는데요. 저는 누가 저 왈패들에게 행패당해서 개 짖는 소리를 냈는지도 모릅니다. 누군가 그런 행패를 며칠 전에 당했다는 이야기를 들었을 뿐인데요?"

하정원의 너무나 태연하고 천연덕스러운 대답에 총관은 한순간 멍해졌다가 곧 크게 웃음을 터뜨렸다. 다음날 천세유림에는 은 이천 냥의 기부금이 들어왔다. 장서각에서 구입할 책값에 보태라면서 네 명의 왈패 집안이 돈을 모아 보내온 것이다.

이 일이 있은 후 하정원은 천세유림의 동급생, 선배, 후배들과 모두 친해져서 저녁마다 모임에 불려 나가게 되었다. 또한 천세유림의 학생들은 이제 정주 시내에 다닐 때에 천세유림의 군청색 장삼을 입고도 아무 거리낌 없이 다닐 수 있게 되었다. 네 명의 왈패 중 쇠몽둥이로 하정원의 정수리를 내리찍으려 했던 공가(孔家) 왈패가 자리를 털고 일어나는 데에는 무려 육 개월이나 걸렸고, 예전처럼 원기를 되찾는 데에는 추가로 일 년 이상 걸렸다. 공가를 담당했던 의원은 그 후 고래 등 같은 집을 샀다.

은성반점 사건 이후 한 달은 하정원에게 눈코 뜰 사이 없이 바쁜 시기였다. 한편으로는 집을 짓는 것을 감독해야 했고, 다른 한편으로는 각종 모임에 불려 다니면서 인기 관리를 해야 했다. 또한 열 번 넘게 선생들한테 불려 다니면서 은성반점 앞의 활극에 대해 무용담을 들려주어야 했다. 선생들은 '아무렴!', '옳거니!', '그렇지!', '잘~했어!'라고 감탄하면서 허공에 주먹을 불끈불끈 휘두르며 무용담을 들었다. 선생들은 하정원의 이야기를 들으면서 평생 책만 끼고 학생을 가르치는 갑갑한 생활로부터 한순간 탈출하는 것 같았다.

은성반점 사건 이후 보름쯤 지나 하정원의 집이 완성되었다. 돈을 너무 작게 받았다고 생각한 목수가 가끔씩 와서 천천히 집을 지었기 때문이다. 혁천세는 하정원의 집에 향로각(香爐閣)이라는 이름을 붙여주고 친히 현판을 새겨주었다. 천하를 향기롭게 하는 향로 같은 인재가 되라는 뜻이었다. 하정원이 향로각으로 이사 오는 날은 주역을 짚어 삼월 초닷새 휴일로 정해졌다.

하정원이 천세유림의 기숙사를 나가기 전날 저녁, 천세유림의 동급생 오십여 명이 모여서 정주 남문 밖 천세유림에서 한두 마장 떨어진 샛강가에서 하정원을 위해서 출옥식(出獄式)을 해주었다. 선생들로부터 구박받아 가며 매일 꾸벅꾸벅 졸면서 백지 답안을 제출해야 했던 감옥 같은 생활로부터 탈출한다는 의미에서 '출옥'이라고 이름이 지어졌다.

하지만 그 오십 명을 해먹이기 위해서 하정원은 하루 종일 샛강에서 쏘가리를 잡아야 했다. 샛강은 하남성을 흐르는 낙수(洛水)의 작은 지류로 남문에서 멀지 않은 곳을 흐른다. 샛강의 검푸른 소(沼)에 들어가 바위 밑을 보면 손바닥 크기가 넘는 쏘가리가 숨어 있다. 나무막대 끝에 쇠꼬챙이를 매달은 작살로 그것을 잡는 것이다.

아침부터 점심을 굶어가며 세 시진 정도 작살질을 하자 쏘가리가 열 관 정도 잡혔다. 하정원은 시냇가에 가마솥을 걸고 내장을 따낸 쏘가리를 넣고 고춧가루, 간장, 생강, 파, 쌀, 녹두, 민물새우를 넣고 한 시진을 끓였다. 저녁 시간이 되었다. 드디어 수업을 마친 동급생이 육십 명이나 몰려왔다. 동급생들은 이 음식이 무슨 음식이냐고 물었다.

"응, 이거 집에 있을 때 배운 거야. 대륙의 동쪽 끝에는 해동(海東)이라는 작지만 무지하게 풍광이 좋은 곳이 있대. 거기 음식인데 쏘가리 어죽(魚粥)이라고 해."

"남자들 거기에 무지하게 좋다. 많이 먹어라."

황보준이 무엇인가 아는 척 말을 했다.

"야, 써먹을 데도 없는데 힘만 좋아져서 뭐 하냐?"

왈패들에게 봉변을 당하여 대로를 개처럼 기면서 짖어댄 수모를 겪었던 이길봉이 말을 받았다.

"한번 좋아진 힘이 어디 가겠어? 그냥 먹어둬. 그럼 거기 안에 단단한 뼈가 생긴다. 그래서 옷도 새로 맞추어 입어야 돼. 앞에 막대같이 변한 물건을 넣고 다녀야 하거든."

또 다른 학생이 말을 받자 모두들 크게 웃었다.

"하하하하하하!"

마른 삭정이를 모으고 주변 소나무의 생솔 가지를 꺾어서 크게 불을 피웠다. 불가에 앉아 다들 배 터지게 어죽을 먹고, 몰래 가져온 술을 마시며 노래를 부르고 시를 지었다. 일부 학생들은 관솔불을 밝혀 들고 강가의 방석만 한 바위를 살금 살금 뒤집어 바위 아래에서 잠자고 있는 물고기를 손으로 잡 아 구워 먹기도 했다. 새벽 인시(寅時)까지 놀다가 서로 어깨 동무를 하고 노래를 부르며 천세유림으로 돌아왔는데, 농민 들이 소요를 일으킨 줄 알고 포졸 수십 명이 출동하기도 했 다.

하정원의 동기들은 평생 동안 '하정원 출옥식' 이야기만 나오면 배꼽을 잡고 웃었고, 나중에 조정의 관리가 되어 입장 이 서로 달라져서 목숨을 건 정쟁(政爭)을 했을 때에도 그때 의 동기들은 서로 잡아 죽이는 것만은 피했다.

　　　　＊　　　　　＊　　　　　＊

　'하정원 출옥식'이 벌어진 밤, 탕춘헌에는 밤늦게까지 불
이 켜져 있었다.
　"형님께 화미, 이 아이를 맡기게 되어 정말 죄송합니다."
　사십대의 중후한 인상의 남자가 혁천세에게 말했다. 남자
의 무릎을 베고 열 살가량의 여자 꼬마 아이가 새근새근 잠들
어 있었다. 남자와 아이는 한 달 전 은성반점에서 하정원의
싸움을 유심히 지켜보던 그 사람들이었다.
　"아니야. 너는 노상 천하를 돌아다니며 사니까 내가 맡는
게 낫지."
　"전생에 역마살이 끼었는지⋯⋯."
　"그나저나 화미가 이곳에서 지내는 데에 불편이 없으려면
거실 저쪽 편으로 방을 하나 더 달아내어야겠구나."
　혁천세가 말했다. 탕춘헌은 거실 하나, 방 하나에 간이 부
엌이 달랑 있는 구조였다.
　"마당 가로질러 저쪽에 새로 지은 집은 무엇인데요?"
　사내가 물었다.
　"아, 그거? 내제자(內弟子)가 내일부터 쓸 집이야. 그 녀석
이 목수를 부리며 직접 감독했지. 어리지만 아주 영민해. 겉
으로는 좀 멍청해 보이지만."

"아, 드디어 형님의 제자가 생기는군요. 좋습니다, 좋아요."

"응. 제자는 제자인데 귀곡문 제자가 아니고 천세유림 제자야. 게다가 좀 엉뚱한 놈이야. 무공을 익혀 강호를 돌아다니겠다나? 그런데도 토납도인만 열심히 하고 무공은 곁에 가보지도 못하고 있지. 그래도 조급해하지 않고 태평해. 주역과 황노학을 배우겠다는 것도 웃기구."

"좀 특이하군요. 무공을 배우려면 서둘러야 하는데…….
나이가 몇 살인데요?"

"열일곱 살."

"음, 그러면 상승무공을 배우기는 불가능하겠군요. 최소한 열두 살 이하는 되어야 하는데요."

"응. 네가 한번 보면 재미있다고 느낄 거야. 원래 매일 오는 녀석인데 오늘은 무슨 모임이 있어서 못 와. 너 가기 전에 한번 보고 갔으면 좋겠는데……."

"형님, 제가 좀 마음이 많이 바빠요. 아마 내일 아침에는 가야 할 것 같습니다. 그리고 열일곱이면 상승무공을 익히는 것은 불가능해요."

사내는 관심없다는 듯 딱 잘라 말했다.

"쩝쩝."

혁천세는 서운한 마음에 입맛을 다실 수밖에 없었다. 동생이 하정원에게 조금이라도 관심을 가지게 되면 하정원이 그토록 목마르게 찾고 있는 무인의 길로 안내해 줄 수 있겠다는 생각 때문이었다.

둘은 말을 멈춘 채 잠자고 있는 혁화미를 물끄러미 내려다 보았다. 사내는 혁천세의 동생인 혁우세로서 강호에 이름을 알리지 않았을 뿐 현무신공이라는 절세신공을 익힌 인물이다. 혁우세의 일신 공부를 아는 몇몇 사람들은 그를 강호제일 고수로 꼽는 데 주저하지 않았다.

혁우세는 숙명처럼 이어져 내려오는 사문의 명에 따라 이름을 숨긴 채 평생 대륙을 떠돌면서 '그림자 인생'으로 살아야 할 처지였다. 부인이 지병으로 단명하자 딸을 친형인 혁천세에게 맡기려고 한 달 전에 정주까지 왔다가 은성반점에서 하정원의 싸움을 구경하게 되었던 것이다. 그러나 급한 일이 생겨서 딸을 데리고 하남 등봉현 소림사 부근으로 가서 일을 마치고 이제야 다시 정주로 온 것이다.

"아참, 저도 마침 이곳 정주에서 볼일이 있군요. 맞아요. 이곳 천세유림에서요."

"그야 우세, 네가 나한테 딸을 맡기는 일일 테지."

혁천세가 짐짓 너스레를 떨었다.

"아뇨. 실은 형님한테 딸을 맡기려고 한 달 전에 정주에 왔었거든요. 소림사 쪽의 사람과 급하게 만날 일이 생겨서 그때는 그냥 이 애를 데리고 바로 등봉현으로 넘어갔었어요. 그리고 지금에야 일을 마치고 다시 온 것이지요."

혁우세가 궁색한 듯 변명조로 이야기했다.

"그래, 잘하는 짓이다. 형 집 문턱까지 왔다가 그냥 가? 이 그! 그렇게 사니까 인생이 잘 풀리냐?"

야단을 치는 말투였지만 어린 딸을 데리고 천하 여기저기를 뛰어다니는 동생에 대한 안쓰러움이 가득 묻어 있는 눈빛이었다.

"네, 죄송합니다. 아무튼 그때 이상한 걸 봤어요. 천하고수라는 제 눈에도 정말 이상했지요. 그리고 그게 이곳 천세유림과도 관계가 있어요."

"무언데?"

혁천세가 궁금증이 이는 듯 다가앉으면서 물었다.

"네, 마침 객잔에서 점심을 먹는데 한 명의 청년이 네 명의 왈패와 싸움이 붙었어요."

혁천세는 동생이 하정원의 은성반점 사건을 말하는 것인지 즉각 눈치챘다.

"응~"

혁천세가 심드렁하게 대답했다.

"순식간에 세 명을 때려눕혔지요. 나머지 한 명의 왈패는 겁에 질려 꼼짝도 못했구요."

"응~"

"그 청년은 일종의 경위서 같은 것을 쓰더니 겁에 질린 왈패들에게 지장을 찍게 하고, 또 구경꾼 중에 서너 명의 증인으로부터 지장을 받더니 휘적휘적 가더군요."

혁우세는 이야기하는 데 열중하여 형의 반응이 시큰둥한 줄도 모르고 계속 입에 침을 튀겼다.

"근데 이상한 것은 말이지요, 그 청년의 움직임이 이렇게 보면 내공이 있는 것도 같고 저렇게 보면 내공이 없는 것도 같았단 말이지요. 형님, 제가 엄청난 고수거든요."

"그래, 너, 고수지. 똥도 굵고 팔뚝도 굵지."

혁천세가 또 한 번 심드렁하게 말했다.

"아니, 형님. 저 지금 심각합니다. 사람을 척 보면 저는 그 사람의 내공 수위나 심지어 익힌 무학의 내용도 압니다. 그런데 그 청년은 종잡을 수가 없었어요. 아니, 청년이 아니지. 체구는 청년인데 나이는 아마 열일곱, 열여덟 정도?"

"응~ 그런데 그게 천세유림하고 무슨 상관이래?"

"형님, 그 청년이 자기 입으로 그러던데요. 천세유림의 아무개라고. 누구라고 했더라? 하명태? 하후하? 아니, 마 씨였나? 마정수? 그 정도 사건이 자주 일어나나요? 형님, 혹시 한 달 전쯤에 그런 사건을 들어봤어요?"

혁우세는 머리를 긁적였다.

"아니, 못 들어봤어. 하지만 그 비슷한 이야기 하나는 들어본 적이 있지. 오 년 전 내가 이곳에 오기 훨씬 전의 이야기야."

혁천세는 동생을 골려주려고 거짓말을 하기 시작했다.

"정주 은성반점 앞에서 있었던 일이래."

"네, 맞아요. 제가 이번에 본 것도 은성반점인데……."

"여기 학생 중 하나가 지게에 짐을 잔뜩 지고 가는데……."

"아, 맞다. 이번의 그 젊은이도 지게를 지고 갔는데."

"정주의 힘깨나 쓴다는 집안들의 자제로 구성된 왈패 네 명이 시비를 걸었다는 거야."

"아, 어쩌면 이렇게 비슷하지. 이번에도 네 명이었는데."

"천세유림의 젊은이는 원래 그냥 가려고 했었대. 그런데 그 왈패들이 얼마 전에 천세유림 학생 다섯 명을 잡아서 쥐어 패고 대로변에서 개 짖는 흉내를 내게 만든 나쁜 놈들이었다는 게야."

"어? 정말 제가 그날 들었던 이야기와 너무너무 비슷하네요. 천세유림의 학생들이 정주 시내에서 행패당하고 개 짖는 흉내를 내는 일이 자주 있었던 모양이지요?"

"응. 아무튼 그 왈패들이 쇠 징 박힌 수투, 연환철권, 쇠몽둥이를 가지고 덤볐다는 게야. 일 대 사로 말이지."

"……?"

혁우세는 무엇인가 좀 이상한 느낌이 들기 시작했다. 비슷해도 정도가 있지 이건 완전히 똑같은 이야기가 아닌가!

"천세유림의 청년은 그 왈패들을 반 죽여놓았대. 그런데 그 왈패들 집안이 정주에서 힘깨나 쓰는 집안이었대. 그래서 천세유림의 청년은 다음날 관아에 잡혀가서 치도곤을 맞곤 장독(杖毒)이 올라 몇 달 시름시름 앓다가 죽어버렸다는군."

"…형님!"

"응?"

"형님, 이 불쌍한 동생을 왜 놀리십니까? 제발 제가 본 그 청년, 소개 좀 해주세요. 한번 제 눈으로 보고 확인하고 싶습니다. 내공이 있는지 없는지. 있다면 어떤 방식의 내공 운용(運用)인지 알고 싶습니다."

눈치를 챈 혁우세가 혁천세에게 애걸복걸하기 시작했다.

"몰라. 난 오 년 전에 있었던 이야기를 하는데 웬 뜬금없는 소리야?"

혁천세는 시치미를 뚝 뗐다.

"형님, 제발!"

"그러게 아까 내가 내 제자 만나보라고 했잖아!"

"엥?"

"내 제자가 그 애야. 하정원이라고. 에헴!"

혁천세는 헛기침을 크게 하고 천장을 바라보았다.

"…형님, 제가 잘못했습니다. 용서해 주십시오."

혁우세가 애원조로 말했다.

"몰라, 난 몰라. 둘이 잘해봐."

혁천세는 더 이상 말하기 싫다는 뜻을 비추었다. 하지만 그 안에는 자신의 제자가 자신의 동생과도 인연이 이어지기를 바라는 애틋한 마음이 진득하게 녹아 있다는 것을 혁우세는 절절하게 느낄 수 있었다.

형제는 두런두런 새벽 인시(寅時)까지 이런저런 이야기를 하다가 어린 꼬마 여자 아이를 사이에 두고 나란히 누워서 눈을 붙였다. 새벽 인시, 정확하게 그 시각에 하정원은 동기들과 즐겁게 노래를 부르면서 천세유림으로 돌아오고 있었다.

4장

또 하나의 가족

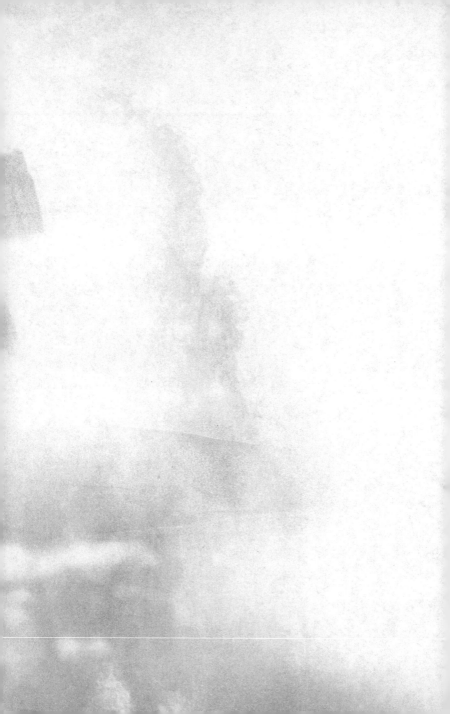

묵환
默環

"**사**부님, 이사 들어왔습니다."

다음날 아침에 하정원이 옷가지 몇 개와 책 몇 권을 달랑 들고 방문을 열면서 말했다. 하정원은 사십대의 중후한 인상의 사내와 열 살 정도 되는 여자 꼬마 아이가 혁천세의 방에 같이 있는 것을 보고는 속으로 깜짝 놀랐다. 하지만 겉으로는 아무 기색도 하지 않았다.

"응, 정원이 왔구나. 그래, 여기는 내 동생이야. 혁우세라고 하지. 여기는 내 조카 혁화미."

혁천세가 혁우세와 혁화미를 가리키면서 소개해 주었다.

"불초 하정원, 혁 선생을 뵙습니다."

하정원이 공손히 절을 했다.

"반갑네."

혁우세가 열심히 하정원을 관찰하면서 짧게 답했다.

"화미 소저, 난 하정원이오. 만나서 반갑습니다."

하정원이 혁화미에게 짐짓 정중하게 인사를 했다.

"안녕하세요. 혁화미입니다. 공자를 먼발치에서 뵌 적이
있습니다. 지난달 정주 은성반점 앞에서."

혁화미가 아이답지 않게 정중하고 공손하게 말했다. 하정
원은 은성반점 활극 사건을 말하는지 금방 알아듣고 쓰게 웃
으면서 머리를 긁적였다. 혁우세와 혁천세는 혁화미의 의젓
함과 기억력에 다시 한 번 놀랐다.

"정원아, 여기 화미는 나와 함께 살게 되었다. 내 동생이
천하를 돌아다니면서 할 일이 많거든."

"네."

하정원은 무엇인가 생각하는 듯 말이 없어졌고, 혁화미는
아버지와 헤어진다는 생각에 눈시울이 붉어졌다. 한동안 정
적이 흘렀다.

잠시 후 하정원이 말을 꺼냈다.

"화미 소저가 여기서 지내려면 몇 가지 준비해야 할 일이
있을 것 같습니다. 우선 저쪽에 방도 하나 만들어야 하구요."

하정원이 거실 건너편을 가리켰다.

"그래, 그래야 하겠지?"

혁천세의 말에 하정원은 바로 자리에서 일어섰다.

"어디 가냐?"

혁천세가 물었다.

"네, 제 방에 짐을 가져다 두고 시내에 좀 다녀오겠습니다. 당장 목수를 불러서 시작해야죠. 이제 화미 낭자의 집이기도 하니까요."

그렇게 말을 마친 하정원은 바로 방을 나가 버렸다.

"하하, 저 녀석이 저래. 한번 서둘러 해야겠다고 마음먹으면 바로 해버리고 말지."

혁천세가 웃으며 말했다.

사실 하정원이 서둘러 집을 나온 것은 열 살 정도의 어린아이가 어머니도 없이 아버지 손을 달랑 잡고 홀아비로 사는 큰아버지의 집에 맡겨지게 된 광경을 더 이상 보고 있기 힘들었기 때문이다. 게다가 하정원의 눈에 혁우세는 무엇인가 사업이 잘 풀리지 않아 집도 절도 없이 천하를 떠도는 방랑자로 보였다. 오죽하면 자신의 딸을 홀아비로 사는 형님에게 맡기러 왔겠는가.

두 시진쯤 지나서 하정원은 너댓 대의 수레에 목재와 짐을 잔뜩 싣고 목수와 일꾼들을 데리고 돌아왔다. 목수와 일꾼들은 그날 오후부터 밤늦게까지 네 평짜리 방 하나를 더 달아내었다. 하정원도 비지땀을 흘리며 같이 일했다. 밤늦게는 도배쟁이가 와서 벽지를 바르고 갔다. 벽지 작업이 끝나자 하정원은 수레에서 침대를 꺼내 들여놓고 침구도 들여놓았다. 탁자, 의자, 책상, 옷장, 화분도 들여놓았다. 그때는 이미 한밤중이었다.

혁천세와 혁우세는 고개를 절레절레 흔들었다. 하루 만에 방을 달아내고 도배를 하고 살림을 집어넣는 것을 보고 하정원이 머리가 좀 이상해진 것이 아닌가 하는 의심까지 했다. 사실 하정원은 어린 혁화미의 마음을 달래주기 위해 최선을 다한 것이었다. 하정원의 이런 마음 씀씀이를 혁천세 형제가 이해한 것은 그 다음날 아침이었다.

다음날 아침, 연달아 세 건의 배달이 왔다. 처음은 네 마리의 강아지였다. 하정원이 혁화미에게 말했다.

"화미 낭자, 이건 서장(西藏)의 사자 개라오. 서장 말로는 '도키' 라고 합니다. 지금은 강아지이지만 다 크면 등 높이가 두 자 반에 몸무게가 삼십 관이 넘게 되지요. 사자 갈기 같은 갈기가 생기지요. 나쁜 놈이 왔다가 사자 개를 만나면 바로 그 자리에서 얼어붙은 다음 오줌을 쌉니다."

혁화미는 어린애답게 깡총깡총 뛰면서 좋아했다. 그리고 혁화미는 강아지 네 마리에게 즉석에서 천, 세, 유, 림이라는 이름을 지어주었다.

강아지 네 마리에 이름이 지어질 무렵 두 번째 배달이 왔다. 이번에는 병아리 삼십 마리였다. 일꾼들은 마당 한 구석에 약 열 평쯤 되는 닭장을 지었다. 혁화미가 병아리에게 모이를 주고 있는 동안 세 번째 배달이 왔다.

이번에는 토끼 새끼가 열 마리쯤 되었다. 일꾼들은 흙으로 구운 벽돌로 마당 양지 바른 곳에 토끼 울을 만들었다. 혁화미는 토끼가 왔을 때쯤에는 이미 아버지와 헤어져서 큰아버지와 함께 산다는 것을 담담하게 받아들이는 마음이 들기 시작했다. 어머니가 돌아가신 후 지난 세 달 동안 아버지의 손을 잡고 천하를 떠돌면서 가졌던 불안감과 우울한 마음이 씻겨 나가기 시작했다.

여기까지 본 혁우세는 울컥하는 마음이 들어 슬며시 집 뒤로 돌아가 눈물도 소리도 없이 잠깐 울었다. 그런 후 돌아와 혁우세의 손을 꼭 잡았다. 그렇게 둘은 집 뒤에서 서로 아무 말 없이 손을 꼭 잡고 있었다. 혁우세는 자식에게 부끄럽기도 했고, 동시에 마음이 놓이기도 했으며, 하정원이라는 열입곱 살짜리 소년에게 감탄의 마음이 들기도 했다. 혁천세는 조카를 돌볼 수 있겠다는 자신감이 들었다. 그리고 제자가 그렇게 뿌듯하고 자랑스러울 수가 없었다.

두 형제가 마당으로 돌아가자 탕춘헌에 거의 맞대어서 목수와 일꾼들이 또 한 채의 집을 뚝딱거리며 짓고 있는 것이 보였다.

"저건 또 무슨 집이냐?"

혁천세가 물었다.

"사부님이나 저는 기숙사 식당에서 밥을 먹어도 되지만 화미 소저는 그럴 수 없을 것입니다. 낮에 동네 아주머니 한 분이 오셔서 일할 부엌 겸 다용도실을 하나 짓고 있습니다. 또 짓는 김에 그 옆에 누에를 키우는 작은 잠실(蠶室)과 헛간도 하나 짓고 있습니다. 저쪽 우물 옆에는 작은 목욕탕도 하나 짓구요. 뒷간에는 제대로 된 지붕을 얹으려고 합니다. 그리고 집을 둘러싸고 육 척 높이의 나무판자 벽을 만들려고 합니다."

여기까지 듣고 혁천세와 혁우세는 더 할 말이 없어지고 목이 메어서 즉시 몸을 휑 돌려서 나란히 방으로 들어가 버렸다.

혁화미는 이제까지 가족적인 분위기에서 자라본 적이 없었다. 어머니는 항상 아프셨고, 아버지인 혁우세는 천하를 떠도느라 집 안에 수저가 몇 개인지 젓가락이 몇 벌인지 신경을 쓴 적이 없었다. 어찌 보면 혁화미는 이제야 태어나서 처음으로 집다운 집에서 살게 되었다고 할 수 있었다. 혁우세와 혁천세는 방에 앉아 말없이 찻물만 따라 마시고 있었다. 목 울대에 무엇인가 뜨거운 것이 걸려 있고 눈에 자꾸 물기가 끼어서 더 이상 아무 말도 할 수 없었던 것이다.

밖에서는 일꾼들의 뚝딱거리는 소리가 이어졌고, 간간이 목수와 하정원이 대화를 나누는 소리가 들렸다. 혁화미는 쪼그려 앉아 하루 종일 강아지와 병아리와 토끼를 돌보고 있었다. 이곳 정주 천세무림 뒤편 탕춘헌에서 무력 천이백삼십오 년 삼월 초닷새는 사람들 가슴에 깊은 흔적을 남기며 천천히 흘러가고 있었다.

혁화미 때문에 탕춘헌은 그 모습이 완전히 바뀌었다. 무려 보름에 걸친 대공사였다. 우선 탕춘헌 본채에 방이 하나 더 증가하여 이제 거실 하나에 방 두 개가 되었다. 본채 왼쪽에는 행랑채가 들어섰다. 행랑채 안에는 부엌, 다용도실, 잠실, 헛간이 위치했다. 마당 왼쪽에는 제법 아담하게 지어진 뒷간이 생겼고, 마당 오른쪽에는 목욕탕이 생겼다. 또한 마당에는 토끼장과 닭장과 개집이 생겼다. 하정원이 머무는 향로각은 마당을 가로질러 자리 잡고 있었다. 집과 마당을 크게 빙 둘러서 나무판자 담장이 생겼고, 집 뒤편 담장 너머 숲 속에는 연무장으로 사용하는 공터가 만들어졌다.

이 중 제일 힘들었던 공사는 집을 짓는 것이 아니었다. 집이라고 해봐야 소형 목조 건물을 대충 지은 것이기 때문에 별로 힘들지 않았다. 제일 힘들었던 일은 부엌과 목욕탕에 물이 나올 수 있게 만들고, 쓰고 난 물을 집 밖으로 빠져나가도록 만드는 일이었다. 집 뒤편 샘으로부터 부엌과 목욕탕으로 동(銅)관을 묻어 항상 샘물이 흐르도록 했고, 넘치는 물과 쓰고 남은 물은 땅속에 묻힌 동관을 통해 곧바로 시냇가로 빠져나가도록 했다. 목욕탕에는 화로를 두어 주전자에 물을 데워서 쓸 수 있도록 하거나 혹은 화로 속에서 돌을 뜨겁게 달군 후 탕 속에 넣어 물을 데울 수 있도록 하였다. 이제 쉰이 넘은 혁천세가 매일 뜨거운 물로 목욕하는 것을 즐기게 되었다. 혁화미는 야생화 꽃

잎을 말린 후 물에 띄우고 목욕을 하는 사치를 누리게 되었다.

집안을 만들어가는 일을 같이 상의하고 결정하고 실행하는 과정을 통하여 혁천세, 혁우세, 하정원, 혁화미는 정말 하나의 가족이 되었다. 하정원은 혁우세로부터 아무것도 배운 게 없을 뿐 아니라 아직도 혁우세가 사업에 실패해서 세상을 떠도는 사내라고 생각했지만 저절로 그를 '작은 사부'라고 부르기 시작했다. 혁우세는 하정원을 '사질'이라고 불렀다. 하정원은 혁화미를 '소미'라고 부르기 시작했고, 혁화미는 하정원을 '오빠'라고 불렀다.

혁천세는 살림을 도와줄 사람을 직접 면접하여 뽑았다. 천세유림 인근에 사는 황씨 아주머니가 매일 새벽에 와서 저녁 무렵까지 일을 해주고 가기로 하였다. 황씨 아주머니가 일을 하기 시작하자 우선 반찬이 좋아졌고, 옷이 깨끗해졌으며, 온 집 안이 청결하게 정돈되었다. 또한 혁화미는 아주머니로부터 요리하는 법, 바느질하는 법, 누에 치는 법 등 당시의 여자들이 반드시 익혀야 할 필수 생활 지식을 배울 수 있게 되었다. 이렇게 하여 어느덧 한 달 보름이 후닥닥 지나갔다.

탕춘헌이 하나의 가정으로 거듭나게 되자 또 다른 변화가 생겼다. 기숙사 밥에 질린 하정원의 동기생들이 점심과 저녁 때에 우르르 몰려와서 밥을 먹고 가는 일이 매일 벌어졌다.

그중 하루 두 끼를 한 번도 빠지지 않는 사람은 황보준이었다. 어느새 황보준이 간사 역할을 맡게 되어 점심 칠 인, 저녁 칠 인의 한도를 두어 운영하게 되었다. 황보준은 매 끼니당 은자 한 냥의 밥값을 거두어 혁화미에게 주었고, 혁화미는 탕춘헌의 수입과 지출을 책임지는 실세가 되었다.

밥값 수입이 한 달에 은자 육십 냥이 되어 혁천세의 월급보다 많아졌기 때문이다. 소문에는 황보준이 간사의 직위를 이용하여 식사 예약 명목으로 거두어서 간직하고 있는 금액이 은 천 냥을 훨씬 넘는다고 했다. 하정원의 동기생들은 혁화미를 엄청나게 귀여워하였고, 특히 황보준은 혁화미에게 정기적으로 학문을 가르치기 시작했다

동기생들이 너무 자주 오니까 하정원은 아예 미숫가루와 건포를 싸가지고 숲 속 연무장에서 하루 종일 시간을 보내게 되었고, 심지어는 밤에도 숲에서 자는 일이 많아졌다. 하지만 동기생 중 누구도 하정원이 없다고 섭섭해하지 않았다. 탕춘헌은 모든 동기생들에게 그냥 '우리 집' 일 뿐이었다. 탕춘헌은 배 고프면 와서 먹고 지치면 와서 낮잠을 자는 곳이었다.

초여름이 되자 하정원은 혁화미에게 또 다른 선물을 했다. 숲에서 새끼 매 두 마리와 새끼 부엉이 두 마리를 어미로부터 강탈해 와서 혁화미에게 준 것이다. 하정원은 혁화미의 팔뚝에 가죽으로 만든 수투를 채워주고 새끼 매와 새끼 부엉이를 팔뚝에 앉힌 채 직접 먹이를 주도록 시켰다. 매와 부엉이는

살아 있는 것만 먹기 때문에 하정원은 탕춘헌 옆 시냇가에서 정기적으로 물고기와 개구리를 잡아다가 혁화미에게 주었다.

"소미야, 네가 이놈들을 팔뚝에 앉힌 채 먹이를 주면 이놈들은 너를 평생 따르게 돼. 지금이 여름이니까 이번 겨울이 가기 전에 이놈들은 너에게 산비둘기나 꿩을 사냥해서 가져다줄 게다."

"정말? 그럼 이 애들이 내 친구가 되는 거야, 오빠?"

"아니, 친구가 아니라 부하가 되는 거야. 목숨을 다해 충성을 바치는 부하가 되는 거야. 나쁜 놈이 오면 온몸을 던져 그 눈알을 쪼고 얼굴을 할퀴게 되지."

"오빠, 이 작은 애가 어떻게 큰 돌마자를 한입에 먹지?"

혁화미는 몸통이 주먹보다 조금 큰 새끼 매가 길이가 다섯 치나 되는 물고기를 한입에 삼키는 것이 너무나 신기했다.

"응, 그건… 그건 말이야… 나두 몰라."

하정원이 우물거리다가 간신히 대답했다.

"푸후후훗."

혁화미는 하정원이 모르는 것이 있다는 게 또한 재미있었다. 매와 부엉이 같은 사나운 맹금(猛禽)을 길들여서 부하로 만들 수 있다는 것은 열 살 먹은 꼬마인 혁화미에게 엄청난 기쁨을 주었다. 그리고 혁화미는 본능적으로 하정원이 자신을 얼마나 아끼는지 깊이 느꼈다.

하정원은 혼태토납공을 수련하거나 혁천세로부터 병법(兵

法)과 진법(陣法)을 배우면서 하루하루를 보내는 한편, 시간이 있을 때마다 혁화미에게 매와 부엉이를 훈련시키는 방법과 개를 훈련시키는 방법에 관한 것들을 가르쳤다.

혁화미도 역시 나름대로 무척 바쁜 생활을 했다. 무엇보다도 아버지인 혁우세로부터 무공을 배우기 시작했고, 큰아버지인 혁천세로부터 학문을 제대로 배우기 시작했다. 그와 별도로 황보준이 자청하여 글을 가르쳤기 때문에 혁화미 역시 하루 종일 바쁘게 보냈다.

유월 말 어느 날 저녁, 혁천세와 혁우세는 두런두런 앞으로의 계획을 이야기하고 있었다.

"화미에게 귀곡자(鬼谷子)의 학문을 가르치면 어떻겠냐?"

혁천세가 혁우세에게 조심스럽게 물었다. 귀곡자(鬼谷子)는 본명이 왕선(王禪)으로, 대륙 제이왕조 말 사천성(四川省) 청계현(淸溪縣) 귀곡에 살던 사람이다. 제이왕조 말의 군사전략가 손빈(孫賓), 팡연(龐涓), 외교가 소진(蘇秦), 장의(張儀)가 모두 귀곡자의 문하 제자들이었다. 혁천세는 젊었을 때 사천에 여행을 갔다가 귀곡자의 유진(遺眞)을 발견하여 그 정수를 완벽히 익히고 나름대로 귀곡문이라는 학문 문파를 이었다고 자부했다.

"형님, 그럼 형님의 정식 제자로 키우시겠다는 말씀입니까?"

혁우세가 깜짝 놀라서 물었다.

"응. 내가 며칠 가르쳐 보니까 엄청난 수재야. 거의 천재지.

하나를 들으면 열을 알더군. 귀곡자의 학문을 익히면 대성할 거야. 어떻게 네가 그런 애의 아비냐? 너, 화미 아버지 맞어?"

혁천세가 짐짓 심각한 척 물었다.

"어이쿠, 형님. 어떻게 동생을 그리 낮게 보십니까? 제가 어렸을 때 동네에서 형님만 빼고 제일 머리가 좋았지 않습니까?"

혁우세가 형의 말에 응수하면서 걱정스러운 표정으로 말을 이었다.

"그런데 형님, 여자 애가 귀곡자의 학문을 해도 좋을까요? 너무 똑똑해져서 남자들이 데려가려고 할까요?"

혁우세가 물었다. 혁천세는 동생의 꽉 막힌 생각에 질렸다는 듯 고개를 설레설레 저으면서 말했다.

"우세야."

"네."

"너, 그냥 조용히 지낼 수 없냐? 아무 말 안 하구."

"네?"

갑자기 무슨 뜻인지 영문을 몰라 혁우세가 물었다.

"네가 강호제일고수라며? 또 내가 강호제일두뇌 아니냐. 강호제일고수를 아버지로 두고 강호제일두뇌를 큰아버지로 두고서 어미 없이 자라는 애가 평범한 인생을 살 수 있다고 믿냐, 이 곰탱이야?"

혁천세는 이번에는 정말로 진지하게 혁우세를 야단쳤다.

"……."

혁우세는 꿀 먹은 벙어리처럼 조용해졌다. 그러자 혁천세는 조용하지만 단호하게 이야기했다.

"사람마다 팔자와 운명이 있어. 내가 화미를 보고 있자면 결코 평범한 인생을 살 아이가 아니라는 생각이 들어. 내 말을 믿어라."

두 형제는 아무 말 없이 모기와 벌레를 쫓기 위해 피워놓은 향이 타 들어가는 것을 바라보았다. 혁우세의 마음은 착잡했다. 강호제일고수로 꼽힐 수 있는 강한 무공을 익혔지만 결코 행복하지 못한 인생을 살아온 그다. 혁우세의 형인 혁천세 역시 대륙에서 손꼽히는 주역 및 황노학의 학자이지만 평범하면서도 행복한 인생을 살고 있는 것은 아니었다. 혁우세는 딸이 좀 더 평범하면서도 행복한 인생을 살기를 바랐다. 그러나 이것은 애초부터 불가능한 일이라는 것을 혁우세는 깨달았다. 이제 귀곡자의 학문을 익히기 시작하면 더욱더 그렇게 될 것이다. 혁우세는 딸에게 가르치고 있는 무공의 수준 역시 높이기로 결심했다. 지금까지는 건강을 유지하고 단순히 제 한 몸 가눌 수 있을 정도의 무공만을 가르쳐 왔다. 하지만 지금부터는 사문의 절기는 아니더라도 혁우세가 알고 있는 가장 최상급의 무공을 가르치기로 결심했다.

잠시 시간이 흐른 후 혁천세가 물었다.

"그런데 우세야, 정원이를 살펴보니까 어떻든?"

"네… 그게… 정말 모르겠어요."

혁우세가 한숨을 푹 내쉬었다.

"무엇을 몰라?"

혁천세가 집요하게 물었다.

"네. 사실 정원 사질에 대해 확실하게 판단이 서면 제자로 받아들일 생각이었거든요. 그래서 지난 삼 개월 정도 여기서 뭉기적거리면서 살펴보았지 않습니까. 그 이상한 토납공을 수련하는 것도 유심히 보았구요. 정원 사질은 그 수련 외에 별도의 무공 수련은 하지 않더라구요. 또 외공을 익힌 흔적도 없구요. 그런데 힘을 쓰는 것을 보면 대략 반 갑자 정도의 내공에 버금가는 힘을 써요. 사람 허벅지 두께의 나무 정도는 발로 차면 꺾어질 겁니다."

혁우세가 말했다.

"허벅지 두께의 나무를? 그것도 내공 없이 그냥 발로 차서?"

혁천세가 깜짝 놀라서 물었다.

"네. 그러니까 이상하지요. 제가 정원 사질의 맥을 몇 번이나 짚어보았는지 아십니까? 한 쉰 번은 될 겁니다. 내공이 없어요. 그래서 실은……."

혁우세가 말을 끊었다.

"계속 이야기해 봐. 너는 촉새같아 하고 싶은 말은 못 참지. 그런 네가 말을 끊을 때에는 무언가 딴 꿍꿍이속이 항상 있더라?"

혁천세가 재촉하였다.

"형님."

"왜 자꾸 부르냐? 너, 혀 닳아진다. 말이나 얼른 해봐."

혁천세가 말했다.

"정원 사질에게 저의 본신 무공을 가르칠지 말지는 정말 결정하기 어렵습니다. 도대체 정원 사질 몸 내부에서 무슨 일이 벌어지고 있는지 알 수가 있어야죠. 그래서……."

혁우세가 말을 하다가 끊었다.

"그래서?"

혁천세가 혁우세의 말을 또 한 번 재촉했다.

"정원 사질을 살살 꼬여서 대련을 해볼까 합니다. 그래서 죽거나 병신이 되지 않을 정도로 두들겨 패서 아프게 할 작정입니다. 그러면 제가 정원 사질의 몸 내부를 들여다볼 수 있는 계기가 생기겠지요. 정원 사질 몸속에서 일어나는 일을 좀 더 확실히 안 다음에야 저의 무공을 전할지 말아야 할지 결정할 수 있을 것 같습니다."

혁우세가 형의 눈치를 보면서 조심스럽게 이야기했다.

"에잇! 대단하군, 대단해!"

혁천세는 어이가 없다는 듯 비꼬면서 동생을 보며 말을 이었다.

"너희 현무문은 정말 엉큼해. 그때 내가 네 죽은 사부에게 너를 제자로 받아들이라고 소개하는 게 아니었어. 현무문주가 되더니 완전히 사람 버렸다. 너, 그렇게 살면 안 된다. 쯧쯧."

혁천세는 개탄하면서 말을 했다. 혁우세는 당금 현무문의 문주이다. 현무문은 그 역사가 천 년도 더 된 문파로서 소수 정예인 문도들은 강호 초절정고수들이지만 행사가 지극히 은밀하여 강호에 거의 알려지지 않은 그림자와 같은 존재였다.

"형님, 죄송합니다. 그 길밖에 없습니다. 그래도 강호제일고수로부터 직접 지도받고 몸속의 상태를 진단받는 것입니다. 생명에 지장없고 병신만 되지 않으면 밑지는 장사는 아니지요."

혁우세가 우물쭈물 대답했다.

"너, 언제부터 사기꾼이 됐냐? 네 사부에게 괜히 너를 소개한 모양이다. 끌끌."

혁천세가 혀를 찼다. 혁천세는 젊었을 때에 현무문의 전대(前代) 문주에게 혁우세를 소개했다. 당시 현무문 전대 문주는 갑골문(甲骨文)으로 된 고문서(古文書)를 해독하기 위해 젊고 실력있는 학자인 혁천세를 초빙하였다가 그의 인품과 자질에 반했다. 그리하여 혁천세의 어린 동생인 혁우세를 제자로 받아들였던 것이다.

"입은 비뚤어지게 찢어졌어도 말은 바로 하라고 했다. 네 말인즉, 정원이를 두들겨 패 반 죽여서 자빠뜨려 놓고 마음대로 몸속을 휘저어보겠다는 소리가 아니냐?"

혁천세가 걸죽하게 말했다.

"네… 그런 셈이 되네요."

혁우세가 체구에 어울리지 않게 모기 앵앵거리는 소리로

대답했다.

"흠… 세상에 공짜가 어디 있냐? 그만큼 패려면 값을 지불하면 되겠지."

혁천세가 심드렁하게 말했다.

"아, 네. 물론 대가를 지불할 수 있습니다."

혁우세가 반색했다.

"그럼 내봐. 싫으면 말구."

혁천세가 짧게 말했다.

"무얼 말씀하시는 것인지요?"

혁우세가 조심스럽게 물었다.

"현무호심단(玄武護心丹) 한 알. 한 알이면 돼."

혁천세가 딱 잘라 말하자 혁우세의 아래턱이 빠질 듯이 크게 아래로 떨어졌다.

두 형제 사이에 반 시진 가까이 실랑이가 벌어졌다. 결국 혁우세는 눈물을 머금고 현무호심단을 한 알 주기로 약속할 수밖에 없었다. 현무호심단은 현무문의 보물로서 이제 다섯 알밖에 남지 않았다. 소림의 대환단(大還丹)이나 무당의 태청단(太淸丹)을 넘어서는 효과를 가진 영약이었다.

"자, 형님. 그럼 가보겠습니다."

현무호심단을 양보하기로 한 후 속이 너무나 쓰려서 혁우세는 서둘러 자리에서 일어났다.

"가긴 어딜 가?"

멀뚱한 표정을 지으면서 혁천세가 말했다.

"잠시 바람 좀 쏘이고 돌아와서 자야지요."

혁우세가 말했다.

"우세야, 너 매일 똥 싸러 변소는 가냐?"

혁천세가 엉뚱하게 물었다.

"……?"

"뒤가 급해서 변소에 들어갈 때 마음하고 일을 마치고 느긋하게 나올 때 마음이 같더냐?"

혁천세가 다시 말했다.

"그야 물론 다르지요."

혁우세가 퉁명스럽게 대답했다.

"달라야지. 그러니까 먼저 내놔. 현무호심단 내놔."

혁천세가 말했다. 결국 혁우세는 현무호심단 한 알을 그 자리에서 빼앗기고는 씩씩거리며 혁천세의 방에서 튀어나올 수밖에 없었다.

혁우세와 혁천세가 한참 실랑이를 벌이던 시각, 황보준이 탕춘헌으로 하정원을 찾아왔다.

"정원아, 그래, 이제 항우같이 힘이 좀 세어졌냐?"

탕춘헌 뒤 숲 속에 있는 연무장으로 찾아온 황보준이 나무 그루터기에 털썩 주저앉으면서 말했다. 하정원은 한창 토납수련 중이어서 대답을 하지 못했다. 황보준은 차 한 잔 마실

시간 동안 기다렸다. 하정원이 운공을 마칠 기미를 보이지 않
자 황보준은 자리에서 일어나더니 해하(垓下)에서 항우(項羽)
가 불렀다는 해하가(垓下歌)를 흉내 내었다.

  힘이라면 산을 뽑고 기운이라면 세상을 덮는다[力拔山兮氣
蓋世].
  때가 맞지 않아 추(騅:항우의 명마)마저 안 달리는구나[時不
利兮騅不逝].
  추가 달리지 않으니 난들 어찌하리[騅不逝兮可柰何]?
  우(虞:항우의 애인)야! 우야! 내 너를 어이하리[虞兮虞兮柰若何]!

  황보준은 이 노래를 부르면서 허공을 포옹하며 항우가 우
를 쓰다듬는 흉내를 내며 비장한 표정을 지었다. 그리고 나서
는 몸을 배배 꼬면서 항우의 품에 기대어 눈물짓는 여인의 가
련한 역할을 연기했다.
  "푸하하핫!"
  토납 운공을 하던 하정원은 황보준의 흉내가 너무 웃겨서
수련을 멈추고는 배꼽을 잡고 땅을 구를 수밖에 없었다. 그러
자 황보준이 짐짓 심각한 얼굴로 꾸짖듯이 말했다.
  "친구가 와도 즐거운 빛이 없으니 소인이구나. 군자라면
마땅히 벗이 멀리서 찾아오면 기뻐해야 하는데. 하기야 공자
님 맹자님 말씀을 공부한 적 없으니 군자의 도리를 모를 수밖

에. 무식한 놈아, 좀 배워라. 유붕자원방래 불역락호(有朋子遠
方來 不亦樂乎:멀리서 벗이 찾아오니 진정 기쁘다)~"

"이그, 천세유림에서 탕춘헌이 멀기도 하겠다. 엎어지면
코 닿는데. 게다가 매일 두 번씩 와서 점심, 저녁 먹고 가는
놈이 무슨……."

하정원이 땅바닥에서 일어나면서 투덜거렸다.

"그래, 천세유림의 천재가 공부해야지 나 같은 무부(武夫)
는 왜 찾아온 거야?"

황보준은 한참 대답이 없었다. 한낮의 찌는 듯한 무더위가
가시고 저녁의 선선한 바람이 시원하게 숲을 가로지르고 있었
다. 쓰르라미와 여치 소리가 요란했다. 황보준이 입을 열었다.

"나, 천세유림 그만두고 혁천세 선생님 내제자로 들어가려
고 생각 중이야."

하정원은 크게 놀랐다.

"뭐?"

"응, 생각해 봤거든. 지금 제오왕조를 봐. 한마디로 개판이
지. 외척, 환관, 권신들이 서로 얽혀서 잡아 죽이느라 정신이
없어. 우리 이십 년 위의 천세유림 선배들을 봐. 절반가량은
서로 잡아 죽이는 통에 이 세상에 없어. 이제 불과 마흔 살에
절반이 죽은 거야. 게다가 군부 장수들의 움직임도 심상치가
않아. 이런 와중에 과거시험을 봐서 관리가 된다는 것은 자살
행위야. 난 그런 아귀다툼 속에 죽고 싶지 않아. 좀 더 근사한

걸 위해서라면 기꺼이 죽겠지만 말이야."

황보준은 담담하게 이야기했다. 하정원은 아무 말 하지 않고 듣고만 있었다. 어지럽고 잔인한 권력 투쟁이 끊이지 않는다는 것은 하정원도 잘 알고 있었다. 황보준이 말을 이었다.

"게다가 우리 집도 작지만 무가(武家)잖아? 형님은 화산(華山)에서 속가제자로 검을 배우고 계시지. 황보청이라고 해. 후기지수 중에 꼽혀서 강호에서 화산소룡(華山小龍)이라는 이름도 있지. 내가 혁천세 선생님의 진전을 이으면 반드시 쓸모가 있을 게야. 집에서 할 일이 없으며 천세유림에서 애들이라도 가르치지, 뭐. 그것도 안 되면 천하장사 하정원의 뒤를 따라다니든가."

하정원이 한참 후에 말했다.

"음… 네 생각도 나쁘지 않은 것 같다. 집안의 어르신들하고 상의는 해봤니?"

황보준이 답했다.

"아니, 하지만 반대하시진 않으실 거야. 어르신들은 원래 내가 과거시험 보고 관리가 되는 것을 원하지 않으셔. 내가 천세유림에 가서 공부하겠다고 해서 보내주신 거지. 이번 중추절에 집에 다녀오려고 해. 그때 말씀드리고 허락을 얻으려고."

하정원은 아무 말도 하지 않았다. 이런 중요한 문제에 대해 말할 수 있는 입장이 아니라는 생각이 들었다. 둘 사이에 다시 침묵이 흘렀다. 여치와 쓰르라미의 소리가 더욱 요란해졌다.

불쑥 하정원이 말했다.

"준아, 모든 일에는 순서가 있다는 거 알지?"

황보준이 되물었다.

"무슨 뜬금없는 소리야?"

하정원이 씩 웃으며 답했다.

"야, 임마. 내가 혁 사부님 제자라구. 그러니까 넌 내 사제가 돼. 우리, 사형제의 법도에 대해 연습 좀 해보자. 자자, 한번 공손히 큰절을 올려보거라! 에헴!"

황보준이 빙그레 웃으면서 말했다.

"응, 말이 되는 소리이지. 근데 너, 그거 아냐?"

하정원이 물었다.

"뭐?"

황보준의 미소가 짙어졌다.

"너는 허깨비 제자야. 너는 무사가 되겠다고 해서 혁천세 선생님이 진짜배기를 안 가르치시지. 진짜배기를 배우려면 하루 십이 시진도 부족하니까. 너는 껍데기야. 나는 직전제자이지. 직전제자에게 껍데기 제자가 공손히 절을 올려야 하겠지? 하하하! 자자, 한번 공손히 큰절을 올려보거라. 에헴!"

하정원의 얼굴이 마차 바퀴에 뭉개진 소똥처럼 구겨졌다. 하정원과 황보준은 서로 상대가 자신에게 절을 해야 한다고 큰 소리로 고함을 지르면서 그날 저녁을 보냈다.

5장

두드리면 열린다

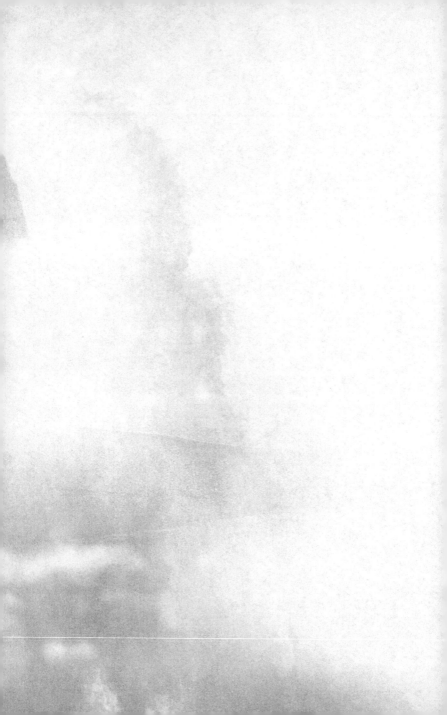

묵환
默環

혁천세로부터 주역과 황노학에 대해 깊은
지식을 얻게 된 이후 혼태토납공에 대한 하정원의 이해 수준
은 완전히 바뀌었다. 그전에는 혼태토납공이 그저 체질을 강
화하고 건강을 증진하는 호흡술과 도인 체조라고만 생각했
다. 하지만 혁천세의 내제자가 된 무렵부터는 혼태토납공이
기혈을 뚫어주고 근맥을 강화하는 심오한 이치를 담고 있다
는 것을 실감하고 있었다. 기혈을 뚫고 근맥을 강화하는 것이
야말로 상승 내가 심법의 요체라는 것을 깨닫게 되었다. 그
점에 관한 한 혼태토납공은 가장 훌륭한 상승 내가 심법이라
고 하정원은 믿게 되었다.

지금 하정원의 몸은 단전에 쌓인 내공만 없을 뿐이지 생사현관과 임독양맥이 모두 뚫린 상태였다. 만약 강호고수가 하정원의 몸 상태를 알았다면 크게 놀랐을 것이다. 갓난아이와 같은 순수한 선천지기가 몸속을 도도히 흐르고 있었기 때문이다. 또한 몸속의 기혈은 구석구석의 세맥에 이르기까지 완벽하게 뚫려서 단련되어 있었다.

하정원은 요즘 들어 도대체 내공이란 무엇인가라는 화두(話頭)를 붙잡고 있었다. 단전에는 내공이 하나도 없었지만 전신세맥과 근골에 무엇인가 힘이 흩어져 깃들어 있는 느낌이었다. 허리 굵기의 나무를 주먹으로 내지르면 나무가 부러질 듯 휘어지고, 두께가 두 자가 넘는 바위를 발길로 차면 바위가 튕겨 나갔다. 주먹과 발길이 나가는 순간 세맥과 근골에서 기운이 용솟음치면서 분출되는 것이 확실하게 느껴졌다. 이런 깨달음을 얻은 후 하정원의 혼태토납공 수련은 더욱더 치열하고 진지해졌다. 숨을 한 번 내쉴 때마다, 몸을 꼬아서 한 번 굽힐 때마다 온 정성을 기울여서 행했다.

숲 속 연무장 한 구석에는 탕춘헌으로 방금 돌아온 혁우세가 앉아서 하정원의 수련하는 모습을 신기한 눈으로 보고 있었다. 이미 늦여름으로 접어들고 있는 시점이었다. 지난 사개월 가까운 기간 동안 혁우세는 하정원의 수련을 수십 번도 더 넘게 구경했다. 하정원은 이제 혁우세가 지켜보든 말든 아무 신경도 쓰지 않게 되었다. 하정원이 혼태토납공을 한차례 마치고 구슬땀을 닦고 있는데 혁우세가 입을 열었다.

"신기한 일이야, 신기한 일."

혁우세는 입가에 빙그레 미소를 지은 채 하정원의 온몸을 위아래로 쳐다보면서 말했다. 하정원이 심드렁하게 대답했다.

"아니, 수련하는 게 무어가 신기하다구 하세요? 이젠 연무장에서 말씀도 다 하시고. 작은사부님이 자꾸 말씀하시면 제 수련에 방해가 돼요. 이젠 못 찾아오시도록 아예 남악산 깊은 곳으로 옮겨서 수련을 해야 하려나?"

혁우세는 이제까지 연무장 안에서는 최소한 아무 말도 하지 않았다. 혁우세가 연무장 안에서까지 말을 거는 일이 자주 발생하면 하정원은 정말 혁우세가 찾기 힘든 남악산 깊은 곳으로 수련 장소를 옮길 생각이었다. 남악산은 정주 남쪽에 있는 커다란 산으로서 이곳 탕춘헌 뒤의 야산을 넘어 산줄기를 타고 오 리 정도 가면 나온다.

"허허… 사질, 미안해. 하 사질의 지금 상태가 하도 신기해서 내가 그만 소리를 낸 거야."

혁우세는 손사래를 치면서 말했다.

"무엇이 그리 신기한데요?"

하정원이 조금 퉁명스럽게 말했다.

"응, 단전에는 내공이 없는데 손짓발짓에는 분명히 엄청난 힘이 실려 있거든. 신기한 일이지."

혁우세가 고개를 갸웃거리며 말했다. 이 말에 하정원이 크게 놀라서 물었다.

"아니, 작은사부님은 제가 단전에 내공이 없는지 어떻게 아세요? 또 손짓발짓에는 힘이 실리는지 어떻게 아세요?"

혁우세가 빙그레 웃으면서 말했다.

"응, 그거? 그냥 보면 알지. 하 사질은 내가 무공을 지니고 있다고는 한번도 생각해 보지 않았지?"

하정원은 더 이상 할 말이 없어서 입을 벌린 채 아무 말도 하지 못했다. 혁우세가 왼손을 슬쩍 들어올리자 연무장 반대편 끝 오 장쯤 되는 거리에 있던 사람 몸통만 한 바위가 둥실 공중으로 떠올라 혁우세의 앞으로 다가와 살며시 땅에 내려졌다. 혁우세는 그 바위를 쓰다듬었다. 그러자 그의 손길에 따라 바위가 꺼풀이 벗겨지듯 표면부터 모래로 부서져서 흘러내리기 시작했다. 대여섯 번 쓰다듬자 바위의 높이가 한 자이상 줄어들었다.

하정원은 비록 정식으로 상승 무공에 입문한 적은 없지만 지금 혁우세가 보여준 것과 같은 경지를 이렇게 아무 힘도 들이지 않고 보일 수 있는 사람은 무림을 통틀어도 많지 않다는 것을 직감적으로 느낄 수 있었다. 이러한 상승 무공을 구경할 수 있다는 사실 자체에 하정원은 감격에 겨워 몸을 떨었다.

"하 사질, 나랑 손 한번 섞어보지 않을래?"

혁우세가 입을 열었다.

"네?"

하정원이 놀라서 되물었다.

"응, 난 하 사질에게 손이나 발로 공격하지 않을게. 하 사질은 무슨 수를 써서라도 나를 이 원 밖으로 나오게 해봐."

혁우세가 직경 반 장 정도 되는 작은 원을 그린 후 그 안에 들어가 서면서 말했다.

차 한 잔 마실 시간 동안 하정원은 혁우세를 밀고 당기며 땀을 뻘뻘 흘리며 힘을 썼다. 혁우세의 옷이 찢어지지 않은 것은 하정원의 악력이 워낙 좋아서 옷이 아니라 혁우세의 몸 자체를 거머쥐었기 때문이다.

한편 혁우세는 하정원의 악력에 놀라고 있었다. 천근추를 사용하여 땅에 박힌 거목(巨木)처럼 버티고 서 있었기에 망정이지 하마터면 밀려날 뻔했다. 하정원의 힘은 내공이라고도 외공이라고도 할 수 없었다. 끈적끈적하면서도 폭발력이 있었다.

"애구! 휴, 작은사부님, 아무래도 안 되겠습니다. 한번 바꾸어서 해보지요. 제가 안에 서겠습니다."

하정원이 말했다.

"뭐? 하하! 그게 말이 되냐? 그래, 한번 바꿔서 해보자. 내가 손가락 하나로 밀어낼 테니까."

혁우세는 성큼 걸어서 원 밖으로 나왔다.

"아하! 드디어 제가 이겼습니다! 작은사부님은 저에게 무슨 수단을 써도 좋다고 하셨고, 방금 전 거짓말이라는 수단을 쓴 거였거든요!'

혁우세의 인상이 확 구겨졌다. 눈이 고리눈이 되면서 하정원을 씹어 먹을 듯 쏘아보았다.

"이그, 그래그래. 아무튼 이번엔 한번 손으로 부딪치는 대련을 해보자. 나는 걷어내거나 튕겨내기만 할게. 절대로 안 때린다."

혁우세가 눈빛을 바꾸며 부드럽게 말했다.

그때부터 혁우세와 하정원은 손을 섞기 시작했다. 하정원의 주먹과 발이 어지럽게 날아들었다. 혁우세는 이를 일일이 손으로 걷어내면서 하정원의 힘쓰는 방식에 대해 새삼 놀라움을 금치 못했다. 분명히 허리가 받쳐 있지 않아 힘이 들어가지 못하는 자세인 데도 내공의 발경(發勁)과 같은 힘이 나왔다.

혁우세는 이제 현무호심단 한 알의 본전을 뽑을 때가 되었다 느끼곤 일부러 가슴에 빈틈을 보였다. 하정원의 오른손 주먹이 가슴의 유근혈을 노리고 들어왔다. 혁우세는 현무귀혼기공(玄武龜魂奇功)을 가슴에 모았다. 현무귀혼기공은 공격을 받는 부위에 순간적으로 강력한 반탄력을 형성시키는 호신강기이다. 현무귀혼기공이 만들어내는 반탄력은 원래 공격력의 수배까지 증폭될 수 있기 때문에 공격한 사람을 즉사시킬 수도 있다.

팡!

하정원은 오른팔을 타고 사정없이 반탄력이 밀고 들어오면서 오장육부를 뒤흔드는 것을 느꼈다. 입 안이 비릿해지면서 눈앞이 노래졌다. 하정원은 입에서 피를 뿜으며 정신을 잃고 삼 장을 튕겨져서 처박혔다.

*   *   *

"우세야, 정원이 정말 괜찮은 거냐? 빨리 현무호심단을 먹여야 하는 거 아니냐?"

혁천세가 초조하게 물었다. 혁천세의 침상에는 하정원이 눕혀져 있었다. 침상의 옆에서는 혁천세가 손 안에 현무호심단을 들고 언제든지 먹일 자세를 취하고 있었다.

"아빠, 오빠 괜찮아? 많이 안 다쳤어, 아빠?"

문밖에서는 혁화미가 거의 정신이 나간 채 울부짖고 있었다. 혁우세는 침상 위에 가부좌를 틀고 앉아 하정원을 엎드리게 해놓고 명문혈에 손을 올린 채 지그시 눈을 감고 있었다. 혁천세는 우선 혁화미를 안정시켜야겠다는 생각이 들어 문을 열고 나가자 혁화미가 눈물이 그렁그렁한 채 파랗게 질려 있었다.

"응, 화미야. 오빠는 괜찮아. 아버지가 좋은 약을 가지고 있어서 예전보다 더 튼튼해질 거야. 응, 착하지? 네가 이렇게 하고 있으면 아버지하고 큰아버지가 오빠를 보살피는 게 힘들어진다. 가서 개들하고 있으렴. 마음이 좀 가라앉을 게다."

혁화미는 아무 소리 않고 혁천세를 올려다보다가 몸을 돌려 자기 방 쪽으로 갔다. 가는 중에도 서너 번이나 뒤를 다시 돌아보며 갔다. 혁천세는 한숨을 내쉬고는 다시 방으로 돌아왔다. 혁우세는 여전히 하정원의 명문혈에 손을 올리고 있었다. 향 한 대 탈 시간이 지나서야 혁우세가 입을 열었다.

"이거 정말 희한하네, 희한해."

"뭐가? 우선 약부터 먹이자."

혁천세가 밀랍을 까려고 했다.

"아, 잠깐. 제 말씀 좀 들어보십시오."

혁우세가 밀랍을 까려는 혁천세의 손을 잡고 만류했다.

"왜? 빨리 말해!"

혁천세가 퉁명스럽게 말했다.

"하 사질의 몸은 정말 희한합니다. 온몸에 선천지기가 가득해요. 생사현관도 트여 있고 임독양맥도 트여 있습니다. 갓난아이의 몸과 같습니다. 단 하나의 문제는 내공이 전혀 없다는 것입니다. 이건 무인의 몸이 아니라 신선의 몸입니다. 살다 살다 이런 경우는 처음 봅니다. 허참, 희한하네, 희한해."

혁우세는 고개를 절레절레 저었다.

"네가 얼마나 살았다고 살다 살다 처음 봐? 애를 반쯤 죽여놓고서는. 쳇!"

혁천세는 퉁명스럽게 말하더니 현무호심단의 밀랍을 까기 시작했다.

"아, 형님! 조금만 더 제 이야기를 들어보십시오!"

혁우세가 비명을 지르듯 외치며 밀랍을 까려는 혁천세의 손을 붙잡았다.

"이 손 안 놔! 너 지금 형한테 힘자랑하냐? 너 이러다 형 때리겠다?"

혁천세가 씩씩거렸다.

"형님, 하 사질의 기혈과 세맥에는 선천지기가 가득하다구요! 그거 안 먹어도 내일 아침에는 씽씽 날아다닌다구요! 하 사질에게 그거 먹여도 별 효과가 없을 겁니다!"

혁우세가 거의 고함을 지르듯 이야기했다.

"잠깐! 이거, 네 거냐? 네 거야?"

혁천세가 눈을 똑바로 뜨면서 말했다. 혁우세는 형의 기세에 움찔하면서 혁천세의 손을 놓을 수밖에 없었다.

"참나, 제 것도 아니면서 별걸 다 신경 써요, 신경 쓰기는."

혁천세는 밀랍을 벗겨 하정원의 입에 알약을 넣고는 하정원의 상체를 뒤에서 받쳐 반쯤 일으켜 세우고 등 뒤를 탁 쳤다. 약은 금세 녹아서 하정원의 식도를 타고 넘어갔다.

"아이참, 그 약을 그렇게 먹이는 게 어디 있담. 형님, 제가 약효가 돌도록 운기를 시키겠습니다."

혁우세가 말하며 하정원을 가부좌 자세로 앉히곤 그의 명문혈에 오른손 장심(掌心)을 댔다. 한 시진쯤 지나자 하정원은 짙은 노란색 땀을 비 오듯 흘리기 시작했다. 그리고 다시 반 시진쯤 지나자 고른 숨을 쉬면서 깊은 잠에 빠졌다.

"하하! 정말 희한한 몸이군. 정말 희한해!"

혁우세가 하정원을 눕히고 나서 어이가 없다는 표정으로 이야기했다.

"그래, 다친 데는 다 나은 거냐?"

혁천세가 물었다.

"아이구, 형님도. 그 약과 상관없이 이미 다 낫고 있었어요. 선천지기가 몸에 그득해서 몸을 어루만지고 돌아다니는데 그까짓 부상쯤은 아무것도 아니지요. 하지만 정말 희한해요. 참나."

혁우세는 연신 고개를 절레절레 저었다.

"정원이 몸을 살펴보니까 어때?"

혁천세가 궁금증이 가득한 표정으로 물었다.

"정원 사질은 나중에 신선이 될 겁니다! 끙!"

혁우세는 한마디만 내뱉고는 더 이상 말을 잇지 않았다.

"무슨 뜻이야?"

혁천세가 다시 다그쳤다.

"형님, 보통 사람이 현무호심단을 먹고 제가 해주었던 것 같은 운기 도움을 받고 나면 적어도 한 갑자 정도의 내공이 바로 생깁니다. 그런데 정원 사질은 어떤지 아세요? 하하! 내공이 하나도 없어요. 차라리 저 마당에 있는 사자 개 녀석들한테 나누어 주었더라면 강호고수에 버금가는 명견이 되었을 텐데. 쩝."

이 말을 마치고 혁우세는 입을 다물었다.

"그게 무슨 말이야? 내공이 하나도 안 생기다니?"

혁천세가 놀라서 물었다.

"정원 사질은 무인이 아닙니다. 신선이에요. 현무호심단 한 알을 먹이고 운기를 도와주니까 일단 내공이 단전에 모이더라구요. 그런데……."

혁우세는 말을 끊고 침을 삼켰다.

"그런데?"

혁천세가 다그쳤다.

"내공이 차 반 잔 마실 시간쯤 지나자 막 흩어지는 거예요. 그러면서 전신의 기혈과 세맥과 근골을 두들기는 겁니다. 그리고 그 속으로 스며들어 가버리는 겁니다. 한마디로, 일종의 산공(散功) 현상이지요. 희한한 산공 현상이지요. 아마 정원 사질이 매일 하는 혼태토납공이란 것도 그런 식일 겁니다. 일단 내공이 생겼다가 바로 흩어져서 전신의 기혈과 세맥을 씻어내리는 것이지요. 기혈과 세맥이 깨끗하고 넓게 단련되니까 자연히 선천지기가 기혈과 세맥에 고이게 되지요. 단전에는 내공이 없고, 기혈과 세맥에는 선천지기가 도도히 흘러다니는 육체이지요."

"그거 혹시 좋은 거 아니냐?"

혁천세가 약간의 기대를 가지고 물었다.

"좋～지요. 신선 되기에 딱 좋지요. 하지만 무인으로서는 영 아닙니다. 정원 사질은 아주 아주 특이한 신선술을 익혀온 것이지요. 이제 무공으로 바꿀래야 바꿀 수도 없어요. 이미 몸이 그 방식으로 익을 대로 익은 상태입니다."

혁우세는 잠시 말을 멈추었다.

"참나, 현무호심단 한 알을 신선에게 헌납했네. 이런, 쩝."

혁우세는 속이 쓰려왔다.

두 형제는 아무 말도 하지 않은 채 서먹서먹하게 앉아서 연방 차만 마시고 있었다. 혁우세와 하정원이 손을 섞은 날은 이렇게 하루가 지나가고 있었다. 하지만 두 형제 중 누구도 건넌방에서 혁화미가 숨소리조차 죽인 채 침상 위에 쪼그려 앉아서 하정원의 소식을 기다리고 있었다는 것은 알지 못했다.

하정원의 몸을 조사한 대가는 현무호심단 한 알로 끝난 것이 아니었다. 다음날 아침 눈을 뜨자마자 하정원은 혁우세를 찾았다.

"작은사부님, 소질에게 무공을 가르쳐 주십시오!"

하정원은 간절한 눈빛으로 허리를 깊이 숙였다.

"허허, 참… 이거 곤란한데. 하 사질은 내공을 익힐 수 없는 체질이야. 차라리 연단술(煉丹術)을 익혀 신선이 되는 방법을 찾아보게."

혁우세는 현무호심단 한 알의 본전이 아깝기도 했지만 내 공을 익히지 못하는 사람에게 무공을 가르친다는 것은 불가 능하다고 믿었기 때문에 퉁명스럽게 대답했다. 이때부터 일 이 꼬이기 시작했다.

"제가 왜 내공을 익히지 못하는 체질입니까?"

"그건 네가 어릴 때부터 익혀 이제 몸에 인이 박힌 그 토납 공 때문이야. 그 토납공은 내공이 쌓이자마자 흩어버리는 성 격이 있어."

혁우세는 여전히 퉁명스럽게 대답했다.

"내공이 없는데 왜 힘이 셉니까?"

하정원은 이제 거의 울 것 같은 표정이었다.

"매일 쌓인 내공이 흩어지면서 기혈과 세맥과 근골을 완벽 하게 씻어주지. 그게 네가 익힌 토납공의 효능이야. 네 기혈 과 세맥은 갓난아이와 같아. 깨끗하고 막힌 데가 없지. 탄탄 하게 단련되어 있기도 하고. 그 기혈과 세맥에 선천지기가 가 득 고여서 온몸을 흘러다니고 있어. 그러니까 힘이 장사인 게 지. 상승 무공과 비교할 힘은 아니지만."

혁우세는 비록 퉁명스럽기는 하지만 최대한 성실하게 대 답했다.

"작은사부님, 제가 익힐 수 있는 무공이 어딘가에 반드시 존재합니다. 제발 좀 저를 이끌어주십시오."

하정원은 이제 목소리마저 울먹이고 있었다.

"몰라. 나보고 남들이 걸어다니는 장경각(藏經閣)이라고 하지. 하지만 내가 아는 무공 중에 단전에는 내공이 안 쌓이고 기혈에 선천지기가 흐르는 무공은 없어. 미안하다."

혁우세는 단호하게 말했다. 하정원이 헛된 생각을 버리고 하루라도 빨리 인생 행로를 다시 잡아야 한다고 생각했기 때문이다.

"작은사부님, 그렇다면 구결이라도 가르쳐 주십시오! 제 몸이 바뀌는 날 익히겠습니다! 혹은 구결을 참오하다 보면 무엇인가 깨달음이 있을지도 모르지 않습니까!"

하정원은 거의 울부짖고 있었다.

"허, 이거 참 딱하구먼, 딱해. 이거 참, 하 사질, 오늘은 이만 하지."

여기까지 말하고 혁우세는 몸을 돌려 방으로 들어갔다. 하지만 두 시진 후 혁우세는 '인간 찰거머리'가 무엇인지 절감하기 시작했다. 방문을 열고 나오는데 하정원이 방문 앞에 무릎을 꿇고 앉아 있는 것이 아닌가! 처음에는 '이렇게 할 필요 없다, 안 되는 일을 사람의 힘으로 어떻게 하겠는가'라고 좋게 말했지만 하정원은 막무가내였다.

그날 혁우세가 어디를 가든 하정원은 문 앞에서 무릎을 꿇고 있었다. 심지어 뒷간을 갔을 때에도 뒷간 문 앞은 아니었지만 뒷간에서 삼 장쯤 떨어진 곳에 무릎을 꿇고 앉아 있었다. 이렇게 삼 일을 시달렸다. 혁우세는 이제 자다가도 하정원이 침상머리에 무릎을 꿇고 앉아 있는 꿈을 꾸고 놀라서 일어날 지경이 되었다.

혁화미가 몰래 가져다주는 건포와 물과 미숫가루가 아니었으면 하정원은 아마 탈진하여 쓰러졌을 것이다. 시간이 흐르자 이젠 혁우세가 신경쇠약에 걸릴 지경이었다. 마침내 혁우세는 마음속으로 삼 일 안에 탕춘헌을 떠나야겠다고 결심하기에 이르렀다. 만일 그 일이 없었다면 혁우세는 어느 날 밤중에 바람같이 사라져 버렸을 것이다.

혁우세가 도망치듯 떠날 결심을 하고 출발할 날짜를 계획하던 날 아침, 식탁에는 혁천세와 혁화미, 그리고 황보준이 앉아서 아침을 먹고 있었다.

황씨 아주머니가 가장 자랑하는 음식 중의 하나인 계육두부탕(鷄肉豆腐湯)이었다. 닭고기 국물에 두부를 넣고 끓인 간단한 음식인데 황씨 아주머니의 비법 때문인지 정말 시원하면서도 고소했다. 찌는 듯한 여름날 먹는 음식으로서는 최적이었다. 바람이 무더워서 사방의 창과 문은 다 열려 있었다. 원래 황보준은 아침 식사는 기숙사에서 하는데, 하정원이 무릎을 꿇고 앉아 있기 시작한 며칠 전부터는 아예 아침 식사도 탕춘헌에 와서 했다.

하정원은 식사를 하는 사람들의 눈에 안 뜨이게 방문 바깥쪽 오른쪽에 무릎을 꿇고 앉아 있었다. 원래는 방문 앞에 앉아 있었는데 신경이 날카로워진 혁우세가 조금 전에 한마디 고함을 지른 덕분에 눈에 안 뜨이는 장소로 옮긴 것이다.

"야, 너 때문에 먹었던 두부 쪼가리가 식도를 타고 곤두서서 올라온다구! 꿇어앉아 있든 자빠져 청승을 떨든 네 맘대로 해봐라! 그 대신 밥 먹을 때는 좀 안 보이게 해!"

혁우세는 매몰차게 한소리 고함을 질렀다. 하정원은 저린 다리는 비틀거리며 안 보이는 쪽으로 자리를 옮겼고, 식사는 다시 시작되었다. 하지만 후르르 쩝쩝대며 일부러 요란하게 먹고 있는 혁우세를 제외하고는 아무도 음식에 손을 대는 사람이 없었다. 국물을 떠먹는 짧은 사기 수저를 오른손에 든 채 그릇을 바라보고 있을 뿐이었다.

"후르르, 쩝쩝."

"후르르, 쩝쩝."

혁우세의 먹는 소리만 요란했다.

황보준이 문득 말을 하기 시작했다.

"그런데 말이에요, 제 고향이 산동성(山東省) 청도(靑島) 아닙니까. 거기가 항구 도시이다 보니까 사람들이 억세고 허풍이 심하지요."

혁천세와 혁화미는 황보준이 갑자기 고향 이야기를 시작하자 지금 한참 심각한 분위기에 이게 무슨 엉뚱한 소리인가 하고 눈을 동그랗게 떴다. 혁우세는 속으로 '옳거니' 하고 생각했다. 이제야 황보준이 철이 들어 저 악바리 하정원이란 놈이 연출하는 청승맞은 분위기를 전환하려고 하나 보다라는 생각에 기꺼운 마음이 들어서 혁우세는 빙긋이 웃음지었다.

"응, 그래. 청도 사람들이 좀 허풍이 심하지. 아니, 아주 심하지."

혁우세는 분위기 전환을 위해 얼른 맞장구를 쳤다. 사실 혁우세는 청도에 가본 적도 없었다.

"네, 청도 사람들이 아주 아주 허풍이 심하지요. 항구 도시 아닙니까. 한번은 청도 허풍쟁이 하나가 이곳 정주에 왔어요. 정주 술집에서 여러 명이 모여 술을 먹게 되었는데 이 허풍쟁이가 또 버릇이 나왔단 말입니다. 그래서 술김에 '내가 청도에 있을 때에는 한번 뛰어서 사 장을 넘었네'라고 허풍을 쳤지요. 배와 배가 가까이 접근했을 때 사 장 정도의 거리를 단번에 뛰었다고 허풍을 친 것입니다."

황보준이 허풍장이의 말투를 고스란히 살려가면서 허풍장이가 취했음 직한 몸짓까지 흉내 내며 이야기했다.

"하하, 준이! 자네는 공부만 잘하는 줄 알았는데 이야기도 잘하는구먼! 경극(京劇) 배우를 해도 되겠어!"

황보준의 이야기에 청승맞은 분위기가 완전히 사라졌다고 생각한 혁우세가 신이 나서 손뼉을 치며 맞장구를 쳤다.

"이야기를 듣던 사람들은 거짓말이라고 말했지요. 사 장을 발을 굴러 건너뛰는 게 어디 애들 장난인가요, 무림고수나 할 일이지. 작은사부님 같은 고수라면 모를까."

황보준은 하정원의 말투대로 혁우세를 작은사부라고 부르면서 혁우세의 기분을 맞추어주었다. 혁우세는 기분이 좋아져서 싱글벙글하였다.

"그런데 이 허풍쟁이가 술이 많이 취했는지 여기가 청도 항구라면 당장 사 장을 건너뛰어 보이겠다는 둥 배 두 척을 사장 간격으로 준비하라는 둥 계속 허풍을 친 겁니다. 그러면서 말끝마다 여기가 청도라면 당장 해 보이겠다고 했지요."

황보준이 차분하게 말을 이었다.

"허, 그 인간 참 대단한데? 과연 청도 사람다워."

혁우세는 연신 맞장구를 치고 일부러 발을 구르고 손뼉을 치면서 재미있어 하는 척했다. 혁천세와 혁화미는 눈살을 찌푸리기 시작했다.

"결국 이야기를 듣던 사람 중의 하나가 나섰지요. 그 사람은 반점(飯店) 삼층에서 밥을 먹고 있었는데 옆의 반점 삼층 난간이 바로 한 장 반을 두고 붙어 있었거든요. 허풍을 듣다가 참지 못하고 나선 사람은 다짜고짜 청도 사람의 뒷덜미를 잡고 난간으로 가더니 이렇게 말했지요. '자, 여기가 배야. 저기 건너편이 또 다른 배지. 그리고 이 일대가 다 청도 항구 바다야. 자, 뛰어봐'. 그리고 그 허풍쟁이를 번쩍 들어서 난간에 올렸지 뭡니까. 허풍쟁이가 난간 기둥을 붙잡고 그 자리에서 오줌을 줄줄 지렸습니다. 그래서 그 오줌 냄새 빠지는

데 한 보름 걸렸습니다."

황보준은 차분하게 이야기를 마쳤다.

"하하! 재미있군, 재미있어! 이렇게 재미있는 이야기는 처음이야, 처음!"

혁우세가 손뼉을 치며 맞장구를 쳤다. 혁천세와 혁화미는 황보준의 썰렁한 이야기가 무슨 뜻인지 잠시 생각에 빠졌다. 황보준이 조용히 말을 이었다.

"네, 세상에는 허풍쟁이들이 많지요. 정주에 특히 많습니다. 천세유림에도 많구요. 아마 이곳 탕춘헌에도 있을 겁니다."

순간 장내가 조용해졌다. 얼음과 같은 싸늘한 정적이 순식간에 내려앉았다. 황보준은 혁우세를 맞대놓고 허풍쟁이라고 비난한 것이었다. 자칭 천하제일고수에다 '걸어다니는 장경각'이라고 한다는 것을 황보준은 혁천세로부터 전해 들었다. 그런 실력을 갖추고도 당장 익히지는 못하더라도 두고두고 참오할 수 있도록 구결만이라도 가르쳐 달라는 하정원의 간청을 들어주지 않는 혁우세를 향하여 허풍쟁이라고 말한 것이다.

강호무인들은 성정이 과격하고 자존심이 세다. 강호에서는 명예와 자존심에서 밀리면 생존이 불가능하기 때문이다. 평소 황보준을 예쁘게 보지 않았더라면, 또 이곳이 혁천세의 집이 아니었다면 혁우세는 황보준을 한주먹에 때려죽였을 것이다. 집이 무가(武家)인 황보준 역시 이 같은 사정을 잘 알기에 자신의 목숨을 걸고 혁우세를 도발한 것이다. 혁우세의 얼굴이 백짓장처럼 하얗게 변했다. 사람이 극도로 노하게 되면 얼굴이 붉어지는 것이 아니라 하얗게 변한다. 혁우세의 눈동자에서는 살기가 스멀스멀 피어오르기 시작하며 손이 떨리기 시작했다.

혁천세는 짧지만 한없이 긴 이 순간을 숨을 졸이고 한 장면 한 장면 천천히 보고 있었다. 혁천세는 문득 자신이 이 위험한 상황을 타개해야겠다는 생각이 들었다. 그래서 크게 말했다.

"그래, 세상에는 허풍쟁이들이 많아! 자칭 천하제일고수에 걸어다니는 장경각이라고 하면서도 아무 일도 못해내는 바로 너, 우세도 그런 사람 중 하나지!"

혁천세의 한마디에 혁우세의 살기는 팍 꺼져 버렸다. 혁우세는 허탈한 표정으로 형을 보았다. 형의 얼굴에는 자신을 비난하는 빛이 가득했다. 이번에는 황보준의 얼굴을 보았다. 열일곱 살의 앳된 얼굴에는 '왜 최선을 다하지 않는 것입니까?'라는 의아함이 가득했다. 이번에는 혁화미의 얼굴을 보았다. 혁화미는 두 눈에 눈물이 그렁그렁한 채 원망에 가득 찬 눈빛으로 자신을 빤히 보고 있었다.

"이런, 젠장! 합니다! 하면 될 거 아니요! 저 녀석, 내일 아침까지 몸 추스려 놓으세요! 나, 내일 아침에나 들어옵니다!"

혁우세는 자리를 박차고 일어나 휭하고 튀어 나가면서 고함을 한 번 더 질렀다.

"젠장! 이건 집구석이 아니라 고리대금업자 전장(錢莊)이야! 악질 고리대금업자들이라구! 사람을 기름 짜듯 쥐어짜는구나!"

혁우세가 사라지자 황보준과 혁화미는 하정원에게 달려갔다. 하정원은 다리가 저려서 비틀거리고 있었지만 이미 자신의 힘으로 일어서고 있었다. 하정원이 눈이 벌게져서 잘 나오지 않는 목소리로 황보준에게 말했다.

"준아, 고맙다."

황보준은 갑자기 목 울대가 갑갑해지고 눈동자가 뜨끈해지는 것 같았다.

"응… 뭐… 그런 거지. 나 수업 간다."

황보준은 방금 전에 목숨이 왔다 갔다 했다는 것을 완전히 망각한 듯 천세유림 쪽으로 뛰어가 버렸다.

"아무리 그래도 그렇지, 형보고 악덕 고리대금업자라니! 엥! 사람을 기름 짜듯 쥐어짠다구? 엥!"

혁천세가 하정원을 부축해서 식탁에 앉히며 투덜거렸다.

"사부님, 그건 작은사부님 말씀이 맞습니다."

하정원이 계육두부탕을 우물거리며 말했다. 혁천세는 의아한 표정으로 하정원을 보았다. 하정원의 말이 이어졌다.

"여기 밥값이 비싸잖아요. 제가 작은사부님 밑천을 많이 털어낼 텐데요. 안 그래, 화미야?"

하정원은 입 안 가득 계육두부탕을 넣고 말하면서 혁화미에게 눈을 찡긋했다.

"허허허."

"푸하하하핫!"

혁화미는 웃다가 음식을 토할 뻔했다. 하정원의 한마디에 아버지에 대한 원망도 싹 가셨다. 또한 다른 식구들과 아버지 사이의 갈등 때문에 바늘방석에 앉은 것 같던 심정도 다 없어졌다. 그날 아침 황씨 아주머니는 큰 솥에 계육두부탕을 한 번 더 끓여야 했다. 두부가 부족해서 천세유림 기숙사 식당에서 꾸어오긴 했지만.

탕춘헌을 박차고 나온 혁우세는 매우 복잡한 심사를 달래기 위해 정주 시내로 나갔다. 황보준에 대해서는 아직도 시뻘건 불덩어리 같은 노여움이 식지 않고 있었다. 새파란 소년이 평생 이름을 드러내지 못한 채 오직 강호의 안위를 위해 살고 있는 천하제일고수인 자신에게 대놓고 '허풍쟁이'라고 말했다는 생각을 할 때마다 한주먹에 죽여 버리고 싶은 살기가 치솟았다. 그리고 하정원에 대해서는 역정이 치밀어 올랐다. 그만큼 알아듣게 이야기했으면 무인으로서의 길을 얼른 포기하고 다른 길을 찾아볼 것이지, 청승을 떨어 혁우세 자신을 몰아세웠다는 느낌을 지울 수 없었다. 혁천세에 대해서는 허탈하고 섭섭한 마음뿐이었다. 동생의 입장은 조금도 생각하지 않고 자신을 허풍쟁이라고 부르는 철딱서니없는 소년들과 맞장구쳤다는 생각에 당장에라도 형제의 의를 끊고 싶은 충동이 일었다. 혁화미에 대해서는 가슴이 뻥 뚫려 무엇인가 잃어버린 듯한 상실감마저 들었다. 자신과 딸 사이에 엄청난 장벽이 생긴 것 같았다.

혁우세는 이런 복잡한 심사에 잠긴 채 뚜렷한 목적지 없이 그냥 정주 시내를 걷고 있었다. 혁우세의 발걸음이 동문 앞의 작은 다리인 동천교(東川橋)에 이르렀을 때 문득 그의 귀에 소란스러운 욕설이 들렸다. 다리 밑 개천 변에서 두 명의 어린 아이를 세 명의 청년이 둘러싸고 때리고 있었다.

"이 새끼가 완전히 간이 배 밖으로 나왔어! 너, 이러면 죽을 줄 알라구 했지? 엉? 내가 그 말 했어, 안 했어, 이 새끼야?!"

불거진 광대뼈에 독사 같은 세모 눈을 한 청년이 한 아이의 옆구리를 사정없이 걷어찼다. 얻어맞는 아이는 봉두난발에 거지 꼴을 한 여덟 살 정도의 아이였는데 숨을 캑캑거리면서도 다른 한 아이를 감싸서 보호하고 있었다.

"이 자식이 지 동생은 여전히 감싸고 들어! 니 동생은 살기 틀렸다구 했잖아, 이 새끼야! 황달 걸려서 눈탱이가 샛노랗게 된 해골 더미가 어떻게 살아나냐, 이 머저리 같은 새끼야!"

들창코에 목이 너무 짧아서 어깨 위에 바로 머리가 붙은 것 같은 다른 청년이 형 되는 아이의 등짝을 발뒤꿈치로 내리찍으면서 말했다.

"그 새끼, 아주 지근지근 밟아서 깨뜨려 버려! 일벌백계(一罰百戒)! 모범을 보여 기강을 세워야 해!"

화려한 금의 화복을 입은 말쑥하게 생겼지만 음침한 관상의 청년이 조용히 말했다. 형 되는 아이는 이미 실신한 것으로 보였다. 그러나 정신을 잃은 와중에서도 필사적으로 온몸으로 동생을 감싸고 있었다. 여섯 살쯤 되어 보이는 동생은 여자 애인데, 해골같이 삐쩍 말라 있었다.

문득 혁우세는 어렸을 때 부모님이 돌아가신 후 형 혁천세가 온갖 궂은일을 해가며 자신을 보살펴 주던 기억이 떠올랐다. 그때 형도 저렇게 필사적으로 아우인 자신을 보호했었다. 혁우세가 다리 아래로 뛰어내렸다.

"야, 이놈들! 뭐 하는 짓이야! 애를 패 죽이려고 해?"

매 맞던 아이를 가로막고 혁우세가 소리쳤다. 들창코에 자라목을 한 청년이 혁우세를 노려보면서 이빨 사이로 찍 침을 뱉고는 말했다.

"꼰대는 여기 왜 끼슈? 애들 버릇 잡고 있수다. 가서 애나 보… 으아아악!"

혁우세는 동네 깡패에게 시답잖은 욕설을 듣고 있을 이유가 없었다. 들창코가 혁우세에게 분근착골 수법으로 점혈당하여 땅바닥에 쓰러졌다.

"으아아악!"

들창코를 점혈하자마자 혁우세는 금의화복마저 같은 수법으로 점혈했다. 눈 깜짝할 사이에 두 명이 점혈당하여 온몸의 핏줄과 근육이 비비 꼬이면서 땅바닥을 구르는 것을 보고 독사눈의 청년은 선 채로 바지에 오줌과 똥을 지렸다. 개천가에 비명이 메아리쳤다.

"야, 너! 이 두 놈을 둘러메고 따라와!"

혁우세는 독사눈에게 말하고서는 두 아이를 안고 풀쩍 다리 위로 올라섰다. 독사눈은 겁이 나 오금이 풀려 제대로 걸을 수도 없었지만 이미 사람 몰골이 아닌 채로 온몸을 비비꼬면서 비명만 지르는 두 청년을 차례로 다리 위로 던지고 자신도 다리 위로 올라섰다. 이미 혁우세는 다리 끝에 있는 영화루라는 객잔으로 들어간 뒤였다. 독사눈은 연신 비명을 질러대면서 이미 반쯤 혼이 나간 두 명을 둘러메고 서둘러 혁우세의 뒤를 쫓았다.

금의화복은 정주 시내의 동문 구역을 차지하고 있는 정의회(正義會) 회주의 조카였다. 독사눈은 그를 내버려 두고 그냥 도망갔다가는 회주에게 뼈도 못 추리고 죽을 것이 확실했기 때문에 혁우세의 뒤를 따를 수밖에 없었다.

두 명을 간신히 둘러메고 영화루로 들어서자 이미 일층 안쪽 자리에 혁우세가 자리 잡고 앉아 있었다. 혁우세는 탁자 네 개를 붙여서 두 아이를 눕혀놓았다. 이미 손님들은 시비를 두려워하여 분분히 일어나서 가게 밖으로 나가고 있었다. 영화루의 주인과 점소이들은 낯빛이 새파랗게 질린 채 부들부들 떨고 있었다.

"그 짐승들은 거기 내려놔. 그리고 너도 그 옆에 무릎 꿇고 앉아 있어."

혁우세는 쳐다보지도 않고 무심하게 말하면서 두 아이의 몸 이곳저곳을 주무르고 있었다. 혁우세는 두 아이의 온몸을 주무른 후 형이라는 아이를 발가벗겨서 몸에다 고약같이 생긴 약을 문질러 발라주었다. 약 차 한 잔 마실 시간이 지난 후 혁우세가 자리에 앉으면서 말했다.

"너희, 여기 뒷골목에서 노는 놈들이냐?"

"넷!"

독사눈이 목청이 터져라 대답했다.

"나 귀 안 먹었다. 조용히 말해."

혁우세가 말을 이었다.

"너 같은 잔챙이랑 이야기하기 싫다. 너희 두목보고 오라고 해. 안 때리고 안 죽일 테니까 겁먹지 말고 오라고 해. 반시진 안에 안 오면 너희들이 무슨 패거리인지 알아내서 오늘 밤중 안으로 씨를 말린다고 전해. 알아들어?"

"넷!"

독사눈은 여전히 목청이 터져라 대답했다. 독사눈이 떠나고 난 후 조금 있다가 아이들이 정신을 차렸다.

"움직이지 말거라. 큰 애 너는 갈비가 세 군데 부러진 것을 맞추고 약을 발라놓았으니까 며칠 동안 움직이지 말어. 작은 애 너는 아저씨가 혈도를 주물러 놓았으니 한 시진 정도 누워 있는 게 좋아."

혁우세는 영화루 주인을 불러서 소고기 국물을 가져오게 하여 점소이로 하여금 아이들의 입에 떠 넣어주게 했다. 그리고는 분근착골당하여 이제 낯빛이 새까맣게 되어 다 죽어가고 있는 두 명의 혈도를 풀어주었다. 둘은 기력이 다한 듯 죽은 듯이 영화루 바닥에 누워 있을 뿐이었다.

아이들이 거의 한 양푼의 국물을 비울 무렵, 바깥이 소란스러워지더니 삼사십 명의 무뢰배들이 영화루 앞으로 몰려왔다. 그중 흑의 경장을 입은 오십대의 사내가 나머지 일행에게 조용히 기다리라고 손짓으로 명령한 후 혼자 영화루 안으로 들어왔다. 그는 혁우세와 바닥에 자빠져 있는 두 사내와 탁자 위에 눕혀져 있는 두 아이를 번갈아 바라보았다.

혁우세가 그에게 조용히 손짓했다. 순간 흑의 경장을 입은 사내는 아혈이 막혀 아무 소리도 못 내게 되었고, 혁우세의 손짓에 따라 몸이 자신의 의지와 상관없이 저절로 움직여서 탁자에 앉게 되었다.

"주인장, 여기 잠시 영업 좀 쉬지. 문 닫고 창의 덧문도 좀 닫아. 빨리!"

혁우세가 영화루 주인에게 말했다. 주인은 재빨리 문을 닫고 창의 덧문을 내렸다. 흑의경장사내가 혁우세의 앞에 너무

나 얌전히 앉아 있는 모습에 뒷골목 무뢰배들은 하릴없이 제
자리에 서 있을 수밖에 없었다. 혁우세는 주인장과 점소이도
나가 있으라 하고는 흑의경장사내의 아혈을 풀어주었다. 하
지만 흑의 경장을 입은 사내는 여전히 손가락 하나 까닥할 수
없었다. 혁우세가 입을 열었다.

"니네 패거리 이름은?"

"정의회입니다."

흑의 경장을 입은 사내가 겁에 질려 말했다.

"짧게 말한다. 나는 너희 같은 시래기들하고 상종하고 싶
지 않다. 이 두 아이는 오늘 내가 의원에게 데려다 준다. 앞으
로 이 두 아이가 길 가다가 돌멩이에 걸려 넘어져도 나는 정
의회의 소행으로 생각하겠다. 동네 아이들하고 싸움을 해서
코피가 터져도 나는 정의회의 소행으로 생각하겠다. 그리고
네놈부터 이렇게 온몸의 가죽을 벗기고 네놈 패거리의 씨를
말리겠다."

혁우세의 손짓에 자빠져 있던 들창코의 몸이 저절로 움직
여서 혁우세 바로 앞 공중에 누운 자세로 떠 있게 되었다. 분
근착골의 후유증에서 간신히 벗어나 정신을 차린 들창코의
눈에 공포가 떠올랐다. 혁우세는 탁자 위 아이들의 수혈을 짚
어 아이들을 잠들게 했다. 혁우세는 이어서 공중에 떠 있는
들창코의 오른발 발목에서부터 발끝까지를 쓰다듬었다.

"이걸로 열 살도 안 된 아이의 등짝을 찍어서 갈비를 세 대

나 부러뜨렸단 말이지."

순간 공중에서 핏물이 후두두 떨어지면서 발목 아래 부분의 살가죽이 고스란히 벗겨졌다.

"아아아아악!"

들창코의 입에서 짐승과 같은 비명이 나왔다.

"거, 참을성이 너무 없구먼."

혁우세는 들창코의 아혈을 짚어버렸다. 공중에 뜬 채 한쪽 발에서 핏물을 줄줄 흘리면서 소리없는 비명을 지르고 있는 들창코의 모습에 흑의경장사내의 안색이 새하얗게 질려갔다.

"가지고 가서 먹어."

혁우세가 살가죽을 흑의경장사내의 눈앞에 들이밀며 말했다.

"니가 싼 똥이야. 똥 같은 놈이지. 그러니까 니가 먹어치워! 나중에 이 아이들에게 무슨 일이 생기면 니 가죽을 니가 먹게 될 거야. 내 눈앞에서."

혁우세는 조용히 말하면서 흑의경장사내의 혈도를 풀어주었다. 흑의경장사내는 부들부들 떨리는 손으로 살가죽을 받아 품에 넣었다. 혁우세는 공중에 떠 있는 들창코의 혈도를 몇 군데 짚은 후 땅에 내려놓았다. 피가 멈추었고, 들창코는 다시 아무 말도 못하고 손가락 하나 까딱하지 못하는 신세가 되었다. 혁우세는 다시 말했다.

"이놈은 내일 저녁까지밖에 못 살아. 그동안 눈알만 뒤룩

뒤룩 굴리면서 한마디도 못하고 꼼짝도 못하지. 데리고 가서
잘 묻어줘."

혹의경장사내는 이미 온몸이 식은땀에 절었고, 바지에는
똥과 오줌을 지리고 있었다. 혁우세가 땅바닥에 누운 채 공포
에 질려 있는 금의화복청년을 가리키며 다시 말했다.

"그런데 여기 있는 이 짐승은 어떻게 할까? 아주 악질이던
데. 나는 손쓰기 싫거든. 네가 손 좀 써라. 네가 가진 칼로. 니
똥은 니가 치워야지. 한번 목을 잘 도려내 봐."

차 한 잔 마실 시간이 지난 후 혹의경장사내는 목 하나와 목
없는 시체 한 구, 한쪽 발을 피가 배어 나온 헝겊으로 둘둘 묶
은 들창코를 끌고 비틀거리면서 영화루 문을 나섰다. 그는 평
생 동안 영화루 안에서 무슨 일이 일어났는지 입에 담지 않았
다. 또한 그는 평생 동안 어린아이들을 이용한 앵벌이나 소매
치기 사업을 하지 않았다. 그날 화를 피한 독사눈은 그날 밤
조용히 정주의 뒷골목을 떠나 평범한 농사꾼이 되어 살았다.

한편 혁우세는 혹의경장사내가 떠난 후 아이들을 정주 시
내의 한 의원에게 충분히 돈을 주어 맡기곤 천천히 걸어서 천
세유림으로 돌아왔다. 천세유림으로 돌아오는 길에 혁우세의
머리 속에는 여러 가지 생각이 스쳐 지나갔다. 영화루에서 모
질게 손을 쓴 때문인지 노여움과 살기가 많이 가라앉았다. 어
렸을 때 형 혁천세가 조금이라도 덜 영악했더라면 형과 자신
은 그 아이들과 같은 처지가 되었을 것이라는 생각이 들었다.

또한 하정원이 악착같이 자신에게 무공을 가르쳐 달라고 졸랐던 것 역시 이해가 되었다. 지난 오 년간 밤낮으로 무공만 생각해 온 하정원으로서는 그럴 수밖에 없었을 것이라고 생각되었다. 황보준이 목숨을 걸고 하정원의 입장을 대변한 것도 이해가 되었다. 둘 사이의 우정은 형제 간의 우애만큼 좋았기 때문이다. 그렇게 생각하고 나자 혁우세 자신이 '제자를 구해야 한다'는 생각에 너무 옹졸하게 행동했다는 느낌이 들었다. 그리고 그렇게 옹졸하게 행동하는 아버지를 보면서 혁화미가 겪었을 마음고생도 짐작이 되었다. 마차가 천세유림 정문에 도착할 무렵, 혁우세의 마음은 잔잔하게 가라앉아 있었다.

"형님, 오늘은 산에 혼자 틀어박혀 정원 사질에게 무공을 가르쳐야 할지 말아야 할지 생각 좀 해봐야겠습니다. 내공을 못 익히는 놈한테 어떻게 무공을 전수해야 할지 저도 갑갑합니다."

탕춘헌에 돌아온 혁우세가 혁천세에게 불쑥 말했다.

"왜 네가 다 해주어야 한다고 생각하냐?"

혁천세가 물었다.

"……?"

"정원이가 무공을 할 수 있을지 없을지는 자기 운명이야. 너는 그냥 정원이가 익혀온 토납공과 충돌이 일어나지 않을 무공 중에 좋은 것을 몇 개 추려서 가르치면 돼."

"그래도 명색이 이 혁우세에게서 무공을 배웠다는 사람이
실제로 무공을 하나도 못하면……."

"어허! 어떨 때 보면 너 참 갑갑하다. 소림사에 가면 장경각
에서 일하는 스님 중에 실제로는 무공을 하나도 못하지만 무공
의 이치에 통달한 스님들이 있잖아. 일단 그런 식으로 가르쳐
봐. 나중에 무공을 하고 안 하고는 정원이의 운명일 뿐이야."

혁우세는 망치로 뒷머리를 한 대 얻어맞은 것 같았다. '혁
우세의 가르침을 받은 자는 최소한 이 정도의 무공 실력은 발
휘할 수 있어야 한다'는 생각을 해왔다는 것을 깨달았고, 이
생각이 실은 매우 오만한 착각이었다는 점을 절감했다. 자신
은 하정원을 무학의 세계로 이끌어주기만 하면 되는 것이었
다. 그 다음에 무공을 실제로 발휘할 수 있을지 없을지는 자
신의 소관이 아닌 것이다. 평소 이론을 닦고 학문을 익히는
혁천세나 천세유림의 학생들의 입장에서는 아주 자연스러운
발상이지만 스스로 강호제일고수라는 자부심이 가득한 혁우
세로서는 혁명적인 발상의 전환이었다.

"그런데 이놈의 집구석은 왜 이리 지저분하고 복닥거리는
지……. 정원이에 준이에 천세유림 식충이들에 화미에 개새
끼들에 닭에 토끼에……. 형님, 전 오늘 산에서 지냅니다!"

혁우세는 혁천세에게 속사포처럼 횡설수설해 놓고 다시
휑하니 집을 나가 버렸다.

   *   *   *

 그날 오후 하정원은 황보준을 따로 만나기 위해 천세유림
으로 내려갔다. 그리고 둘은 정주 시내의 은성반점으로 가서
저녁 식사를 사 먹고 샛강으로 산보를 갔다.
 "준아, 아까는 정말 고마웠다."
 하정원이 다시 한 번 황보준에게 감사의 뜻을 표했다.
 "응. 너는 어떻게든 상승무공을 배워야 할 거 아니야. 언젠
가는 네가 고향에서 보았던 그 무당파의 고수 같은 사람이 되
어야지. 그래서 나를 많이 도와주어야지. 하하!"
 황보준이 넉살 좋게 웃었다.
 "그래, 준아. 언젠가는 내공이 안 쌓이는 한계를 뛰어넘어
상승무공을 익힐 수 있을 거야."
 "그런데 혁우세 사부님은 왜 네게 무공을 안 가르치려고
하셨던 거야?"
 "안 가르치시는 게 아니라 가르칠 필요가 없다고 생각하
셨을 거야."
 하정원이 담담히 말했다.
 "우선 구결만이라도 가르치시든지, 혹은 뭔가 다른 방법이
있나 최선을 다해보셨을 수 있잖아?"
 "사실 내가 보기에도 작은사부님, 고민이 많았을 거야. 내

공을 익힐 수는 있어도 배우기가 쉽지 않은 게 상승무공인데, 내공도 못 익히는 나 같은 놈을 가르친다는 것은 정말 난감한 일일 거야. 하지만 일단 가르치시기로 했으니까 이제는 내가 무엇인가를 해내야지."

하정원은 들판 끝에 멀리 보이는 불빛을 보며 이야기했다.

"음, 하기야 글자를 쓸 수 없는 사람이 학문을 배우겠다고 하면 정말 난감하긴 하지."

황보준이 고개를 끄덕였다.

하정원은 산보를 하던 발걸음은 멈추어 서더니 겨드랑이 밑에 가죽 끈을 매어서 감추어 차고 있던 단검을 가죽 끈과 함께 풀어서 건네주었다. 날 길이가 육 촌 정도 되는 단검이었다. 단검 자루에는 상아가 박혀 있었는데, 손때가 묻어 노르스름하게 반들거렸다

"나는 네가 필요할 때 목숨도 내놓겠다. 이건 내 신표(信標)다."

하정원이 짧게 이야기했다.

황보준은 눈물이 글썽해지는 것을 참았다. 하정원이 그 단검을 어느 정도 애지중지하는지 알고 있었기 때문이다. 하정원이 열세 살 때 아버지로부터 저 단검을 얻어내려고 무려 석 달을 졸랐다는 이야기를 들은 적이 있었다. 차 반 잔 마실 시간이 흐른 뒤에 황보준이 하정원의 오른손을 자신의 왼 손바닥으로 잡았다.

"나도 네가 필요로 할 때 목숨을 내놓겠다. 나는 이번 중추절에 집에 다녀오면서 만금통령술(萬禽通靈術) 책자를 가져다 신표로 주겠어."

황보준은 이렇게 말하며 자신의 빈 오른손을 하정원의 오른손 위에 놓았다.

둘은 한동안 말없이 걸었다.

"그런데 준아, 만금통령술이 뭐야? 제목으로 보면 매나 부엉이 같은 짐승을 아주 잘 부릴 수 있는 방법 같은데……."

하정원이 궁금증을 참지 못하고 황보준이 집에서 가져다준다는 신표에 대해 물었다.

"응, 그거 엉터리 책이야."

황보준이 간단히 대답했다.

"푸하하핫!"

하정원은 어이가 없어서 크게 웃었다.

"엉터리이긴 한데 집안에서 꽤 소중히 여기지. 하지만 대대로 우리 집 사람 중에 만금통령술을 익혔다는 사람은 없었어."

"너희 집에서 소중히 여긴다며 어떻게 가져오려고 해?"

하정원이 물었다.

"훔쳐서 가지고 오지."

"하하하! 아들을 천세유림에 보내놨더니 도둑이 되어 집에 돌아가는구나! 하하하!"

"도둑이 되어 조정에 가는 것보다야 백번 낫지."

하정원과 황보준은 밤늦게까지 샛강 변을 거닐면서 이야기를 나누다가 자정이 넘어서야 천세유림으로 돌아갔다.

6장

무공, 입문하다

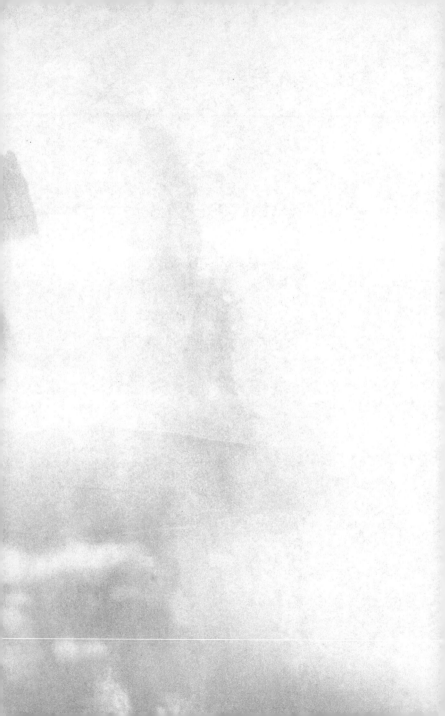

묵환
默環

다음날부터 혁우세는 하정원에게 무공을
가르치기 시작했다. 아니, 정확하게 말하면 무공을 가르치기
위한 장소를 하정원과 함께 만들기 시작했다. 천세유림 뒤편
으로 남악산 줄기를 타고 십 리쯤 들어간 산속에 삼백 평쯤
되는 공터를 골라 흙을 다졌다. 그리고 비탈을 깎아 약 열 평
쯤 되는 토굴을 만들었다. 그런 후 바쁘다고 고개를 젖는 혁
천세를 막무가내로 데려다가 삼 일에 걸쳐 연무장과 토굴 근
처의 약 이천 평쯤 되는 지역에 환영미로진(幻影迷路陣)을 설
치했다.

환영미로진은 귀곡자의 절진으로서 외진(外陣)과 내진(內

陣)으로 이루어져 있다. 외진에 들어온 사람은 내진 속의 모습을 보지 못한 채 자기도 모르게 진 밖으로 걸어나가게 되어 있다. 사람을 죽이고 상하게 하는 위력은 없으나 번거로움을 피하는 데에는 가장 적합한 진이었다. 혁천세는 혁우세에게 꼼짝도 못하고 붙잡혀서 환영미로진을 설치하느라 삼 일을 무단 결근했다. 그 덕분에 천세유림 인사위원회에서 경고 조치를 당하고 칠 개월치 봉급을 절반밖에 받지 못했다.

혁우세와 하정원이 연무장을 만들고 나서 이사를 하려고 하는데 혁천세가 길일을 잡아야 한다며 주역을 들이밀어서 다시 며칠이 미루어졌다. 실은 혁천세는 동생과 하정원이 십 리나 떨어져 살게 되어 섭섭한 마음이 들어 하루라도 더 붙잡아두고 싶었던 것이다. 혁천세는 새로 만들어진 토굴과 연무장에 무정숙(武精塾)이라는 이름을 지어주었다. 무예의 정수(精髓)를 갈고닦는 수련장이라는 뜻이었다.

하정원이 무정숙으로 옮기기 전날 밤, 혁천세의 방 탁자에 온 식구가 둘러앉아 차를 마시고 있었다. 물론 황보준도 당연히 한자리 차지하고 있었다. 황보준은 이미 혁천세에게 내제자로 들어가고 싶다는 의사를 밝혔고, 혁천세는 황보준이 집안의 허락을 받아오기를 기다리는 입장이었다.

"저도 내일모레쯤에는 산동 청도의 집으로 출발하려고 합

니다. 중추절에 맞추어 가려면 최소한 한 달 전에는 출발해야
하니까요."

황보준이 입을 열었다.

"그래, 언제 돌아올 예정이냐?"

혁우세가 황보준에게 물었다.

"네, 구월 보름이나 되어야 돌아옵니다. 오는 데에 한 달은
걸릴 것입니다."

혁화미의 인상이 침울해지더니 시무룩하게 입을 열었다.

"아빠랑 정원이 오빠는 무정숙으로 가버리고, 준이 오빠는
집에 다녀온다고 가버리고… 집에 아무도 없겠네, 이
제……."

혁화미는 어느새 탕준현을 진정한 하나의 가족으로 받아
들이고 있었다. 혁화미는 최근 두어 달 사이에 키도 부쩍 크
고 혈색도 좋아져서 어느새 조금씩 소녀 티가 나고 있었다.
그리고 식구들은 술시(戌時)에 일찍 흩어졌다. 하정원은 그동
안 무정숙 공사를 하느라고 소홀히 했던 혼태토납공 수련을
밤늦게까지 한 후 간단히 짐을 챙겨서 꾸려놓은 다음 잠자리
에 들었다.

                    *   *   *

"그동안 너에게 가르쳐야 할 것을 내 마음속에서 생각해

보았다. 집중해서 실제로 가르쳐야 할 것과 이론으로 구결만 가르쳐야 할 것을 구분했지. 실제든 이론이든 현무문의 무공을 제외하고 내가 아는 모든 무공을 네게 가르치고자 한다. 물론 너는 내가 불러주는 구결들을 암기해야만 한다. 적어서는 안 된다."

여기까지 말하고 혁우세는 하정원을 물끄러미 보았다.

"앞으로 얼마만큼 배우느냐는 너의 능력에 달렸다."

하정원은 일어나서 아홉 번 절을 하는 것으로 배사지례(拜師之禮)를 가지려고 했다. 그러나 혁우세가 이를 못하게 했다.

"너는 현무문의 제자가 아니다. 우리 현무문은 문주가 제자를 받을 때 일곱 분 호법이 같이 그 됨됨이를 보고 결정한다. 문주 혼자 마음대로 제자를 고르는 것이 아니지. 우리 현무문의 호법들이 너를 보면 목숨을 내놓고 반대할 게다. 아마 내가 계속 고집 부리면 너를 죽이려 들지도 모른다. 그래서 나는 너를 가르치려고 하지 않았던 것이야."

여기까지 말하고 혁우세는 한숨을 푹 쉬었다.

"현무문의 제자가 아닌 만큼 나에게 사부지례를 갖추어서는 안 된다. 지금으로서는 나도 모르고 너도 모르는 다른 인연이 너에게 닿을 수도 있다."

혁우세가 담담하게 말했다.

"그러면 앞으로 어떻게 제가 모실 수 있겠습니까?"

하정원이 몸 둘 바를 몰라 하며 물었다. 하정원은 혁우세로 부터 무공을 배워야 한다는 생각만 했다. 또한 내공을 익히든 못 익히든 당연히 사제지간(師弟之間)이 되어야 한다고 생각했다. 그런데 사승(師承:제자가 스승으로부터 가르침을 이어받음)이 아닌 단순한 '가르침'이 된다니 세상 물정을 다 알지 못하는 하정원이었지만 당혹스럽기만 하였다.

"글쎄, 그냥 당분간 숙부라고 불러라. 너는 조카가 되는 게지. 아니, 안 되겠구나. 너랑 나랑 숙질 사이가 되면 네가 천세 형님 양아들이 되어야 하는데 내가 배가 아파서 그 꼴을 어떻게 보겠느냐? 하하하!"

혁우세는 무엇인가를 골똘히 생각하는 표정이 되었다.

"응, 이렇게 하자. 나를 이숙(姨叔:이모의 남편)이라고 불러라. 너는 내 죽은 마누라의 먼 친척 조카가 되는 게지. 나는 너를 그냥 조카라고 하겠다. 그러면 천세 형님은 끼어들 자리가 없게 되지. 하하하!"

혁우세는 죽은 부인 생각이 나는지 눈을 들어 잠시 하늘을 보았다.

"그렇게 소홀히 해도 되겠습니까?"

혁우세가 이숙과 처조카라는 소홀하고 느슨한 관계만 맺고서 소중한 무학을 전수해 준다면 너무 송구스러운 일이라고 생각한 하정원이 물었다. 하지만 죽은 부인의 생각에 잠겨 있던 혁우세는 이 말을 전혀 다르게 받아들였다. '이숙과 처

조카의 관계만 달랑 맺고 소홀하게 여겨서 별 볼일 없는 무학만 가르치시려는 겁니까? 라는 뜻으로 받아들인 것이다. 성질이 급한 혁우세가 버럭 역정을 내었다.

"뭐야? 너 지금 천하제일고수이자 걸어다니는 장경각인 이혁우세를 어떻게 보는 거냐? 우리 현무문의 무공이 천이백 년이 넘어, 천이백 년! 그동안 수집되고 연구된 다른 문파의 무공이 하나둘인 줄 아냐? 다른 문파의 무공 중에는 현무문의 무공만큼 심오한 게 없는 줄 아냐? 다른 문파의 무공은 문주인 내 마음대로 전할 수 있다! 그걸 배워서 네가 직접 문파를 만들어도 돼! 자, 당장 거기 가부좌를 틀고 앉아라!"

하정원은 혁우세가 역정을 낼 때에는 그냥 조용히 있는 게 상수란 것을 알고 있었다. 나중에 천천히 '제 말씀은 그 뜻이 아니었습니다' 라고 설명하면 될 일이었다. 하정원은 가부좌를 틀고 혁우세의 앞에 앉았다.

하지만 혁우세는 '하정원에게 가르치고자 하는 무공이 소홀히 할 수 없는 절세적인 무공이다' 라는 것과 '이숙과 처조카는 결코 소홀한 관계가 아니다' 라는 것을 증명하기 위해 혼신의 힘을 다하기 시작했다. 때로는 오해가 좋은 결과를 가져오기도 하는 것이다. 이렇게 야릇한 오해에 바탕하여 하정원은 드디어 무공에 입문하게 되었다.

혁우세는 하정원에게 이미 그 맥이 끊긴 전진파(全眞派)의 내공심법인 층층단정공(層層丹精功)을 가르쳤다.

"네가 익혀온 혼태토납공은 현묘한 신선술이다. 무(武)를 초월한 정통 도가(道家)의 심법이지. 그래서 나는 전진파의 층층단정공을 너에게 권하고 싶구나."

혁우세가 담담하게 말했다.

"전진파라 하심은 대륙 제사왕조 때에 크게 명성을 떨쳤던 도가 문파를 말씀하시는 것입니까?"

하정원이 되물었다.

"응. 바로 그 전진파이지. 이미 맥이 끊기고 층층단정공은 실전되었지. 향후 네가 층층단정공에 바탕하여 일가(一家)를 이루더라도 시비를 걸어올 사람은 없다."

혁우세의 말에 하정원은 콧날이 시큰해졌다. 혁우세는 하정원에게 현무문의 무공을 가르치지 못하는 대신 향후 하정원이 일가를 이루기에 부족함이 없는 무공을 생각해 내는 데에 많은 고민을 해왔던 것이다. 또한 그 무공은 현재 하정원이 익히고 있는 혼태토납공과 충돌하지 않는 무공이어야만 했다.

"층층단정공은 음양오행에 바탕한 심법이다. 즉, 변화와 순환에 바탕을 두고 있지. 너는 이미 역(易)에 관해서는 잘 알고 있으므로 내 말뜻을 쉽게 이해할 것이다. 층층단정공은 단전에서 출발한 기운이 예순네 번 그 성질이 전변(轉變:사물이 진행하면서 그 성질이 바뀌는 것)하여 다시 단전으로 돌아오는 방식으로 운공이 이루어진다. 삼성의 화후에 도달하면 단전에 내공이 축적되면서 내단과 같은 약(約)이 생긴다. 층층단정공에서는 이를 정(精)이라고 한다. 화후가 깊어지면 이 정(精)이 성장하여 성숙하면 목, 화, 토, 금, 수의 오행(五行)으로 이루어진 다섯 층의 오행단정(五行丹精)이 생겨나지. 오행단정의 단계에서는 정(精), 기(氣), 신(神)이 하나로 모아지게 된다. 그런 이유에서 이 심공을 층층단정공이라고 한다."

혁우세는 층층단정공에 대한 기본 설명을 마치고 구결을 암송하기 시작했다. 근 이천 자에 달하는 구결을 뜻을 짚어가면서 암송하는 데에 하루가 걸렸다. 하정원이 암송을 다 할 수 있게 되자 혁우세는 말했다.

"나는 층층단정심공을 익히지 않아 너에게 자세하고 정확한 가르침을 줄 수는 없다. 하지만 내가 짐작하기에 층층단정심공의 처음에 있는 그 짧은 구결에 깊은 뜻이 있는 것 같구나."

이어 혁우세는 시(詩) 형식으로 된 짧은 구결을 읊기 시작했다.

정신은 변화이며[神則易],
변화가 기세를 움직이네[易運氣].
기세는 숨겨야 하는 법[氣則藏].
숨기면 정이 크게 자라네[藏養精].
정이 곧 단전이니[精則丹],

셋 사이에 무슨 구별이 있으랴[三無極].

　하정원은 가부좌를 틀고 앉아 혁우세가 가르쳐 주는 대로
운공을 시작했다. 혁우세는 비록 충충단정공을 직접 수련한
적은 없지만 천하제일고수이기에 그 안목이 다를 수밖에 없
다. 혁우세는 요점을 찌르는 정확한 가르침을 내리고 있었
다.

　일반 내공심법은 기혈을 따라 의식적으로 기운을 주천(周
天)시킨다. 심법은 몸을 하늘[天]이라고 보기 때문에 '하늘을
따라 기운을 한 바퀴 돌린다' 는 의미에서 '주천' 이라고 한
다. 그러나 충충단정공은 전혀 다른 개념의 내공심법이었다.
충충단정공은 역(易)의 원리를 따르고 있었다.

　충충단정공은 단전의 기해(氣海)에서 음과 양의 두 개의 기
운을 엮어서 관원혈(關元穴)로 흘려 내보낸다. 두 기운은 예
순네 번에 걸쳐 그 성질이 바뀌면서 온몸의 기혈을 지난다.
의식적으로 기혈을 따라 기운을 움직이는 것이 아니라 기운
의 성질이 바뀌는 힘에 의해 기(氣)가 스스로 기혈을 따라 도
는 것이다. 기 자체의 성격 변화에서 힘이 나와 스스로 움직
이는 것이지 수련자가 일부러 기를 몸속에서 움직이려 하지
않는 것이다. 이 뜻에서 충충단정공은 무위(無爲)의 심법이며
깨달음의 심법이었다. 역(易)의 원리에 따라 기가 스스로 움
직이게 해야 하는 심법이어서 그동안 충충단정공을 대성한

사람이 없었던 것이다.

그러나 하정원의 경우는 달랐다. 기운을 지극히 미묘하게
움직여야 하는 혼태토납공을 이미 대성한 상태였으며 혁천세
에 버금갈 정도로 역(易)의 원리에 통달해 있었다. 거기에다
가 바로 옆에는 무공의 근본 원리에 통달한 천하제일고수가
항상 의문을 풀어주고 가르침을 주고 있는 상황이었다.

하정원은 층층단정공을 배운 지 삼 일째 되는 날 관원혈로
음양이기(陰陽二氣)를 흘려보낼 수 있었다. 그러나 기운은 예
순네 번의 변화를 일으키기는커녕 용천혈(湧泉穴:발바닥 중앙
에 있는 혈)에서 음양이 흐트러져 엉켜 발바닥이 순식간에 부
풀어 오르고 죽은피가 한 종지나 맺혔다. 혁우세가 응급조치
를 했기에 망정이지 하마터면 하반신이 마비될 뻔한 사고였
다.

혁우세가 옆에서 살펴보고 있었으므로 하정원은 겁없이
여러 번에 걸쳐 시도했다. 한번은 천돌혈(天突穴:목젖 아래 움
푹한 곳에 있는 혈)에서 막혀서 질식사할 뻔했고, 한번은 장강
혈(長強穴:꽁무니뼈 아래)에서 막혀서 하루 종일 앉지도 서지
도 눕지도 못하고 지내기도 했다. 아직 하정원이 층층단정공
을 운공할 때 일으킬 수 있는 내공이 미약해 오히려 치명적인
부상을 면할 수 있었다. 만약 하정원에게 단 십 년 정도의 내
공이라도 축기되어 있었다면 죽거나 병신이 되었을 것이다.

며칠이 지나자 관원혈로 흘러나간 음양이기가 대충이나마 예순네 번의 변화를 거치면서 반 억지로 다시 단전으로 돌아오게 되었다. 하정원은 용기백배하여 침식을 잊고 층층단정공에 한층 더 몰두하기 시작했다. 이 모습을 보던 혁우세가 삼 일 만에 한마디 했다.

"조카, 종이에 써주랴?"

"이숙, 그게 무슨 말씀이십니까?"

"조카, 큰 종이에 용맹정진(勇猛精進:스님들이 장기간의 좌선에 들어갈 때 쓰는 말임), 정신일도 하사불성(精神一到 何事不成:정신이 하나에 이르면 무슨 일을 못하겠는가)이라고 하나 써주랴? 저기 토굴 벽에 붙여놓게."

"푸하하핫! 이숙, 제가 무슨 과거시험 보는 샌님도 아니고. 괜찮습니다."

혁우세가 심각한 얼굴로 진지하게 말했다.

"조카, 너무 세게 몰아붙이면 오히려 역효과가 나는 법이야. 닷새에 한나절은 숲 속에서 햇볕도 쐬고 바람도 느끼다가 들어오도록 해라. 이건 명령이다."

"네, 이숙."

하정원은 공손히 대답했다. 혁우세는 강호 역사상 누구도 제대로 익힌 적이 없다는 층층단정공을 무서운 속도로 성취해 가고 있는 하정원이 미쁘기만 했다.

이렇게 한 달가량 지나자 하정원은 층층단정공을 운공하

고 나면 온몸의 기혈과 세맥이 살아 숨쉬는 것 같은 희열에
젖기 시작했다. 단전에서 출발한 음양이기는 예순네 번을 자
유자재로 변화하면서 온몸을 누비고 다니다가 단전으로 돌아
왔다. 하정원은 아무 관계도 없는 자신에게 엄청난 정열과 노
력을 기울여 주고 있는 혁우세에게 깊은 감사의 마음을 갖게
되었다. 한편 혁우세는 하정원이 성품이 순후할 뿐만 아니라
천하의 기재라는 것을 알게 되면서 가르치는 보람과 기쁨을
만끽하고 있었다.

　이제 혁우세와 하정원은 서로를 조카니 이숙이니 하고 부
르는 데에 아주 재미를 붙였다. 얼마 전엔 혁우세가 홍씨종
친회(洪氏宗親會)에서 나온 홍씨 족보 한 가마니와 사씨종친
회(謝氏宗親會)에서 나온 사씨 족보 한 가마니를 사 왔다. 그
리고 며칠째 홍씨 총각과 사씨 처녀가 결혼한 경우와 홍씨
처녀와 사씨 총각이 결혼 적이 있나 찾고 있었다. 혁우세는
어느새 하정원이 진짜로 자신의 처조카뻘 되는 관계라고 믿
는 것 같았다.

　혁우세의 이론에 따르면, 혁우세의 장인인 홍씨 집안과 하
정원의 외가인 사씨 집안이 먼 윗대에서 결혼한 적이 틀림없
이 있다는 것이었다. 혁우세의 이러한 믿음은 사건으로 터져
나왔다. 혁우세가 '홍씨, 사씨 족보 보완'이라는 소책자를 써
서 홍씨종친회와 사씨종친회에 혁천세의 이름으로 보낸 것이
었다. 그 '족보 보완'에 의하면 혁우세의 장인과 하정원의 외

할아버지가 십육촌 이종 형제라는 것이었다. 홍씨종친회와 사씨종친회는 격분하여 혁천세를 찾아와 항의했다. 손이 발이 되게 빌어 간신히 두 종친회의 어르신들을 돌려보낸 혁천세가 헉헉거리며 산길 십 리를 달려와 혁우세를 찾았다.

"우세, 너 이놈! 무슨 짓을 한 게야? 내 이름으로 가짜 족보를 만들어 돌려?"

"아니, 그게 왜 가짜예요? 내가 얼마나 정확하게 연구하고 쓴 건데……."

혁우세가 뻘쭘한 표정으로 말했다.

"이놈아, 네가 내 이름으로 썼잖아!"

시시콜콜 족보 내용을 따지기 싫은 혁천세가 이름 도용을 문제 삼아 씩씩거렸다.

"아이구, 형님. 형님은 대륙에서 알아주는 학자 아닙니까! 형님 좋다는 게 뭡니까. 이럴 때 이름 한번 씁시다. 뭐, 나쁜 일에 쓴 것도 아닌데……."

혁우세는 태평하게 말을 하고 산으로 도망가 버렸다. 혁우세가 돌아오기를 하루 밤낮을 씩씩거리면서 기다리던 혁천세는 기력이 쇠잔해져서 거의 까무러칠 지경이 되었다. 결국 하정원이 수련을 중단하고 혁천세를 업고 산길을 달려 탕춘헌에 데려다 눕혔다.

*   *   *

하정원은 층층단정공의 수련에 필사적으로 매달렸다. 여느 때와 다름없이 층층단정공을 운공하고 있던 어느 날, 단전으로 돌아오는 기운의 양이 한순간 갑자기 불어나기 시작했다. 단전 가득히 어마어마한 내공이 밀려들어 오기 시작했다. 하정원은 처음 겪는 일이라 일순간 크게 당황했다. 일순 마음이 흔들리자 얼굴이 붉어지고 땀이 흐르기 시작했다.

"당황하지 말아라. 평소처럼 운기해라."

혁우세가 말하면서 오른손 장심을 하정원의 명문혈에 올려놓았다. 그러는 동안에도 하정원은 계속 운기를 했다. 터질 듯이 넘치는 기를 계속 관원혈로 내보내도 단전으로 되돌아오는 기의 양은 점점 더 많아졌다. 홍수로 넘실거리는 황톳빛 장강의 강물처럼 거칠기 짝이 없는 흐름이 하정원을 사로잡고 있었다. 문득 하정원은 혼태토납경 중 아직까지도 이해가되지 않은 구절을 떠올렸다.

하나가 가면 하나가 오고, 하나가 비면 하나가 찬다[一去一來 一虛一實].

가는 것은 움직임에 있고 오는 것은 몸에 있다[去在於運 來在於身].

비는 것은 밭에 있고 차는 것은 혈에 있다[虛在於田 實在於穴].

순간 하정원은 온몸의 기혈이 하나로 연결된 거대한 단전으로 느껴졌다. 홍수처럼 거칠게 흐르던 기혈이 고요하면서도 도도한 거대한 흐름으로 다스려졌다. 한 시진 후 하정원은 운공을 마칠 수 있었다. 하정원은 처음으로 온몸에 넘실거리면서 꿈틀대는 내공을 느낀 것이었다. 기혈을 다니던 선천지기가 한순간 내공으로 변해서 치달린 후 운공을 마치자 다시 선천지기로 되돌아간 것이었다. 단전으로 모여드는 공력을 기혈로 돌리면 다시 더 많은 선천지기가 내공으로 변해서 단전을 채웠다. 몸이 단전을 돕고 단전이 몸을 채우는 현상이었다.

"무슨 일이냐?"

혁우세가 걱정 반 기대 반의 표정으로 물었다. 혁우세 또한 하정원의 몸에서 약 일 갑자에 달하는 기의 흐름을 느꼈다.

"이숙, 저도 잘 모르겠어요. 한 번 더 해보지요."

담담하게 말하는 하정원의 얼굴에는 기쁨과 희망이 가득했다. 그날 하정원은 꼬박 밤을 새면서 층층단정공을 다섯 번이나 운공하였다. 새벽이 이미 훤하게 밝아올 무렵 운공을 마친 하정원에게 혁우세가 걱정스러운 표정으로 물었다.

"도대체 네 몸에서 무슨 일이 벌어지고 있는 거냐? 나는 혼태토납공도 안 익혔고 층층단정공도 익히지 않아 잘 모르겠다. 그러니 어서 자세히 말해봐라. 이러다 큰 사고 나겠다."

"네, 저도 처음 겪는 일이라 잘 모르겠어요. 지난 한 달간 층층단정공으로 운공의 경로가 다져진 것이 맞지요?"

오히려 하정원이 물었다.

"응. 비록 십 년도 안 되는 내공이고, 또 운공을 마치면 바로 흩어져 버리는 내공이지만 제대로 운공되고 있는 것만은 틀림없지."

혁우세가 말했다.

"길이 제대로 난 때문인지 층층단정공을 운공하면 제 기혈에 있던 선천지기가 한순간에 내공으로 바뀌었다가 운동을 멈추면 다시 선천지기로 되돌아가는 것 같아요."

하정원이 말했다.

"허허, 그래서 그렇게 거대한 기운이 갑자기 나타났던 거구나."

혁우세가 무릎을 치면서 말했다.

"거대한 기운이 기혈을 따라 치달리니까 처음에는 엄청나게 당황했어요. 그런데 혼태토납경 중 이해되지 않았던 구절이 생각나면서 순조롭게 운공을 마칠 수 있었던 것이지요. 혼태토납경은 온몸의 기혈 전체를 단전으로 삼습니다. 운기를 해서 기혈에 흐르는 선천지기를 자꾸 단전으로 보내면 나중에 점점 더 많은 선천지기가 쌓일 수 있도록 기혈이 더 단련됩니다. 선천지기를 단전으로 보내면 거기서 순간적으로 내공으로 바뀌는 것이지요. 물론 층층단정공 운공을 멈추면 다시 죄다 선천지기로 되돌아갑니다."

하정원과 혁우세는 하루 종일 이 새로운 현상에 대해 이야기를 나누었다. 그리고 이 현상이 결코 나쁜 현상이 아니라고 결론지었다. 하정원과 혁우세는 지금까지와 마찬가지로 혼태토납공에 바탕을 두고 층층단정공을 익혀 나가기로 했다.

이제는 하루하루가 새로웠다. 층층단정공을 운공하기 시작하면 어느 순간 기혈을 흐르던 선천지기가 내공으로 바뀌어 온몸을 치달리다가 운공을 마치면 다시 선천지기로 되돌아가는 기이한 현상이 한동안 계속되면서 선천지기의 양이 꾸준히 증가하기 시작했다. 하정원은 수련에 너무 집중한 나머지 중추절에도 탕춘헌에 아침에만 다녀왔을 뿐이다.

중추절 오후, 층층단정공을 운공하고 있던 하정원은 크게 놀랐다. 선천지기가 내공으로 전환되기 시작하자 단전 중심에 은행알만 한 덩어리가 순식간에 생겨났기 때문이다. 이 덩어리가 중심이 되어 음양이기(陰陽二氣)가 형성되어 단전 밖으로 흘러나갈 뿐 아니라, 단전으로 되돌아오는 기운 역시 이 덩어리로 수렴되고 있었다. 하정원은 직감적으로 이게 층층단정공에서 말하는 단정(丹精)이라는 것을 깨달았다. 하정원의 머리 속에는 저절로 층층단정공의 단정에 관한 구결이 떠올랐다.

단정은 다섯 겹의 하늘로 되어 있어 오행은 서로 어우러져 끝없이 운행한다. 움직임이 멈춤이고 멈춤이 움직임이다. 단정의 움직임과 멈춤에는 시작도 끝도 없다[丹精五重天 五行相弄 運行 無碍. 動則止 止則動 丹精動止 無始無終].

　무엇인가 깨달은 것 같은 느낌이 스쳐 지나갔지만 그것이 정확하게 무엇인지 하정원은 알 수 없었다. 층층단정공의 운공을 갈무리하자 단정도 스르르 녹는 듯 사라졌다. 오직 기혈을 감싸고도는 선천지기만 다시 남았을 뿐이다. 한번 이 일이 있은 이후로는 층층단정공을 운기할 때마다 반드시 단정이 나타났다가 사라졌다.

　하정원이 단정을 경험한 지 보름쯤 지난 어느 날 저녁, 하정원과 혁우세는 오랜만에 한가한 시간을 가졌다. 혁우세가 하정원에게 그날 저녁에는 수련을 하지 말고 쉬라고 했기 때문이다.
　"내가 실은 너한테 가르치고 싶은 무공이 하나 있거든. 근데 이게 내공이 한 갑자는 되어야 하는데… 그게 문제다."
　혁우세가 쓰게 웃으면서 말했다.
　"어떤 무공인데요?"
　자신이 언젠가는 내공을 갖추게 될 것이라고 믿는 하정원이 아무 걱정도 되지 않는 듯 눈을 반짝이며 물었다. 하정원은 한없이 낙천적인 기질을 가지고 있었다.

"음… 회선비류환(回旋飛流丸)이라는 무공인데 아주 재미 있어."

혁우세는 탁자에 두께 한 자쯤 되는 나무토막을 올려놓더니 품에서 직경이 한 치쯤 되는 쇠 구슬을 꺼내어 나무토막을 향해 튕겼다.

구슬은 엄청난 속도로 회전하면서 나무토막에 스르르 빨려 들어가듯 파고들어 간 후 나무토막을 관통하여 반대편으로 나왔다가 혁우세의 손짓에 따라 다시 혁우세의 손바닥 안으로 들어갔다. 나무토막은 조금도 움직이거나 움찔거리지 않았다.

"회선비류환 자체는 공격 수단으로써 별로 큰 쓸모가 없지. 하지만 그 원리는 거의 모든 상승무공에 골고루 적용된다. 그러니까 회선비류환을 완벽히 익히면 다른 상승무공을 배울 때 엄청난 도움이 되지. 예를 들어, 허리 두께의 나무를 단칼에 베어도 나뭇잎이 하나도 떨어지지 않는 것과 같은 원리야. 그러니까……."

혁우세는 말을 하다가 하정원의 모습을 보곤 말을 멈추었다. 그 순간 하정원은 득도한 고승과 같은 표정으로 땅을 내려다보면서 깊은 생각에 빠져 있었다.

하정원의 머리 속에서는 이제까지 해석되지 못했던 층층단정공의 구결이 밝혀지고 있었다.

큰 것이 작은 것이고 작은 것이 큰 것이니, 천하가 단정에 있다[大則小 小則大 天下在於丹精].

외부에서는 고요하기 짝이 없는 것으로 보이지만 내부에서는 엄청난 힘과 속도로 움직이고 있는 쇠 구슬의 모습은 하정원에게 커다란 충격이었다. 지난 며칠 동안 하정원의 마음속 깊은 곳에서 숨어 있던 깨달음의 실마리가 풀렸다. 하정원은 자신도 모르게 가부좌를 틀고 앉아 층층단정공을 운공하기 시작했다. 기혈로 기운을 내보내는 대신 단전 안에서만 운공을 했다. 단전 안에서 음양이기(陰陽二氣)가 예순네 번 변화하면서 운행되기 시작했다. 단전 안에서만 운공되고 있음에도 불구하고 기혈에 흐르던 선천지기가 단전으로 거두어져서 단정으로 모였다. 다섯 겹 하늘로 이루어진 오행단정(五行丹精)의 모습이 하정원의 마음속에 뚜렷이 떠올랐고, 손을 뻗으면 잡힐 것만 같았다.

하정원은 단전 안에서만 단정을 중심으로 운공하고 있는 상태에서 몸을 움직일 수 있을 것만 같았다. 하지만 이는 너무 위험할 것 같아 감히 시도해 볼 수 없었다. 반쯤 감은 눈꺼풀 속에서 눈알을 이리저리 움직여 보았을 뿐이다. 그리고는 슬며시 눈을 떴다. 크게 놀라 동그랗게 변한 눈으로 자신을 보고 있는 혁우세의 얼굴이 코앞에 있었다.

"……"

혁우세는 말소리 없이 입을 놀려 물었다. 입 모양으로 보아 '운공 중이냐?' 라는 뜻이었다. 하정원은 눈을 한 번 길게 감았다 떴다.

"……."

혁우세가 소리없이 입을 놀려 '괜찮냐?' 라고 물었다. 하정원은 또 한 번 눈을 길게 감았다 떴다. 더 이상 혁우세는 아무 말도 하지 않았다. 하정원은 눈을 감고 층층단정공의 운공을 갈무리하기 시작했다.

"조카, 지금 운공 중에 나랑 이야기한 것 맞나?"

하정원이 층층단정공 운공을 마치자마자 혁우세가 물었다.

"운공 중이었던 것은 맞지만 제가 언제 이숙과 이야기했나요, 눈만 끔벅거렸지?"

하정원이 빙긋이 웃으면서 대답했다.

"허참, 이거 걷지도 못하는 핏덩이가 날기부터 하는 형국이구먼. 거참… 쩝."

혁우세는 어이가 없다는 듯이 말했다.

"운공 중에 다른 일을 하는 것이 어렵나요?"

"응. 공력의 운용(運用)에 통달한 초절정고수가 아니면 불가능하지. 그런데 조카는 지금 공력도 제대로 없는 젖먹이 수준이잖아."

"사실은 아까 손이나 발도 움직일 수 있을 것 같았습니다.

겁이 나서 안 했지요."

"그래, 당분간은 눈알이나 데굴데굴 움직이고 눈꺼풀이나 들썩거리는 것으로 만족해라. 몸을 움직이는 것은 너무 위험해. 그런데 어떻게 운공 중에 움직일 생각을 한 거지?"

혁우세가 걱정스러운 표정으로 말했다.

하정원은 단정을 중심으로 단전 안에서만 층층단정공을 운공하는 깨달음에 대해 자세히 이야기하기 시작했다. 혁우세는 가끔씩 탄성을 내지르기도 하고 손으로 무릎을 치기도 하면서 하정원의 이야기를 들었다.

하정원은 앞으로 층층단정공 수련의 절반은 단전 안에서만 운공하는 방식으로 하기로 마음먹었다. 몸이 하나의 작은 우주라면 단전은 그 작은 우주 속에 자리 잡은 또 하나의 더 작은 우주라고 생각되었다. 따라서 온몸을 순환하는 주천(周天)이 아니라 단전 안에서만 기를 움직이는 단정의 수련이 중요하다고 생각한 것이다. 그리고 정확하게 이것이 바로 층층단정공의 핵심이었다.

하정원이 층층단정공의 이치를 하나씩 깨우쳐 나가던 어느 날 저녁, 오래간만에 황보준을 뺀 모든 식구가 탕춘헌에 모였다. 황보준은 산동 청도의 집에 다녀온다고 여행을 떠나서 아직 돌아오지 않았다. 하정원은 이 무렵 단전 안에서 단정을 중심으로 층층단정공을 수련하는 데에 익숙해져 있었다. 층층단정공의 심오한 이치를 깨닫게 되자 하정원은 마음의 여유를 찾아가고 있는 중이었다. 아직도 운공을 마치면 단정과 내공이 흩어지기는 했지만 마음속 깊은 곳에서는 반드시 내공을 익힌 무인이 될 수 있다는 확신이 생기고 있었다. 그래서 최근에는 혁우세가 먼저 말하지 않아도 숲 속에서 가끔 바람을 쐬기도 하고 또 칠팔 일에 한 번은 탕춘헌에 내려가기도 했다.

"화미야, 개는 밤에 어두울 때 훈련시키는 게 좋아."

탁자에 앉아 산머루를 먹다가 하정원이 혁화미에게 부드럽게 말했다. 무정숙 근처에는 산머루 나무가 많아 하정원은 탕춘헌으로 내려오면서 한 소쿠리 따가지고 내려왔다.

"왜요?"

하정원이 탕춘헌에서 나와 무정숙에서 살게 되면서부터 혁화미는 하정원 앞에서 수줍음을 많이 타고 존댓말까지 쓰기 시작했다.

"응, 어둡고 조용해지면 개가 똑똑해지거든. 말귀를 더 잘 알아들어."

"정말이에요? 하지만 어두우면 개가 아무것도 못 볼 텐데……."

"아니. 개는 어둠 속에서도 사람보다는 훨씬 더 잘 봐. 고양이보다는 못하지만."

"아, 그렇구나. 지금도 똥오줌을 가리는 건 물론이고 공을 던지면 물어올 수 있는데… 더 똑똑해질 수 있구나."

"그럼. 개가 물건을 물고 다닐 수 있게 훈련시킬 수도 있지. 또 탕춘헌에서 무정숙까지 심부름 다닐 정도까지는 쉽게 훈련시킬 수 있을걸? 그리고 아마 환영미로진도 서너 번 드나들고 나면 혼자서도 드나들게 될 거야."

"개한테는 진법이 안 통하나요?"

혁화미가 눈이 동그래져서 혁천세에게 물었다.

"아니, 통할 텐데……."

이런 황당한 질문을 생각해 본 적이 없는 혁천세가 자신없는 어조로 우물거리면서 말했다.

"형님, 앞으로는 개를 대비한 환영미로진을 하나 더 만드세요. 세상에 형님같이 위대한 학자가 그것도 못 만듭니까? 난 저 사자 개들이 다 자라서 불쑥 무정숙 마당에 나타나 가지고 이 접시만 한 혓바닥으로 내 얼굴을 핥을 걸 생각하면 벌써부터 소름이 끼칩니다. 형님, 이 불쌍한 동생을 위해서 꼭 개를 막는 진법을 하나 만들어주세요."

옆에서 혁우세가 산머루를 듬뿍 쌓아놓은 쟁반만 한 접시를 가리키며 이죽거렸다.

"내 진은 개새끼 정도는 다 막아! 당연히 막지!"

혁천세가 크게 소리를 질렀다.

"제 말은 처음 오는 개는 막는데 몇 번 드나든 개는 못 막는다는 뜻이었습니다. 개는 자기가 드나드는 길목에 오줌을 싸서 표시하니까요. 아마 사람이 몇 번 데리고 드나들면 그 다음엔 혼자서 드나들게 될 겁니다."

하정원이 정답을 내놓았다. 혁천세와 혁우세는 서로 '어때, 내 말이 맞지?'라는 표정으로 쳐다보았다.

"그럼 나는 내일부터 개들이 환영미로진을 통과하도록 훈련시키겠어요! 올겨울부터는 개한테 먹을 거랑 옷가지도 챙겨서 오빠한테 보내야지!"

혁화미가 마침내 개 훈련의 목표를 발견하고 크게 소리쳤다. 혁화미가 벌써 살림을 생각하는 것을 보고 다들 어이없다는 표정을 지었다.

"하하, 다 좋은데 너 그러다 공부는 언제 하냐?"

혁우세가 한마디 했다.

"음, 그거… 비밀인데요. 그거, 사상양의심공(四象兩儀心功)을 쓰면 돼요. 공부를 하면서 동시에 개 훈련을 시키는 거, 어렵지 않아요!"

혁화미가 자신있게 말했다.

"끙!"

혁천세는 희대의 심공이 개 훈련에나 쓰인다는 생각을 하고 낮게 신음성을 토했다.

"사상양의심공? 그거 저 무당파(武當派)의 도사들이 장난 삼아 만들었다는 양의심공을 본떠서 만든 건가? 난 아무 쓸모 없어서 양의심공은 한 번 읽고 그냥 치워 버렸는데… 그것이 개 훈련에 쓰는 거였구나. 음."

혁우세가 드디어 혁천세의 심사를 크게 뒤틀고 말았다.

"우세야, 무식하면 조용히 있거라. 무당파가 귀곡자의 사상양의심공을 본따서 엉터리로 만든 게 양의심공이야. 어디 갖다 댈 걸 갖다 대서 비교해야지! 사상양의심공은 훨씬 더 신묘해. 원 참, 무식한 놈이 별것을 다 아는 척을 해요!"

혁천세는 화가 나서 사정없이 면박을 주었다. 이번에는 혁우세가 화를 내기 시작했다. 혁우세가 드디어 폭탄과 같은 말을 던졌다.

"그래요! 사상양의심공이 무당파의 양의심공보다 훨씬 더 신묘해서 좋겠수! 그러니까 사상양의심공으로 개 새끼를 훈련시키면 한번에 네 마리를 훈련시킬 수 있고, 양의심공으로 훈련하면 한번에 한 마리를 훈련시킬 수 있다는 이야기 아니오! 그래 봤자, 개 새끼는 개 새끼지!"

혁천세의 안색이 붉으락푸르락해졌다. 혁천세의 입에서 사상양의심공의 용도와 현묘함에 대해 줄줄이 나오기 시작했다. 사상양의심공은 사실 귀곡자의 가장 소중한 역작(力作)이었다. 엄청난 양의 공부를 해치울 수 있게 해줄 뿐 아니라 역(易)과 수리(數理)의 계산이 아주 복잡해지는 경우에는 반드시 필요한 수단이었다.

"우세야, 여기 땅에서부터 태양까지 거리가 얼마나 된다고 생각하냐? 한 육백만 리 되거든. 그거 계산하려고 숫자를 종이에 쓰기 시작하면 천세유림 기숙사 건물보다 더 많은 종이를 써도 부족해. 암, 부족하고말고. 하지만 사상양의심공으로 하면 이야기가 달라지지. 계산해야 할 것을 수백, 수천 개의 부분으로 나누어 각각의 부분을 계산한단 말이야. 그것도 동시에 계산하지. 이렇게 떠들고 밥 먹고 하면서 계산할 수도 있지. 무식한 네가 이런 신묘한 걸 알 턱이 없지. 흥!"

"애구, 형님. 그래, 태양에서 땅까지 거리를 알아서 퍽도 좋겠소. 난 그거 몰라도 잘 먹고 잘살아요!"

혁우세는 이제 거의 막나가는 분위기였다.

두 형제의 말다툼이 서로 자존심 대결이 되어 거의 주먹다짐으로 번지기 직전에 하정원이 한마디 했다.

"사부님, 이숙, 잠깐만요. 제가 좀 여쭈어볼게요."

하정원의 두 눈은 무엇인가 발견한 듯이 반짝반짝 빛나고 있었다.

"그러니까, 사상양의심공을 하면 전혀 다른 두 개의 일을 할 수 있다는 말이죠?"

"거참, 너두 이제 네 이숙 닮아가냐? 두 개가 아니야. 천 개도 될 수 있지. 네가 얼마나 수련하냐에 따라서."

혁천세가 퉁명스럽게 대답했다. 요즈음엔 혁천세도 하정원이 진짜로 혁우세의 처조카뻘 되는 관계라고 믿는 눈치였다. 둘 사이의 관계를 자연스럽게 이숙, 조카로 받아들이고 있었다.

하정원은 조심스럽게 말을 꺼냈다.

"사부님, 저도 그 사상양의심공을 배울 수 있을까요?"

만약 하정원이 다음 말을 바로 이어서 하지 않았더라면 혁우세는 하마터면 '그까짓 애들 장난 배워서 뭐 하게!' 라고 면박을 줄 뻔했다.

"제가 몸과 마음을 둘로 나누어야 할 일이 생겼습니다. 둘로 나누지 않으면 내공을 사용하는 무공을 배우지 못하게 생겼어요. 사부님, 사상양의심공으로 몸과 마음을 둘로 나누는 것을 한번 시도해 보고 싶습니다."

"음… 사상양의심공으로 정신이 둘로 나뉘는 것은 알지만 글쎄, 몸이 둘로 나누어질지는……."

혁천세가 걱정스러운 표정으로 말했다.

혁우세는 자리에서 일어나 방을 나가면서 말했다.

"형님, 저는 정주 시내에 잠깐 들러서 소홍주 한 말 사가지고 바로 무정숙으로 가보겠습니다. 조카, 이따가 봐."

혁화미 역시 슬며시 일어나 인사를 하고 나갔다. 혁우세와 혁화미는 혁천세가 아무 방해를 받지 않고 하정원에게 가르침을 내릴 수 있도록 자리를 비켜주었다. 예의는 배워서 행할 수도 있지만 때로는 마음에서 우러나와 저절로 행할 수도 있는 것이었다.

*   *   *

혁천세로부터 사상양의심공(四象兩儀心功)을 배운 하정원은 수련에 박차를 가했다. 한편으로는 단전 내부에서 오행단정의 운공을 지속시켰고, 다른 한편으로는 운공 중에 공력을 사용하는 것이 수련의 목표였다. 운공을 멈추는 순간 공력이 사라지는 상황에서 취할 수 있는 유일한 방법은 운공을 지속하되 동시에 공력을 사용하는 방법뿐이었다. 이러한 기상천외(奇想天外)한 방법을 생각해 낸 이유는 공력을 발휘할 수 없으면 무공을 구결로만 외울 수밖에 없었기 때문이다. 그래 하정원은 모험을 감행했던 것이다.

"이숙, 이제 이렇게 걸어다닐 수 있습니다!"

하정원이 혁우세 앞에서 팔과 다리를 이리저리 흔들어 걸어 보이면서 말했다.

"그러니까 지금 이 순간에도 네 단전 안에서는 운공이 진행되고 있다는 말이지?"

"네, 층층단정공은 정말 신묘합니다. 단전 안에서 오행단정(五行丹精)을 중심으로 운공이 이루어지고 있지요. 몸은 이렇게 자유롭게 움직일 수 있구요."

하정원의 얼굴에는 기쁨의 빛이 넘쳤다. 혁우세는 하정원의 명문에 오른손 장심을 올리고 조심스럽게 내부의 기를 사용하여 더듬어보았다.

"허허, 일 갑자 반이 넘는 공력이 운공되고 있구나! 대단하

다! 나는 강호에서 이런 일이 있었다는 이야기를 들어본 적이
없구나!'

혁우세는 감탄하지 않을 수 없었다.

운공 중에 몸을 자유스럽게 움직이는 것을 넘어서 공력을
마음대로 사용할 수 있게 되는 데까지는 다시 열흘 정도가 더
걸렸다. 하정원은 이제야 내공을 이용한 무공을 배울 준비가
된 것이다. 구월에 들어서면서 혁우세는 하정원에게 회선비
류환(回旋飛流丸)부터 가르치기 시작했다. 기를 정밀하게 조
정하여 사용하는 것이야말로 모든 상승무공의 기초였기 때문
이다.

하정원은 층층단정공과 사상양의심공을 이용하여 내공을
발휘할 수 있게 되자 무공을 대하는 태도가 훨씬 더 과감해지
고 적극적으로 바뀌었다. 비록 오행단정의 운공을 멈추면 즉
시 거의 모든 내공이 선천지기로 환원되고 말았지만, 일단 내
공을 이용할 수 있다는 것은 하정원에게 무한한 자신감을 주
었다. 그러나 이것은 겉으로 드러난 성취에 불과했다. 진짜
중요한 성취는 하정원이 일종의 깨달음의 경지에 들어서고
있다는 점이었다.

하정원은 혼태토납공과 층층단정공, 사상양의심공을 응용
해 내공으로 사용할 수 있도록 하는 일련의 과정을 겪었다.
하나의 무공은 단순히 하나의 무공일 뿐이다. 그러나 무공을
이해하고 응용하여 통합하는 안목은 일대종사들만 갖추고 있

다. 하정원은 일대종사(一大宗師)로서의 기틀을 잡아가고 있는 것이다. 하정원은 아직 자신의 이러한 특별한 장점을 전혀 깨닫고 있지 못했지만 혁우세는 하정원의 잠재력을 점점 더 명확하게 느끼기 시작했다.

*　　　　*　　　　*

다섯 방향으로 갈라져서 다섯 개의 쇠 구슬이 손을 떠났다. 각 방향에는 두께 한 자쯤 되는 나무 과녁이 세워져 있었다. 다섯 개의 쇠 구슬은 각기 다른 속도로 날아가 시차를 두고 나무 속으로 스르르 파고들었다. 나뭇밥이 떨어지는 소리만 날 뿐 아무 소음도 없었고 나무 과녁의 움직임이나 진동조차 없었다. 쇠 구슬은 나무 과녁을 시차를 두고 통과한 후 차례로 날아와 손바닥 위에 조용히 앉았다.

하정원은 쇠 구슬을 거머쥔 채 말했다.

"이숙, 오늘 아침부터 다섯 개가 되네요. 이숙 말씀대로 열 개까지 가려면 정말 한참 더 해야겠습니다."

혁우세는 빙긋이 웃었다.

"조카, 넌 무슨 욕심이 그리 많으냐? 나는 열 개를 던질 수 있게 되기까지 일 년 반이 걸렸다. 그것이 현무문 역사상 두 번째 기록이야. 넌 지금 반달도 안 되어 다섯 개를 던지고 있잖아. 아마 대여섯 달 안에 열 개를 던질 수 있을 게다. 그때부터는 회선비류환의 수련을 멈추고 다른 여러 가지 무공을 정신없이 배워야 해. 각오하고 있어."

"그래, 너같이 성질 급하고 욕심 많은 놈은 좀 단단히 당해 봐야 해. 고생을 해야 무엇을 좀 깨달아 사람이 되지."

황보준이 말을 받았다. 말은 비록 이렇게 했지만 황보준의 얼굴에는 하정원이 성취한 무공에 대한 감탄과 놀라움이 고스란히 드러나 있었다. 황보준은 어젯밤에 집에서 천세유림으로 돌아와 있다가 수업을 마치는 즉시 그 길로 무정숙으로 올라온 것이다.

"하하하, 그래. 고생을 하고 나서라도 알게 되면 그나마 다행이지. 곤이지지(困而知之:고생 후에야 깨닫는다)는 아무나 하냐? 준이, 너는 곤이부지(困而不知:고생하고 나서도 깨닫지 못한다)인 것 같은데?"

황보준에게 배워서 그동안 입심이 세어진 하정원이 쏘아붙였다.

오랜만에 만난 하정원과 황보준이 투닥거리고 있는데 혁천세와 혁화미가 환영미로진을 뚫고 나타났다. 이제 등 높이가 거의 한 자 반에 달하는 사자 개 네 마리도 같이 나타났다. 개들의 입에는 보자기로 싼 음식 꾸러미가 물려 있었다.

"자, 그럼 어디 오랜만에 우리끼리 모여서 저녁이나 먹어 볼까?"

혁천세가 쾌활한 목소리로 말했다. 탕춘헌에서는 저녁에

천세유림 학생들이 몰려오기 때문에 식구들끼리 저녁을 먹어
본 적이 거의 없었다. 황보준이 중추절에 집에 다녀오느라 두
달 만에 함께하게 되자 무정숙에서 모인 것이다. 토굴에 있던
엉성한 탁자를 마당으로 끌어내었고, 통나무 토막으로 된 의
자들이 놓여졌다. 탁자에서 일 장쯤 거리를 벌려서 모닥불을
지폈다. 음식이 탁자에 놓이고 나자 제법 운치있는 숲 속의
저녁 식사 자리가 되었다. 산만 한 덩치의 개들은 꼬리를 살
랑이며 탁자 주위를 맴돌았지만 혁화미가 '배 깔아!' 라고 한
마디 하자 모두 한쪽 구석으로 가서 얌전히 배를 깔고 자리를
잡았다.

"집에서는 흔쾌히 허락해 주시던?"

하정원이 음식을 식탁에 놓으면서 황보준에게 물었다. 천
세유림을 그만두고 혁천세의 내제자가 되는 것을 허락받고
왔는가를 물어본 것이었다.

"응. 우리 집은 무가(武家)잖아. 애초에 천세유림에 온 것
도 내가 우겨서 온 것이었어. 천세유림을 그만두겠다고 하니
까 오히려 좋아하시던데? 비싼 학비도 절감하고 말이야. 하
하!"

황보준은 하정원의 집에서 계속해서 천세유림에 학비를
보내어 하정원을 명목상의 학생으로 유지하는 것을 슬며시
꼬집었다.

"사부님, 그럼 이제 준이가 동문 사형제가 되네요. 절은 받

으셨는지요?"

하정원이 짐짓 점잖게 물었다.

"응… 그거… 아직……."

생각해 보니 혁천세는 아직 정식으로 사제지간의 연을 맺는 형식을 취한 적이 없었다.

"음, 준이 사제. 자, 사부님께 절을 올리지?"

하정원이 토굴에서 잠잘 때 쓰던 돗자리를 하나 꺼내와 깔면서 이야기했다. 그리하여 졸지에 사제가 되어버린 황보준은 사형 하정원의 지휘 아래 혁천세에게 구배를 올렸다.

"자, 준이 사제. 이제 자네와 내가 맞절을 해야 할 차례인 것 같네. 이리 와서 나와 마주 보고 서소."

하정원은 계속 '자네' 니 '하소' 니 하면서 황보준을 압박했다. 하정원의 압박이 사리에 맞지 않는 게 없는 터라 황보준은 고분고분 따라 할 수밖에 없었다. 하정원과 황보준은 서로 맞절을 했다. 맞절 후에 서로 꿇어앉아 마주 본 상태에서 하정원은 황보준에게 사문의 내력과 앞으로 학문에 임하는 자세에 관하여 무려 향 한 대가 탈 동안 일장 연설을 하였다. 그 장황한 연설을 들으면서 황보준은 다시는 하정원에게 개기지 않겠다고 결심했다. 겉으로는 둔해 보여도 속은 의뭉스럽기 짝이 없어서 함부로 개겼다가는 당해도 크게 당하게 될 것이라는 것을 비로소 깨달은 것이다. 일장 연설이 끝난 후 꿇어앉아 있던 자리에서 일어나면서 하정원이 못을 박았다.

"평소에는 우리 그전처럼 말 트고 살자."

황보준은 속으로 기겁을 했다. '평소'가 아닌 '공식적'인 자리에서는 철저히 손아래 사제로 대하겠다는 선언이었기 때문이다. 이렇게 하여 황보준은 탕춘헌에 들어온 첫날 하정원이 고안한 위계질서 안으로 완벽하게 편입되고 말았다.

저녁 식사 후 혁우세와 혁천세는 술잔을 기울였고, 하정원 등은 기숙사 식당에서 슬쩍해 온 떡과 과자를 먹었다. 떡과 과자를 싼 봉지에는 선생님들만 먹는다는 뜻으로 '강사용(講士用)'이라는 붉은 도장이 선명히 찍혀 있었다. 하지만 '먹는 사람이 임자다'라는 신조를 가진 용감무쌍한 하정원 등에게는 하등의 장애가 되지 않았다.

"아참, 정원아, 이번에 집에 갔을 때 저번에 말한 책 가지고 왔어."

황보준은 품속에서 고색창연한 얇은 양피지 책자 하나를 꺼냈다. 책표지에는 붉은 주사(朱沙)로 만금통령술(萬禽通靈術)이라고 적혀 있었다.

"이야! 고맙다!"

하정원은 책을 받아 훑어보기 시작했다. 무공이라면 사족을 못 쓰는 혁우세가 고개를 길게 빼고 옆에서 몇 장 같이 들여다보다가 한마디 했다.

"맹금을 의념(意念:사람의 의지와 생각)으로 조종한다? 맹금의 뇌가 사람이 장악하기에 가장 적합한 구조다? 별 허무맹랑한 이야기도 다 있네. 이렇게만 된다면 꿩이니 산비둘기니 하는 것들은 매 사냥으로 아예 씨를 말릴 수도 있겠네. 맹랑한 잡설(雜說)이야. 만금통령술이 아니라 맹랑통령술(孟浪通靈術)이다."

책을 가져다준 황보준의 성의나 체면은 아랑곳하지 않고 혁우세는 솔직한 느낌을 고스란히 이야기했다.

"네, 저도 좀 읽어봤는데 내용이 좀 허무맹랑하더라구요. 하지만 정원이는 맹금을 잘 다루니까 혹시 무엇인가 얻을 게 있을지 몰라서 가져왔습니다. 무엇보다도 일단 고생창연한 양피지로 된 책이고, 제목도 근사하게 붉은 주사로 쓰여져 있으니까 일단 생색이 나고 모양새가 잡히지 않습니까."

황보준이 킬킬 웃으면서 말했다.

"하하, 그래. 좋은 책이란 일단 책의 재질이 좋아야 하고, 책 제목이 근사해야지. 그래야 베고 자도 잠이 잘 오거든."

혁우세가 맞장구를 쳤다. 책을 모욕하는 흰소리를 들으면서 혁천세는 혀를 끌끌 찰 뿐이었다. 그러나 하정원은 주위에서 무슨 이야기가 오가는지 모르고 온 정신을 온통 책에 빼앗기고 있었다.

한 시진 후, 탕춘헌에 돌아가야 할 식구들이 자리를 털고 일어날 때쯤 하정원은 책을 일독(一讀)할 수 있었다. 하정원은 책을 덮어 소중히 품속에 넣으면서 말했다.

"준아, 정말 고맙다. 이 책에 나온 대로 될 수 있을지는 나도 잘 모르겠다. 워낙 기상천외한 이야기라서. 하지만 맹금의 특성에 대해 이 책에서 말하고 있는 내용은 정말 대단한 것 같다. 그동안 매나 부엉이를 키우면서 어렴풋이 느꼈던 것을 명쾌하게 설명하고 있어. 고맙다."

하정원은 고마움을 진지하게 표현했다.

하정원이 정색을 하고 말하는 바람에 책을 가져다준 황보준이 오히려 어리둥절해했다. 한편 혁우세는 하정원이 혹시 이 길로 무공 수련을 그만두고 매를 이용하여 사냥꾼의 길로 나서지 않을까 하는 불안한 마음이 들어서 한마디 했다.

"조카, 그 책에 빠져서 무공을 때려치우는 것은 아니지?"

이 말에 모두들 크게 웃었다. 이어서 탕춘헌으로 돌아가야 할 사람들은 관솔불을 들고 사자 개 네 마리를 앞세워 산길을 내려갔다.

*　　　　*　　　　*

"이쯤에서 한번 매를 띄워봐!"

하정원이 혁화미에게 말했다. 정월(正月)의 남악산은 온통 새하얀 눈으로 덮여 있었고, 벌거벗은 나무에도 눈옷이 입혀져 있었다. 군데군데 군락(群落)을 이루고 있는 소나무, 잣나무, 전나무 주목에는 가지가 부러지도록 눈이 앉아 장엄한 눈꽃이 피어나 있었다. 특히 주목의 짧고 검푸른 바늘잎은 눈꽃 안에 반쯤 감추어진 상태에서도 여전히 그 빛을 잃지 않고 기세를 뿜어내고 있었다. 하정원과 혁화미는 앞서거니 뒤서거니 하면서 네 마리의 사자 개와 함께 눈밭에 큼직한 발자국을 남기며 경쾌하게 걷고 있었다.

혁화미가 작은 휘파람 소리를 내자 어깨에 앉아 있던 두 마리의 매가 가죽 팔뚝 보호대를 차고 있는 혁화미의 왼쪽 팔뚝에 내려앉았다.

"춘, 추, 가!"

혁화미가 왼쪽 팔을 한 번 출렁이자 매들은 공중으로 차고 올라갔다. 사오십 장 높이까지 올라간 매들은 날개를 활짝 펴고 큰 원을 그리며 멀어져 갔다. 혁화미는 매 두 마리에게 각각 춘, 추라고 이름을 지어주었고, 부엉이 두 마리에게는 하, 동이라고 이름을 지어주었다. 이날은 혁화미가 처음으로 매사냥에 나서는 날이었다.

"오빠는 언제 만금통령술을 가르쳐 줄 거예요?"

혁화미가 물었다.

"응… 그게… 내가 무공 수련 때문에 시간이 없어서 익히지 못하고 있어."

"그럼 내가 익혀서 매와 부엉이들을 훈련시키면 안 될까요?"

"응… 좋은 이야기이다. 그런데 매와 부엉이를 만금통련술로 훈련시키려면 내공이 한 갑자는 되어야 하는데, 쩝."

"우선 구결만 가르쳐 줘요. 혼자 연구하고 있다가 나중에 내공이 깊이 쌓이면 그때 사용하지요."

"그래, 그럼 이따가 저녁에 탕춘헌에서 매가 잡아온 꿩으로 꿩만두 해 먹고 나서 가르쳐 줄께."

"정말?"

혁화미는 기쁨에 두 눈이 반짝거렸다. 겨울바람에 빨갛게 익은 뺨, 칠흑 같은 검은 윤기가 나는 머리카락, 이제 어린아이의 티를 벗어나서 반듯하게 자리 잡기 시작한 이마와 콧날, 사랑을 많이 받고 잘 배우고 자란 소녀의 품위있는 몸가짐을 보면서 하정원은 속으로 정말 아름답다라고 느꼈다. 어느새 두 마리의 매가 사냥감을 물고 돌아왔다. 하나는 산비둘기였고 다른 하나는 장끼였다.

하정원은 끝이 갈라진 한 자가량의 나뭇가지를 꺾어 사냥감의 항문에 꽂아 깊숙이 밀어 넣었다. 나뭇가지를 대여섯 번 휘저은 다음 쑥 뽑자 새의 내장이 하얀 눈밭에 후두둑 떨어졌다. 매들은 얼른 날아들어 심장과 간을 한입에 삼키고는 아무 일도 없었다는 듯 태연히 혁화미의 어깨에 올라가 앉았다. 사자 개들은 자존심이 있는지 보는 척도 하지 않았다.

"이거 꼭 이렇게 해야 해요?"

혁화미가 하얀 눈밭에 흩어진 시뻘건 내장 부스러기들을 가리키면서 거의 울상이 되어 물었다.

"하하하, 화미야. 너는 매도 좋고 사냥도 좋고 꿩만두도 좋은데 피는 싫다 이거지?"

하정원이 크게 웃으며 물었다.

"네."

혁화미가 다 죽어가는 조그만 목소리로 대답했다.

"생명이란 게 그런 거 같아. 피, 죽음, 고통을 피할 수 없지. 꿩의 피, 죽음, 고통이 우리의 양식이 되는 거지. 놀라운 일은 그럼에도 생명은 여전히 즐겁고 줄기차게 번성한다는 점이지. 이런 피, 죽음, 고통에도 아랑곳하지 않고 말이야."

하정원은 무공에 대한 이해가 깊어지면서 얻게 된 깨달음을 혁화미에게 말해주었다.

"내가 왜 나뭇가지를 넣어서 내장을 빼낸 줄 알아?"

하정원이 물었다.

"아뇨."

입매를 약간 삐죽거리며 혁화미가 대답했다.

"내장은 따뜻하지. 창자 안에 있는 것들이 먼저 썩기 시작해. 그래서 고기의 질을 떨어뜨리게 되지. 사냥을 하면 일단 내장부터 드러내야 돼. 어쩔 수 없어."

하정원은 이렇게 말하면서 산비둘기와 꿩을 혁화미의 허리춤에 매달아주었다. 눈밭에 반사된 햇빛을 받아 깃털이 오색찬란하게 반짝거렸다. 허리에 매달린 새의 아름다운 깃털을 보면서 혁화미는 기분이 조금 누그러졌다.

하정원과 혁화미는 그날 눈 덮힌 산을 약 사오 리 이상 걸었다. 꿩과 비둘기를 열댓 마리쯤 잡고 남악산 중턱에 이르렀을 때였다. 사자 개 네 마리가 갑자기 우르르 몰려가더니 숲 속에서 으르렁거리면서 짐승들이 크게 싸움을 하는 소리가 났다. 하정원과 혁화미가 현장에 도착했을 때에는 네 마리가 한번에 달려들어 커다란 멧돼지의 숨통을 마지막으로 끊어놓고 있는 상황이었다. 하늘로 들린 멧돼지의 네 발이 작은 경련을 일으키는 것이 보였다. 혁화미는 이 광경에 좀 질린 듯이 보였다. 아직 다 자라지도 않았고, 평소 자신에게는 한없이 순하게 구는 개들이었다. 그런데 삼백 근 가까이 되는 멧돼지를 간단히 물어 죽이는 것을 보곤 충격을 받은 것이다.

"이게 사냥이야. 삶과 죽음을 가르는 것이지. 멧돼지를 죽이지 못했으면 아마 저애들이 죽거나 다쳤을 거야. 무공도 마찬가지야. 일단 대결에 들어가면 승과 패, 생과 사가 갈리지."

하정원은 가늘게 떨고 있는 혁화미의 어깨를 토닥여 주었다. 하정원은 나무를 잘라 지게를 만들어 멧돼지를 짊어졌다. 혁화미가 충격을 받은 것 같아서 사냥을 일찍 끝내고 탕춘헌으로 돌아가기 시작했다. 사자 개들은 멧돼지를 잡고 기가 살아서 온 눈밭을 뒹굴고 뛰면서 따라왔다.

혁화미는 그 후 약 열흘 동안 침울해져서 사냥을 가자는 이야기도 하지 않고 무공 수련도 하지 않았다. 그러더니 어느

날은 갑자기 씩씩해져서 거의 하루 걸러 사냥을 가자고 혁우
세와 하정원을 조르기도 하고 다시 무공을 열심히 익히기 시
작했다. 이를 보고 하정원이 물었다.

"얼마 전엔 사냥도 싫어하고 무서워하더니 왜 좋아하게 되
었어?"

"오빠, 아직 좋아하는 것은 아니에요. 어차피 무림에서 살
것이라면 겁쟁이가 되긴 싫어요."

혁화미는 또렷또렷한 눈빛으로 짧게 대답했다.

*   *   *

겨울이 끝나가면서 어느새 따뜻하게 변한 햇볕이 무정숙
의 토굴 앞을 내리쪼이고 있었다. 혁우세와 혁천세는 토굴 안
에 앉아서 심각한 이야기를 나누고 있었다. 하정원은 요즘 경
신법과 보법을 익히느라고 온 남악산을 뛰어다니고 있었으
며, 황보준과 혁화미는 어른들의 이야기를 방해하지 않으려
고 사냥을 나간 상태였다.

"형님, 저는 그동안 조카와 같이 지내면서 여러 가지 생각
을 해봤습니다. 그전에는 무조건 강호의 이곳저곳을 떠돌아
다니기만 했지요. 요즘은 과연 그렇게 눈썹이 휘날리게 다닌
다고 해서 효과가 있을지 고민하고 있지요."

"너희 현무문의 사명은 제이차 신마대전이 일어날 것인지

를 감시하는 것이니까 강호의 이곳저곳을 돌아다닐 수밖에 없었겠지."

혁천세가 말했다. 혁천세는 전대 현무문주에게 동생인 혁우세를 제자로 받아줄 것을 요청하며 소개했다. 혁천세는 외부인으로선 현무문의 존재와 성격을 알고 있는 몇 안 되는 사람 중의 하나였다.

현무문은 천이백여 년 전 신마대전(神魔大戰) 직후에 만들어졌다. 전설에 의하면, 그때 명부(冥府)의 마왕(魔王)이 세상으로 튀어나왔는데, 이에 신계(神界)에서 천왕(天王)을 보내어 마왕을 제압했다고 한다. 이를 기념하여 지금 사용하는 무력(武歷)이 만들어졌고, 신마대전이 종료된 해가 무력 일년인 것이다.

또한 전설에 의하면 마왕은 신마대전에서 패하면서 완전히 제거된 것이 아니라 무엇으로도 부서지지 않는 구슬에 스스로를 봉인했다. 이 구슬이 마제구(魔帝球)였다. 사람들은 마제구를 신강(新疆) 화염산(火焰山)의 용암 속으로 던졌다. 천왕은 강호를 떠나면서 언젠가는 마제구가 용암을 헤치고 나와서 마제가 부활할 것이며, 제이차 신마대전이 일어날 것이라고 예언했다. 그리하여 당시 천왕을 도와 마왕과 싸웠던 무림 최강 기인 여덟 사람이 모여 현무문을 만들었다. 그 후 현재에 이르기까지 대대로 문주 외에 일곱 명의 호법으로 구

성되어 온 현무문은 강호에 모습을 드러내지 않은 채 마왕의
부활을 경계해 왔다.

"형님, 실은 삼 년 전에 화염산의 화산이 다시 폭발했지요.
그때 신강 이북의 혈패천(血覇天)이라는 절대 세력이 화염산
일대를 폐쇄하고 오 개월 동안 무엇인가 작업을 한 후 일제히
철수한 적이 있었습니다. 저희가 낌새를 알아채고 달려갔을
때에는 이미 철수한 후였습니다. 그 후 혈패천의 무력은 나날
이 강화되고 있습니다. 저희 현무문 역시 무엇인가 준비해야
하는 것이 아닌가 하고 생각하고 있습니다."

"음······."

혁천세가 낮게 신음했다. 마제가 부활하고 제이차 신마대
전이 벌어질지 모른다는 것은 상상하기조차 공포스러운 일이
었다. 혁천세는 전설 속에 감추어져 있는 강호의 숨겨진 역사
에 대해 정통한 지식을 가진 사람이다.

아득한 세월이 지난 지금 사람들은 신마대전을 하나의 정
사대전쯤으로 생각하는 경향이 있다. 그러나 일반 사마 세력
과 달리 신마대전 때 마제의 최종 목표는 무림의 제패가 아니
었다. 마제의 최종 목표는 무림인뿐 아니라 모든 인간을 마제
인(魔帝人)으로 바꾸는 것이었다.

마제인은 오로지 마제만을 생각하고 마제의 명령이라면
무슨 일이든 서슴지 않고 실행할 수 있는 끔찍한 존재였다.

마제인에게는 부모, 부부, 형제 사이의 천륜도 존재하지 않았고 다른 일체의 도덕도 존재하지 않았다. 마제인의 눈에는 오로지 마제만 보였고, 그 귀에는 오로지 마제의 가르침과 명령만 들렸다. 그들은 마제충렬공(魔帝忠烈功)이라는 악마의 무공을 익혀서 기이하도록 빠른 속도로 무공이 높아졌으며, 천륜과 도덕을 전혀 의식하지 못했다. 또한 죽음과 고통을 전혀 두려워하지 않았다. 한마디로 마제의 목표는 인간의 생기(生氣)를 절멸시키고 모든 인간을 마제인으로 불리우는 악마의 병기로 개조하는 것이었다.

무림의 정사와 야사에 두루 정통한 혁천세는 마제의 무서움을 너무나 잘 알고 있다. 혁천세의 등줄기로 소름이 끼쳐 올라왔다. 몸에 오한이 날 지경이었다. 혁천세가 무거운 목소리로 입을 열었다.

"마제가 부활한다는 게 확실한가?"

"아뇨. 아직 확실하지는 않습니다. 그러나 화염산과 혈패천의 여러 가지 정황으로 보면 그럴 가능성이 높다고 생각합니다."

혁우세가 진중하게 대답하면서 말을 이었다.

"제일차 신마대전 때와 달리 우리는 마제의 무서움을 알고 있습니다. 또한 현무문은 오랜 세월 동안 나름대로 대비를 해왔습니다. 이번에는 저번같이 허무하게 당하지는 않을 것입니다."

"그래, 무슨 좋은 계획이라도 있는 거냐?"

혁우세가 기대에 찬 눈빛으로 물었다.

"아직 뚜렷한 계획은 없습니다. 단지 심오하면서도 속성으로 익히는 것이 가능한 무공들을 추려서 정비하는 작업이 이제 거의 끝났습니다. 사실 막히는 부분이 좀 많았는데 조카를 가르치면서 저도 크게 깨달음을 얻어서 순조롭게 끝낼 수 있었습니다."

"네 말은 현무문의 조직을 확장하겠다는 뜻이냐?"

혁천세가 넘겨짚어서 물었다.

"아닙니다. 현무문은 엄격한 문규에 의한 제약이 많습니다. 또 앞으로도 영원히 음지에 숨어서 드러나지 않는 것이 좋습니다. 현무문 외곽에 강호 기재들을 모아서 길러낼 수 있는 조직을 준비하고 있습니다. 저희 현무문의 현무 일곱 호법은 이미 지난 이 년간 천하 각지의 기재를 모아서 기르고 있습니다. 현무 일군부터 현무 칠군이라고 하지요. 일군부터 칠군까지의 인원을 다 합치면 천 명이 넘지요."

"너, 돈 많냐? 그거 돈 많이 드는 일인데……."

혁천세가 걱정스러운 눈빛으로 물었다.

"형님, 저희 현무문은 무려 천이백 년이나 된 문파입니다. 그동안 강호무림에는 드러나지 않고 살아야 했었습니다. 내놓고 할 수 있는 것은 돈 버는 일밖에 없었습니다. 그러니 저희 현무문에는 재산이 꽤 많습니다."

혁우세가 뽐내듯 말했다. 혁천세는 순간 좀 배알이 뒤틀렸다.

"그렇게 돈이 많으면서 문주란 사람의 꼴이 거지 꼬락서니냐? 문주의 하나뿐인 형은 몇 푼 안 되는 월급에 목을 매고 살아야 하고?"

"형님, 저희 현무문이 보통 꼼꼼쟁이들이 아닙니다. 문에서 공식적으로 인정되는 경비 외에는 한 푼도 못 씁니다. 현무문이 부자이지 제가 부자인 게 아닙니다. 문주라 하더라도 문의 돈을 함부로 쓰면 징계당하고 결국 다 물어내어야 합니다. 개망신이지요. 돈을 가장 확실하게 버는 법은 안 쓰는 것 아닙니까?"

혁우세가 처량한 표정으로 애원조로 말했다.

"응, 그러니까 네 말은 강호 기재를 기르는 것은 이제 현무문의 사업이 되었으니까 돈을 펑펑 써도 된다는 말이지?"

혁천세가 입꼬리를 말아 올려 슬며시 웃으면서 물었다.

"네, 펑펑은 아니어도 '상당히 많이'라고는 말씀드릴 수 있습니다."

"그래서 너희가 기재를 기르는 것하고 나하고 무슨 상관인데?"

혁천세가 단도직입(單刀直入)으로 다그쳤다.

"네, 형님. 이참에 천하의 일곱 군데에 분산되어 있는 세력의 군사(軍師)를 맡아주십시오."

"우세야, 천세유림에서 가르치는 것은 어떻게 하고?"

혁천세가 어리둥절한 표정으로 물었다.

"그만두셔야죠. 그리고 이곳 탕춘헌 자리도 한 십 년 임대해 버립시다. 아예 간판도 무정숙으로 내걸지요, 뭐. 수리역경과 황노학을 가르친다는데 천세유림도 경쟁 상대로 생각하지는 않을 것입니다."

"음… 생각 좀 해보자."

혁천세는 깊은 생각에 빠져들었다. 이윽고 혁천세가 입을 열었다.

"마제는 상상할 수도 없는 무서운 힘을 가진 존재이다. 그의 힘은 무공이 아니다. 명부 마왕의 힘이지. 과거 제일차 신마대전 때에도 천왕을 따르는 강호인들이 모여 있다가 씨몰살을 당한 게 여러 번이었지. 지금 천하 일곱 군데로 분산해서 기재를 기르는 것은 좋은 일이다. 한군데로 모으면 위험해져. 마지막 순간까지 서로 모른 척해야 할 뿐 아니라 외부에 알려지지 않은 채 진행되어야 해. 또한 세력도 분산된 채 유지되는 게 좋아."

"아, 그렇군요!"

혁우세가 무릎을 치며 말했다. 제일차 신마대전의 자세한 사정에 관해서는 오히려 혁천세가 훨씬 더 정확하고 자세한 지식을 가지고 있었다.

"내가 명색이 귀곡문주 아니냐. 너는 모르지만 우리 귀곡문에는 이미 두 명의 제자가 있다. 천하에 흩어져 있는데 다들 한가락씩 하지. 귀곡쌍사(鬼谷雙士)라고 하는데, 하나는 강호신뇌(江湖神腦)라고 하고 다른 하나는 추와룡(醜臥龍)이라고 해. 그 제자들을 네가 말한 세력 중 두 군데를 골라서 보내자. 원래 막내가 하나 더 있었지. 제일 똑똑했는데 채 여물지도 않은 놈이 큰물에 가서 놀겠다고 설치기에 파문해 버렸어. 무공을 익혀 문무겸전(文武兼全)해야 한다고 하질 않나, 강호 정세가 심상치 않아질 것이라고 하질 않나. 아무튼 골 아프게 속 썩이고 다니기에 쫓아냈지."

여기까지 말하고 혁우세는 막내제자를 생각하는 듯 눈을 한동안 지그시 감았다가 말을 이었다.

"이곳 탕춘헌은 기재를 여러 명 받아서 기르기보다는 주로 병법과 진법에 관해 준비하는 게 좋을 게야. 이곳의 이름은 앞으로도 탕춘헌이라고 부르자. 그게 눈에 안 뜨이고 여러 모로 좋아. 그리고……."

혁천세가 말을 중지하자 혁우세가 참지 못하고 다그쳤다.

"네, 형님. 무슨 말씀이십니까?"

"나는 현무문에서 직위나 직함이 어떻게 되냐? 급여는 어떻게 되고?"

혁우세의 표정이 갑자기 멍하게 바뀌었다. 형을 모시겠다는 생각만 했지 어떻게 모신다고 생각해 본 적이 없었기 때문이다. 그때부터 두 형제는 서로 고함을 지르며 한 시진 넘게 실랑이를 했다. 결국 혁천세의 직함은 태상호법이 되었고, 월급은 은자 예순한 냥으로 결정되었다. 혁우세가 불러들일 귀곡쌍사는 각기 '총관'의 직함을 갖기로 했고, 월급은 은자 예순 냥으로 결정되었다. 혁천세가 제자들과 같은 수준의 월급을 받을 수는 없다고 불같이 화를 내어 은자 한 냥이 더 추가된 것이었다.

혁천세 형제는 머리를 맞대고 계속 전략을 마련했다. 그중 혁천세가 가장 공을 들여 확인한 것은 생도들에게 가르칠 무공에 관한 것이었다.

"생도들한테 어떤 무공을 가르칠 거냐?"

"네, 사실 그 점에 관해서는 조카의 역할이 컸습니다. 조카가 자기 몸으로 때우면서 여러 가지 실험을 해준 덕분이지요. 현재까지는 호법들이 각자 취향에 맞게 가르쳐 왔습니다만."

혁우세가 킬킬 웃으면서 말했다.

"끙! 너는 하나밖에 없는 조카를 아예 국물까지 내어 우려먹는구나. 무섭다, 무서워."

혁천세가 넌더리를 치는 시늉을 내었다.

"내공은 층층단정공을 익히기 쉽게 재편한 것을 쓰기로 했습니다. 원래의 층층단정공보다는 위력이 다소 떨어지지만, 그래도 강호에선 가장 강력한 내공심법 중의 하나일 것입니다. 이름은 태허단정공(太虛丹精功)으로 했습니다. 속성으로 효과가 나면서도 정종의 심법이지요. 다른 심법을 익혀온 사람도 공력을 유지한 채 태허단정공으로 옮겨올 수가 있습니다."

"야, 그게 정말이라면 대단한데?"

"네. 이미 조카, 준이 사질, 화미가 다 이걸 실제로 익히고 있습니다. 조카는 물론 곁다리로 익히는 것이지만 말입니다."

"아예 지 딸내미까지 실험 대상이구먼. 아비 참 잘 두었다. 끌끌."

혁천세는 비아냥거리는 말투로 이야기했지만 오죽 절박했으면 어린 딸에게도 실험했을까 하는 안타까움이 표정에 묻어 나왔다.

"할 수 없지요, 천하의 안위가 걸려 있는데. 잘못되어도 죽거나 병신이 되지는 않거든요. 아무튼 내공심법이 확정되고 나니까 나머지는 일사천리(一瀉千里)였습니다."

*　　　　*　　　　*

두 형제는 밤이 이슥하도록 전략을 이야기했다. 둘 사이의 이야기가 마무리 지어질 무렵 환영미로진 밖에서 기다리던 하정원, 황보준, 혁화미가 마침내 우르르 밀려들어 왔다.

"밥 먹고 합시다!"

"배고파 죽겠습니다!"

"아빠! 발이 다 얼었어!

심지어 사자 개와 매도 허기에 눈알이 번들거리고 있었다. 사자 개는 혁우세의 허벅지와 엉덩이에 코를 대고 쿵쿵대고 헛바닥을 널름거렸고, 매는 역천세의 반짝이는 눈알을 먹음직스러운 먹이인 양 뚫어지게 노려보고 있었다.

순식간에 사냥으로 잡아온 꿩과 비둘기가 구워졌고, 사슴의 엉덩이살이 뒤이어 구워졌다. 양손과 얼굴이 숯검정과 기름으로 범벅이 되어가면서 다들 게걸스럽게 먹었다.

"아빠, 오늘 정원이 오빠가 만금통령술을 보여줬어!"

어느 정도 배가 차자 혁화미가 신이 나서 이야기했다.

"네. 그거, 사기가 아니라면 대단해요!"

황보준이 엄지손가락을 치켜들며 말했다.

"사기 아니야."

하정원이 시무룩하게 말했다.

"조카, 오늘 수련 안 하고 같이 사냥 다녔구나. 게다가 새부리는 재주도 몰래 익히구. 내가 애들 장난 같은 거 하지 말라고 했는데."

혁우세가 진지하게 하정원을 나무랐다.

"아니, 저희가 정원이를 찾아갔던 겁니다."

황보준이 대신 변명을 해주었다.

"아빠, 그거 애들 장난 아니에요. 무언가 쓸모가 있을 거예요."

혁화미가 입에 침을 튀기며 말했다.

"우세야, 이야기나 한번 들어보자."

혁천세가 차분하게 한마디 했다. 하정원은 만금통령술로 매를 부려서 사슴을 찾아내게 했다. 그리고 사자 개 네 마리를 각기 다른 방향으로 풀어서 사슴을 포위한 후 안으로 좁혀 들어오게 했다. 그리하여 반 시진 만에 간단히 사슴 한 마리를 잡았던 것이다.

"호오~ 만금통령술을 쓰면 매가 사람 말을 알아든대?"

혁천세가 호기심을 느끼고 물어보았다.

"아뇨. 말이라기보다는 일종의 신호입니다. 음양이기(陰陽 二氣)를 이용한 신호이지요. 맹금은 기의 파동(波動)에 대해 굉장히 민감합니다. 음과 양의 기운으로 파동을 만들어 새를 조종하는 것이지요. 만금통령술 쓰려면 우선 그것을 쓰는 사람부터 기의 파동에 대해 엄청나게 민감해져야 합니다."

하정원은 말을 멈추고 잠시 생각에 빠졌다. 어떻게 말을 해야 보다 쉽게 뜻을 전할 수 있을지 고민이 되었다. 잠시 후 하정원은 말을 이었다.

"파동은 음기와 양기가 서로 교차하여 뒤바뀌는 것을 말합니다. 천지는 음양이기의 파동으로 꽉 차 있지요."

하정원은 가능하면 쉽게 설명하려고 애썼지만 하정원의 말을 희미하게라도 실감하는 사람은 이미 매를 길러본 적이 있을 뿐 아니라 만금통령술 구결을 공부해 온 혁화미 외에는 없었다. 만금통령술은 엄청난 정성을 들여서 깊게 참오해야 하는 심오한 가르침이었던 것이다.

　무정숙에 모인 사람들은 거의 새벽녘이 될 때까지 사슴 갈비살을 뜯으며 음양이기, 파동, 태허단정공에 대해 이야기했다. 새벽이 밝은 후에야 혁천세와 황보준, 혁화미가 탕춘헌으로 내려갔다. 잠깐 눈을 붙이기 전에 혁우세는 기어코 잔소리를 한마디 했다.

　"그 새 부리는 재주, 더 익히지 마라. 그런 조잡한 짓은 무인이 할 일이 아니야."

　혁우세의 이러한 생각은 당시 무인들의 관점에서 보면 너무나 당연한 것이었다. 그날 모였던 사람 중에는, 심지어 하정원 본인까지 포함해서 제이차 신마대전에서 만금통령술이 하게 될 엄청난 역할에 대해 전혀 짐작조차 하지 못했다.

7장

장강에는 인연이 흐른다

묵환
默環

삼년이 지나 세 번째 여름이 왔다. 쓰르라미와 여치의 울음소리가 요란한 여름 저녁. 무정숙 토굴에서 혁우세는 천하 각지에 흩어져 있는 현무문의 호법들이 전서구로 보내온 문서를 뒤적이고 있었고, 하정원은 오랜만에 팔에서 묵환을 빼내어 깨끗하게 닦고 있었다.

묵환을 닦아서 다시 끼운 하정원이 혁우세에게 말을 걸었다.

"이숙, 이거 한번 보시렵니까?"

"응, 뭔데?"

"칼로 제 팔뚝을 한번 내려쳐 보십시오."

"지금 어디 시장판의 차력사 흉내를 내는 거냐? 이제 무공 좀 배웠다고 약 팔러 다닐 거냐?"

혁우세가 심드렁하게 말했다.

"아뇨. 진짜 공력을 일으켜서 내려쳐 보십시오."

하정원이 팔뚝을 들어올려 묵환을 보이면서 말했다.

"안 해."

"한번 해보세요."

"팔 아파. 힘들어. 너 혼자 해봐라."

"현무신검으로 내려쳐야 하니까 이숙께서 해주셔야 합니다."

무림에서는 다른 사람의 무기에는 함부로 손대지 않는다. 현무신검은 혁우세의 보검이었다.

"현무신검은 호신강기도 벤다. 팔뚝 하나 자르고 싶으면 밖에 나가서 다른 것으로 잘라, 현무신검으로 하지 말고."

혁우세가 눈살을 찌푸리면서 말했다.

"이숙, 제 청강검으로 십성의 공력을 담아 내려쳐도 끄덕 없었습니다. 그래서……."

"뭐야? 십성으로 내려쳐도 괜찮았어?"

혁우세의 눈이 둥그레졌다. 아무리 일반 청강검이라도 지금 하정원의 내공으로 십성이라면 호신강기를 벨 수 있는 경지이다.

"음……."

혁우세는 낮게 침음성을 내면서 현무신검을 빼어 들었다. 만약 현무신검마저 막아낸다면 저 묵환은 정말 훌륭한 하나의 무구(武具)임에 틀림없었기 때문이다. 혁우세는 일성의 공력으로 하정원을 베었다. 혹시 몰라서 언제라도 검을 회수할 태세를 갖추고서.

땅!

하정원의 팔뚝에 채워진 묵환이 현무신검을 막아내자 혁우세는 잠시 멈칫했다. 그러더니 계속 검을 휘두르기 시작했다.

땅, 땅, 땅, 땅, 땅, 땅, 땅, 땅······.

순식간에 토굴 안은 검광으로 가득 찼고, 하정원은 두 팔뚝에 채워진 묵환을 이용해서 혁우세의 공격을 막았다. 혁우세는 점점 더 내공의 수위를 높여 마침내 팔성에까지 이르렀다. 하정원은 내공에 밀려 연달아 뒷걸음질쳐서 어느새 두 사람은 연무장 가운데까지 나와 있게 되었다. 혁우세가 공력을 거두며 뒤로 풀쩍 물러나며 말했다.

"조카, 그거 대단한데! 공력만 받쳐 주면 십이성 내력이 실린 검도 막아내겠다."

"네."

하정원이 빙긋 웃었다.

"어디 한번 다시 보자."

혁우세의 말에 하정원은 왼쪽 묵환을 빼어 혁우세에게 넘겨주었다. 혁우세는 그것을 아무리 들여다보아도 무슨 재질

인지 도통 알 수가 없었다. 묵환에는 흠집은커녕 칼에 맞은
자국도 없었다.

"아주 신통한 것이구나. 그거 차고서 생사박투공(生死搏鬪
功)을 펼치면 나도 애먹겠는데. 하하!"

혁우세가 묵환을 돌려주며 기뻐 어쩔 줄 몰라 하며 말했다.

"생사박투공과 정말 잘 어울리겠지요?"

생사박투공은 하정원이 지난 삼 년 동안 혁우세로부터 배
운 몇 가지 안 되는 무공 중의 하나였다. 원래 혁우세는 다양
한 무공을 가르쳐 주려고 했으나 하정원은 생사박투공과 검
법 하나를 배우는 것으로 만족했다. 여러 가지 무공을 한다고
반드시 좋은 것이 아니라는 점을 하정원은 이미 알고 있었던
것이다.

혁우세의 주 무기는 검이었다. 박투나 권, 장, 지, 금나는
혁우세가 강호제일고수를 다투는 분야가 아니었다. 그러나
하정원은 무기를 사용하지 않는 무공도 배우고 싶다고 간청
하였고, 혁우세는 고민 끝에 지난 이백 년간 신화 속에서 잠
자고 있던 생사박투공을 전했던 것이다. 생사박투공이 음양
오행에 바탕한 오행신권(五行神拳)에서 출발한 것이어서 음양
오행과 역(易)을 기본으로 하고 있는 하정원의 무공과 맞을
것 같았기 때문이다.

생사박투공은 이백 년 전의 천하제일인이었던 불승불패
고청우가 남긴 무공이었다. 남지나상련을 소유하고 있어서

천하제일부를 다투는 복주(福州) 고가장의 둘째 아들 고청우는 열 살 무렵부터 무공에 심취하였다. 고청우의 아버지는 아들의 무공이 높아지는 재미에 천금을 아까워하지 않고 여러 가지 상승무공을 배우게 했다. 집안의 배경과 지원 덕에 고청우는 많은 유명 문파를 예방하며 가르침을 받았고, 심지어 황궁 무고에까지 들른 적이 있다고 한다.

나이 서른다섯부터 고청우는 약 천 회의 비무를 했는데 한 번도 이기거나 진 적이 없었다. 항상 약간의 우세를 점한 상태에서 가벼운 부상을 입는 것으로 비무를 끝냈다. 그래서 불승불패라는 이름이 붙었다. 고청우가 말년에 창안한 생사박투공 안에는 무기를 들지 않고 몸으로 펼칠 수 있는 각 문파의 절학이 녹아 있다고 전해진다. 심지어 무당의 실전 절학인 십단금(十段錦)이나 소림의 금강부동신법(金剛不動身法)도 포함되어 있다고 전설로 회자되었다. '왜 전인을 거두지 않는가?'라는 주위의 물음에 불승불패 고청우는 '익히지 못할 무공을 전하는 사부처럼 잔인한 사람은 없다'고 말했다고 한다.

현재 하정원은 생사박투공을 오성 이상 익힌 상태였다. 생사박투공을 익힐 수 있었던 것은 극상승의 토압도인술인 혼태토납경을 대성한 데다가 음양오행에 바탕한 충충단정공을 육성까지 익히고 있었기 때문에 가능했다.

묵환이 절세의 보검인 현무신검을 막아내는 것을 확인하고서도 마치 아무 일도 없었다는 듯 차분하게 묵환을 다시 팔목에서 빼내어 마저 손질하는 하정원의 모습이 혁우세는 한없이 듬직해 보였다.

"조카, 이번 중추절에 집에 다녀오거라."

혁우세가 불쑥 말을 던졌다.

"네?"

하정원은 영문을 몰라서 물었다. 지난 사 년간 집에 다녀온 적이 없었을 뿐 아니라 혁우세나 혁천세가 하정원에게 집에 다녀오라고 말한 적이 한 번도 없었기 때문이다.

"이제 천세무림에 보내는 학비도 그만 보내시라고 말씀드릴 겸해서 다녀오거라."

집에 다녀온다고 생각하니까 아련한 느낌이 들었다. 집을 떠나올 때는 치기 가득한 열여섯 살짜리 소년이었는데, 이제는 턱수염이 거뭇거뭇한 스무 살 청년이 되었다. 부모님의 얼굴과 축융산의 동굴이 눈앞에 또렷하게 떠올랐다.

"흠흠, 사실은 사천 아미파에 심부름 갈 일도 있어."

혁우세가 헛기침을 하면서 말했다.

"현무문의 일곱 호법 중의 하나이신 생사신의(生死神醫) 이문호가 약을 좀 보내달라고 해서 고민 중이었다."

"아, 네."

파동에서 무협을 지나면 바로 사천이었다. 파동에서 아미산까지는 하정원의 발걸음으로는 서두르지 않아도 산을 타고 한 대엿새 되는 거리였다.

"귀한 약인 모양이지요?"

"귀한 약이지. 현무호심단과 맞먹는 것이니까."

"현무호심단에 버금가는 약도 가지고 계시나요?"

하정원은 깜짝 놀라서 물었다. 현무호심단은 소림의 대환단보다 약효가 뛰어난 것이라 알고 있는데 그에 버금가는 약을 가지고 있다니 하정원이 놀랄 수밖에 없었다.

"아니. 나는 가지고 있지 않아. 조카가 가지고 있지. 그러니까 조카가 가면 돼."

"저한테는 아무 약도 없는데……."

"조카가 현무호심단 한 알을 먹었다는 건 알지?"

"네. 삼 년 전에 이숙에게 얻어맞고 한 알 먹었다고 들었지요. 아주 무자비하게 손을 대셨다고 사부님께서 그러시던데요."

하정원이 능청맞게 이야기했다.

"아니, 난 손댄 적 없어. 패지도 않았지. 조카가 내 현무귀혼기공(玄武龜魂奇功)에 튕겨 나간 것뿐이야. 자기 힘에 자기가 다친 것이지, 뭐."

혁우세가 심드렁하게 말했다.

"……."

하정원은 더 할 말이 없었다. 강호 최절정고수가 무공을 모르는 열여섯 살 어린애를 호신강기공으로 튕겨내고는 '손'을 댄 적이 없다고 하니 더 따질 말이 없었던 것이다.

"아무튼 그때 먹은 현무호심단이 조카 피 속에서 선천지기와 어울리면서 푹 익은 것 같더라."

혁우세의 말에 하정원은 깜짝 놀랐다.

"아니, 그러면 현무호심단이 흡수되었던 게 아닌가요?"

"흡수되지 않았지. 이유는 모르겠구나. 나도 그때는 그냥 흡수된 것으로 생각했거든. 그런데 아니야. 아마 그 혼태토납공 때문인 것 같아. 반년 전에 조카가 내 장력에 얻어맞고 조금 피를 흘린 적 있었지? 그때 보니까 피 속에서 현무호심단 냄새가 고스란히 나던걸. 혹시 모르니까 남은 네 알 중 한 알을 줄게. 하지만 약을 쓰기 전에 먼저 조카 피로 해봐. 아마 한 양푼까지는 안 써도 될 거야. 한 대접 정도면 충분할 게다."

혁우세는 피 한 양푼을 빼내면 사람이 죽는다는 것을 전혀 모르는 듯이 이야기했다. 하정원은 자기 피 속에 영약이 보존되어 있다는 것을 알곤 좀 어리벙벙한 느낌이 들어서 혁우세의 짓궂은 말에 섭섭함을 느낄 여유도 없었다.

"조카의 피를 쓴다는 이야기는 절대로 천세 형님한테 하지 마. 알았지? 조카 피 빼서 팔아먹는 놈이라고 길길이 날뛸 게 뻔하거든. 천세 형님하고는 내가 이야기를 정리해 놓을게."

혁우세가 빙긋이 웃으면서 못을 박았다.

"그런데 제 피, 아니, 제 약으로 누구를 구하는 겁니까?"

"맞다. 그게 중요한데 내가 빠뜨리고 이야기를 안 했네. 강호제일미녀로 꼽힐 만큼 예쁘고 무지하게 머리가 똑똑한 여자 애라고 하더라. 조카, 여복이 터졌다. 사내 피를 얻어먹은 여자가 다른 데로 가겠냐? 제갈 머시기라고 했는데… 이름은 잘 기억이 안 나네. 끙!"

혁우세의 자상한 배려에 의해 '걸어다니는 영약' 이 된 하정원은 '피 빨리기 위해' 제 발로 사천으로 출발하게 되었다.

*　　　*　　　*

우르르! 꽝!

꽈광!

우르르르르!

번개와 천둥을 동반한 한여름의 소나기가 시원하게 퍼붓고 있었다. 장대 같은 빗줄기 속에 나무와 풀은 이리저리 흔들리면서 한껏 생명의 기운을 뿜어내었다.

"거, 소나기 한번 시원하게 온다!"

혁우세가 토굴에 앉아 빗줄기를 보면서 말했다. 연무장의 빗줄기 속에서 하정원은 온몸에서 더운 김을 뿜어내며 시연(試演)을 하고 있었다.

"타앗!"

하정원의 허리춤에서 검광이 뻗어 나와 휘둘러지자 장대같이 퍼붓던 빗줄기가 순간적으로 끊어졌다. 이어지는 검무(劍

舞)에 맞추어 빗줄기가 춤췄다. 어떤 때에는 검막(劍幕)을 타고 흐르고, 또 어떨 때에는 검면(劍面)에 맞아 이십 장 밖의 바위에 부딪치면서 오 촌 깊이의 구멍을 만들기도 했다. 검의 살기는 이미 극에 달해서 차라리 신선이 추는 춤사위처럼 보였다.

삼백 년 전 천하제일검수로 꼽혔던 마검자(磨劍子)의 구궁태을검법(九宮太乙劍法)이었다. 마검자는 이십대에 무당파에서 '검에 살기가 너무 짙다'는 이유로 파문당한 후 스스로 검의 새로운 경지를 개척한 천재였다. 사실 '검에 살기가 너무 짙다'는 것은 파문의 이유가 되지 않는다. 강호의 사정에 정통한 사람들은 마검자의 무재(武才)가 너무 뛰어난 것을 시기한 사형제들이 음모를 꾸며서 문파에서 축출한 것으로 알고 있었다. 무당은 그에게 '마귀와 같은 검을 쓰는 사람'이라는 뜻에서 마검자(魔劍子)라는 치욕스러운 이름을 주었지만 본인은 이를 '검을 가는 사람'이라는 뜻을 가진 마검자(磨劍子)로 바꾸어 사용했다. 말년에 무검(無劍)의 경지에 들어 검이 없이 다닐 때에 이런 노래를 불렀다고 전해진다.

검을 갈며 마음도 갈았네[磨劍又磨心].
검도 없어지고 마음도 없어졌구나[無劍又無心].
검은 해와 달 속에 있고[劍在於日月].
마음은 천지 속에 있네[心在於天地].

"일월관천(日月貫天)! 천지쌍교(天地雙交)!"

하정원의 입에서 우렁찬 소리가 터져 나오며 구궁태을검법의 최강 초식 두 개가 연이어 펼쳐졌다. 푸르고 붉은 색깔이 꼬여 있는 음양이기 강기(罡氣) 줄기가 검첨(劍尖:검의 끝)에서 가늘게 뻗어 나와 연무장 끝에 있는 오십 장가량 떨어진 솔방울을 때리고 그 지점에서 멈추었다가 사라졌다. 그와 거의 동시에 둥근 고리 모양의 강기 환(環)이 하정원을 중심으로 반경 십오 장까지 순간적으로 퍼져 나가다가 멈춘 후 사라졌다.

"좋다! 타격 부분에 정확히 집중하고 힘을 끊는 것, 좋다!"

혁우세는 신이 나서 무릎을 두들겼다. 강기를 마구 뿜어내는 것보다 정교하게 조종하여 끊어내는 것이 훨씬 더 어려운 일이기 때문이었다. 아마 지금 하정원이 마음먹고 회선비류환을 펼치면 스무 개 이상의 쇠 구슬을 던져서 제어할 수 있을 것이다. 그동안 꾸준히 회선비류환을 연습해 온 덕분에 하정원의 강기 제어는 예술의 경지에 달해 있었다.

하정원의 시연은 끝났다. 하정원의 옷이나 머리 어디에도 소나기를 맞은 흔적이 없었다. 내공에 의해 빗방울이 튕겨 나간 것이다. 단지 시큼한 땀 냄새가 날 뿐이었다. 어느새 소나기는 멈추어 있었고, 다시 한여름의 타는 듯한 햇살이 숲 속을 뚫고 들어와 앉아 있었다.

"가진 밑천을 길 떠나기 전에 전부 펼쳐 시연(試演)하느라고 고생했다. 생사박투공(生死搏鬪功)을 못 봐서 유감이지만 말이야."

혁우세가 흐뭇한 미소를 감추지 못하면서 말했다.

"아직 많이 부족합니다. 또 여전히 잠잘 때마다 공력을 완전히 풀어야 하구요."

하정원이 멋쩍은 미소를 지으며 공손히 대답했다.

"아니야. 지금 조카의 경지는 이미 우리 현무문의 호법들을 능가할 정도야. 나라도 조카를 제압하려면 힘깨나 써야 할 거야. 삼 년이라는 짧은 시간에 이 정도 해냈다는 것은 엄청난 일이지. 앞으로도 조카에겐 좋은 인연이 많이 생길 거야. 그리고 내공 문제도 완전히 해결되겠지."

혁우세가 감탄을 감추지 못하며 말했다.

"모두 이숙 덕이지요."

"……."

둘 사이에 차 한 잔 마실 정도의 침묵이 흘렀다.

"출발해야지?"

"네. 내려가다가 사부님과 다른 식구들에게 잠깐 눈인사라도 하고 가야지요."

"음……."

혁우세는 두 통의 편지를 꺼내면서 말했다.

"이 편지는 아미파(峨嵋派) 장문인이신 금정 신니께 전하고, 여기 이 편지는 아미파에 와 있을 생사신의(生死神醫) 이

문호 호법께 전해라. 생사신의는 우리 현무문의 여덟 호법 중 한 분이시다. 원래는 일곱인데 네 사부가 박박 우겨서 문규에도 없는 태상호법이란 자리를 하나 엉터리로 만들어서 이젠 여덟이다. 그리고 이것은 현무호심단이다."

혁우세는 밀랍으로 봉해진 작은 사기 병을 하나 내주면서 말했다.

"네."

둘 사이에 다시 긴 침묵이 흘렀다. 하정원은 편지와 사기 병을 기름종이에 단단히 감은 다음 천에 넣어 복대처럼 배에 둘렀다.

"너한테 이 검을 주어야 하는데……."

혁우세는 자신의 옆에 놓인 고색창연한 현무신검을 어루만지며 안타깝다는 표정으로 말했다.

"하하, 이숙. 그건 앞으로 생길 현무문주의 진짜 제자한테 주셔야죠. 그런 말씀 마십시오. 검사불선검(劍士不選劍:검사는 검을 고르지 않는다) 아닙니까."

하정원은 더 앉아 있다가는 눈물이 쏟아질 것만 같아 서둘러 일어나 행낭을 둘러메면서 말했다. 허리에는 은자 한 냥짜리 수련용 청강검이 달랑 매어져 있었다.

혁우세는 환영미로진 바깥까지 따라 나왔고 하정원은 약간 붉어진 눈시울을 감추느라 황급히 몸을 돌려 산을 뛰어내려갔다. 불과 석 달 정도로 계획된 짧은 여행이고 그것도 사

년 만에 집으로 가는 길인데 왜 그리 눈물이 나오려고 하는지 하정원 자신도 이해가 되지 않았다. 이번 여행을 통해 인생의 평화스럽고 행복했던 시절이 마감된다는 것을 어쩌면 본능으로 느끼고 있었는지도 몰랐다.

*   *   *

투툭, 툭, 투툭, 툭!

하남성에서 호북성을 가는 길목에 있는 나산(羅山)의 칠부 능선쯤에 있는 작은 동굴 입구에는 낙수 방울이 떨어지고 있었다. 아침부터 비가 뿌리다가 개다가를 반복하고 있었다. 하정원은 동굴에 앉아 만금통령술 비급을 읽고 있었다.

하정원은 호북성(湖北省) 무한(武漢)까지 육로로 가 거기에서 배를 타고 장강을 거슬러 올라간 후 무협(巫峽) 직전에 있는 고향 파동에서 배를 내릴 것이다. 하루 이틀 잠시 집에 들렀다가 육로로 아미파(峨嵋派)가 있는 사천성(四川省)까지 바로 간 후, 오는 길에 집에 다시 들러서 중추절을 보내고 정주로 돌아올 계획이었다.

전날 저녁에 이 동굴에 들어와서 만금통령술을 읽던 하정원은 그 내용에 깊이 빠져서 이날은 비를 핑계로 출발을 미루고 있었다. 어차피 앞으로 오십 일 정도 안에 아미파에 도착하면 되는 일이었기에 급히 서두를 필요는 없었다. 책을 다 읽은 하정원은 책을 덮어 기름종이에 싼 다음 소중하게 품속에 넣었다. 이것으로써 이 책을 쉰 번도 더 넘게 읽었다. 이 동굴에서 다시 읽은 횟수만 해도 세 번은 된다. 무정숙에 있었을 때에는 혁우세의 반대가 심해서 만금통령술을 본격적으로 익힐 엄두를 내지 못했다. 그냥 읽고 간단한 흉내만 내었을 뿐이다.

"그래, 음양이기(陰陽二氣)를 자유자재로 다루어서 파동(波動)을 만들어낼 수 있는 심법이 없었기 때문에 만금통령술을 제대로 익힌 사람이 없었던 거야."

하정원은 혼잣말로 중얼거렸다.

만금통령술은 매나 부엉이 같은 맹금에게 신호를 보내어 제어한다. 이때 신호는 말이나 휘파람 소리가 아니라 음과 양으로 이루어진 파동(波動)이다.

예를 들어, 눈 한 번 깜박할 동안에 음양양음(陰陽陽陰) 파동을 보내어 매가 오도록 훈련시키고, 양음음양(陽陰陰陽) 파동을 보내어 매가 가도록 훈련시킨다.

만금통령술에서는 '눈 한 번 깜박할 동안'을 안식경(眼息頃:눈이 쉬는 시간)이라고 하고, '한 안식경 동안 이루어지는 파동의 수'를 박(拍:음악의 박자라는 뜻)이라고 했다. 만금통령술에 따르면 매나 부엉이는 오십 박에서 이만 박 정도의 신호를 느낄 수 있다고 한다. 그런데 박의 수가 그보다 느리거나 빠른 신호는 느끼지 못한다고 한다. 또한 전혀 모르는 매나 부엉이를 불러들여서 사귈 때 사용할 수 있는 신호도 열 가지 정도 나와 있었다. 만금통령술을 사용하면 매나 부엉이를 새끼 때부터 기르면서 훈련시킬 필요 없이 야생의 다 자란 놈을 불러들여 부릴 수 있다는 것이다. 만금통령술 마지막에는 이렇게 쓰여 있었다.

노부 만응자(萬鷹子)는 팔다리를 모두 못 쓰는 불구이다. 다행히 음양이기를 익혀서 큰 병 없이 평생을 살 수 있었다. 노부 평생의 꿈은 맹금의 뇌 속에 노부의 공력을 담은 의념(意念)을 심는 것이었다. 이 의념 덩어리가 맹금을 장악하여 맹금이 보고 겪는 것을 고스란히 노부에게 전할 수 있게 하고 싶었다. 하루 종일 방 안에서 지내지만 천하의 누구보다도 더 많은 것을 보고 싶었다. 그러나 노부의 재주가 짧아서 맹금의 뇌 속에 의념을 심는 것은 그저 하나의 꿈에 불과했다. 다행히 연자(緣者)가 이 책을 이해하고 만금통령술을 익힌다면 반드시 매의 뇌를 장악하는 기공을 완성해 주기 바란다. 노부가 시도했던 여러 가지 방법이 이 책의 부록에 기록되어 있다.

무력 125년, 신응장(神鷹莊)에서 만응자가 쓰다.

그런데 만금통령술은 음양이기를 사용하여 파동을 만들어내는 방법에 대해서는 전혀 다루고 있지 않았다. 아마 만응자는 음양이기를 사용하는 내공심법이면 어떠한 내공심법이든 파동을 만들어내는 데에 사용할 수 있다고 생각하고 일부러 그 부분을 제외한 것 같았다. 그러나 음양이기를 다루는 내공 심법은 익히기가 까다롭기 때문에 천 년 이상의 세월이 지난 지금에 와서는 실전된 상태였다. 게다가 일반 무인들은 매를 부리는 것을 '잔재주'라고 천시하는 경향이 있었기 때문에 만금통령술은 빛을 보지 못하고 사장되었던 것이다.

하정원은 조용히 눈을 감고 공력을 불러일으켰다. 매가 좋아한다는 신호 중에 하나를 골라 세 번 보내고 쉬었다가 다시 세 번 보내는 것을 반복했다. 그런 후 향 반 대 탈 시간이 지났다.

푸드드득!

동굴 안에 매가 한 마리 날아들었다.

끽, 끼기, 끽!

매가 하정원에게 정답게 아는 척을 했다. 하정원은 만금통령술에 나온 방법에 따라 매에게 간단한 것부터 훈련시키기 시작했다. 매는 훈련을 재미있는 놀이로 받아들이는 것 같았다. 어느덧 오시(午時)가 되어 비가 완전히 개 하정원이 동굴을 나설 때쯤 매는 이미 하정원을 주인으로 받아들이고 있었다. 나산의 골짜기와 능선을 넘어서 호북 무한 방향으로 헤쳐 가고 있는 하정원의 머리 위에서 매는 빙글빙글 돌면서 쫓아오고 있었다. 하정원은 이 매에게 '운(雲)'이라는 이름을 지어주었다.

만금통령술의 수련은 하정원의 기감(氣感)을 고도로 단련시켰다. 한 안식경(眼息頃:눈 한 번 깜박이는 사이. 대략 일 초)

동안 작으면 이삼십 박(拍), 많으면 이삼만 박 음기와 양기를 교차시킬 수 있어야 하기 때문이었다. 하정원은 한 안식경에 이백 박의 파동 신호를 운에게 사용하고 있었다. 그 이상은 하정원에게는 아직 무리였다. 이렇게 빠른 속도로 음기와 양기를 교차시킨 파동을 만들어내는 것은 고도의 운공 수련과 비슷한 효과를 가지고 있다. 하정원은 기파를 아주 예민하게 느끼게 되었을 뿐 아니라 층층단정공을 좀 더 깊게 이해할 수 있게 되었다. 하정원이 일부러 사람이 없는 산길을 골라 호북 무한으로 가는 동안, 그의 무학은 새록새록 그 깊이를 더해가고 있었다.

*　　　*　　　*

"이 배가 내일 무협(巫峽)으로 출발하는 배 맞습니까?"

하정원이 선착장에 매어진 돛 세 개가 달린 큰 범선 앞에서 배표를 팔고 있는 장한에게 물었다. 배 이물에는 장강청룡호(長江靑龍號)라고 쓴 깃발이 펄럭이고 있었다. 중앙 돛대에는 '29일'이라는 깃발과 '진시(辰時) 출발', '무협행'이라는 깃발이 세로로 일렬로 매달려 펄럭이고 있었다. 깃발이 낡은 것으로 보아 날짜, 출발 시각, 행선지를 조합하여 반복해서 사용하는 것으로 보였다. 장한은 웃통을 벗어젖힌 채 구릿빛으로 그을린 상체를 번들거리면서 '무협!', '최고급 여객선! 이라는 구호를 연방 외치고 있었다.

배표를 파는 장한은 힐끗 하정원을 보더니 무뚝뚝하게 대답했다.

"맞수!"

하정원은 천세무림의 군청색 장삼을 입고 있었다. 왼쪽 가슴에 은색 학이 수놓아져 있던 부분은 잘라내고 비슷한 색깔의 옷감으로 덧대어 기운 남루한 옷이었다. 행낭 속에는 혁화미가 만들어준 근사한 하얀 장삼과 새 가죽 신발이 들어 있었지만 그것은 아미파에 들어갈 때와 귀로에 집에 들를 때에 사용할 것이었다.

남루한 옷, 누더기로 만든 행낭, 싸구려 청강검, 잘 단련되어 균형 잡힌 몸매. 이것은 정확히 하급 표사나 쟁자수의 행색이었다. 배표를 파는 장한은 빨리 삼등 객실을 하나 팔아치워야겠다고 생각했다. 삼등 객실은 갑판 맨 아래 있는 큰 마루 모양의 객실로서 시큼하고 퀴퀴한 냄새가 나는 곳이었다.

"선실이 없습니까?"

하정원이 다시 물었다. 하정원은 원래 육로로 갈까 생각도 했다. 하지만 최근 들어 무공이 급증하고 있었기 때문에 방해받지 않고 혼자 있을 수 있는 선실을 구해 무공을 참오하면서 여행하고 싶었다. 바깥 세상에서 혼자 여행을 하게 되자 머리 속에서 무공에 대한 깨달음이 새록새록 더 깊어지는 것 같았다.

하정원은 약 보름에 걸쳐 하남 정주에서 호북 무한까지 노숙을 하고 걸으면서 무공을 참오해 왔다. 건포와 미숫가루를 가져온 데다가 운을 길들인 이후엔 사냥을 하지 않고도 고기를 먹을 수 있었다. 운은 지금도 하정원의 머리 위 하늘에서 한가롭게 빙글빙글 돌고 있었다. 때로는 사람이 북적거리는 마을이나 도시를 지나고, 때로는 며칠씩 산길을 타면서 하정원은 무공에 대한 새로운 깨달음을 조금씩 얻어가고 있었다.

"선실은 비싼데……"

배표를 파는 장한은 미심쩍은 눈초리로 하정원을 바라보면서 말을 이었다.

"대체 얼마를 쓸 수 있소?"

"제일 싼 게 얼마짜리입니까?"

하정원이 되물었다.

"이등 선실, 한 평 반. 특별히 싸게 해서 은 한 냥."

네까짓 위인이 선실에 어찌 묵겠느냐는 표정을 감추지 않으며 장한이 대답했다. 장한은 하정원에 대한 대답과 별도로 계속 손님을 부르는 소리를 질러댔다.

"무협! 최고급 여객선!"

"더 싼 거 없습니까? 허드레 창고라도."

하정원이 다시 정중하게 물었다. 이제 하정원의 뒤로 여덟 명이 줄을 선 상태가 되었다. 상인 행색의 사람 하나, 화려한 금의를 입은 부잣집 귀공자와 화려한 옷에 장신구를 주렁주렁 단 젊은 여인으로 이루어진 남녀 한 쌍이 있었다. 그리고 다섯 명으로 이루어진 일행이 그 뒤를 이었다. 그 일행은 학과 같이 청수한 인상의 삼십대 사내와 면사를 두른 젊은 여인 한 명, 십팔 세쯤 되어 보이는 용모가 단정한 시비가 한 명, 그리고 호위무사로 보이는 삼십대 장한 두 명이었다. 그중 면사를 두른 여인과 그 여인을 호위하는 장한은 셋 다 모두 허리에 검을 차고 있었다.

"없소. 아참, 밧줄 넣어두는 조그만 창고가 사층 맨 밑바닥에 있기는 한데… 거긴 사람이 기거할 곳이 못 되우. 햇볕도 안 들고 눅눅하고 벌레도 많은데."

"괜찮습니다. 얼마입니까?"

"구리 돈 삼십 문."

장한은 하정원이 불쌍하게 생각되었는지 싸게 불렀다. 어차피 손님을 받지 않는 공간이기도 했다.

"십오 문만 합시다."

하정원이 정중하게 말했다. 장한은 약간 멍해진 표정으로 하정원을 보았다. 촌놈이 더 무섭다고, 이 젊은이가 무조건 깎아달라는 것이 아닌가! 구리 돈 십오 문이면 웬만한 반점에서 음식 한 그릇 값밖에 안 되었다.

"삼십 문. 그 이하는 안 돼."

"십오 문에 합시다."

하정원의 물건 값 깎는 실력이 나오기 시작했다. 어느새 뒤로 기다리는 사람은 약 열 명 정도로 불어났고, 장한은 조금씩 짜증이 나기 시작했다. 어떻게 생각하면 하정원이 불쌍했고 어떻게 생각하면 한심해 보이기도 했다. 그때 기다리던 사람들 중에서 말소리가 들렸다.

"그 친구에게 이등 객실을 줘요! 자, 여기 있소!"

은자 한 냥이 날아와서 장한의 발밑에 떨어졌다. 화려한 금의를 입은 귀공자였다. 순간 표를 팔던 장한은 머리 속으로 피가 확 몰리는 기분이었다. 아무리 배표를 파는 처지라지만 돈을 던져서 준다는 것은 사람을 완전히 무시하는 행동이었기 때문이다. 하정원이 천천히 허리를 굽혀 돈을 줍더니 귀공자에게 가지고 갔다.

"저, 호의는 감사합니다만 지금 흥정 중이라 조금 있으면 끝납니다. 어차피 내일 떠나는 배이니까 조금만 더 기다려 주십시오."

하정원은 이렇게 말하면서 두 손으로 은 한 냥을 공손히 귀공자에게 내밀었다. 귀공자는 한마디 더 해주려고 하다가 하정원의 눈을 보는 순간 그만 혀가 얼어붙어서 돈만 받고 말았다. 다른 사람들에게는 안 보이는 각도였지만 그 순간 하정원의 눈은 분노로 하얗게 타오르고 있었다.

"좀 깎아주십시오."

제자리로 돌아온 하정원이 다시 표 파는 장한에게 공손히 이야기했다.

"에이, 그럽시다! 까짓것 구리 돈 십오 문!"

장한 역시 귀공자에 대해 화가 나 있던 참이라 하정원을 밀어주고 싶은 마음에 말도 안 되는 가격에 합의를 하고 말았다. 그러나 하정원이 셈을 치르고 배표를 받아 돌아가자 장한은 고개를 절레절레 흔들 수밖에 없었다. 셈을 치르려고 꺼낸 하정원의 전낭에서 금화와 은화가 섞인 돈 뭉치 한 꾸러미가 언뜻 보였던 것이다. 한편 뒤에서 줄을 서서 기다리던 청수한 선비 인상의 사내는 구리 돈 십오 문에 무한에서 무협까지 뱃삯을 흥정하는 모습을 보고 매우 재미있는 광경을 보았다는 표정으로 슬며시 웃고 있었다.

다음날, 배에 타 창고에 들어선 하정원은 순간 한숨이 나왔다. 세 평 정도 되는 공간의 한쪽에는 밧줄 더미가 쌓여져 있고 햇볕이 들지 않아 문을 닫으면 깜깜했다. 그래도 밧줄이 썩는 것을 막기 위함인지 통풍이 제법 되고 있어서 햇볕이 들지 않는 곳치고는 눅눅하고 퀘퀘한 냄새가 아주 심한 것은 아니었다. 하정원은 밧줄 더미를 정리하고는 그 위에 공간을 만들었다. 마침 한 구석에 넓은 판자가 있어서 밧줄 더미 위, 그러니가 창고의 맨 안쪽에 판자를 놓자 제법 편안한 공간이 되었다.

하정원은 어둠 속에서 가부좌를 틀고 앉아 수련을 시작했다. 지난 보름 동안 새록새록 쌓여왔던 깨달음의 실마리를 하나씩 더듬어보기 시작했다. 목이 마르면 가죽 물주머니에 담긴 물을 마시고 배가 고프면 건포를 먹었다. 변소에 갈 때와 가죽 주머니에 물을 채우러 갈 때 외에는 방 밖에 나가지 않았다. 하정원의 옷에서는 금세 시큼한 냄새가 나기 시작했지만 본인은 그 냄새를 전혀 의식하지 못했다.

배가 출발한 지 이틀째 되는 밤에 풍랑이 몰아치기 시작했다. 배는 전후좌우로 요동을 쳤고, 수부(水夫)들은 돛을 내렸다. 거의 모든 사람들이 심한 뱃멀미를 했다. 하정원은 뱃멀미 따위에는 전혀 영향을 받지 않는 몸이었기에 천근추를 이용해서 판자를 누른 채 가부좌를 하고 앉아 명상에 잠겨 있었다. 뱃전에 파도가 철썩이는 소리와 천둥이 날뛰는 소리는 하정원에게 또다른 새로운 느낌을 주고 있었다.

그때 문이 덜컹 열렸다. 한 명의 사내가 섬세한 인영의 여인을 질질 끌고 들어섰다. 사내는 여인을 밧줄 더미에 밀쳐 쓰러뜨린 후 문밖으로 잠깐 고개를 빼어 좌우를 살피고는 바로 문을 닫고 미리 보아둔 막대를 문에 걸쳐서 밖에서 문을 열지 못하도록 했다.

여인의 머리는 하정원이 앉아 있는 판자 근처에 있었는데 온 얼굴에 뱃멀미를 한 토사물이 묻어 있었고 시큼한 냄새가 났다. 하정원에겐 이미 어둠은 아무 장애가 되지 않아 모든 광경을 똑똑히 볼 수 있었다. 하정원은 내기를 일으키기 시작했다. 그러자 층층단정공이 운공되고 이 갑자가 넘는 공력이 모이기 시작했다.

사내는 어둠 속에서 손을 더듬어 여자의 머리카락을 통째로 움켜쥐고서 손수건을 꺼내 재갈을 물렸다. 엊그제 하정원에게 은 한 냥을 던져 주었던 그 귀공자였다.

"낭자, 좀 시큼한 냄새가 나긴 하지만 내가 특별히 운우지정(雲雨之情)의 즐거움을 가르쳐 주겠소. 흐흐."

사내가 음충맞은 웃음을 흘리자 여인의 두 눈은 경악과 공포에 질려갔다. 여인은 약 십팔 세쯤 되어 보였는데 옷과 입가에 묻은 토사물도 그 아름다움을 다 감추지 못했다. 사내가 여인의 가슴에 손을 대어 옷을 벗기려는 찰나, 운기를 마친 하정원이 한마디 했다.

"왜 남의 방에 들어와서 여자를 겁탈하느냐?"

그 소리가 사내가 들은 마지막 소리였다.

빠각!

어둠 속에서 난데없이 들려온 소리에 화들짝 놀란 사내가 고개를 들려는 순간 갑자기 여자의 머리채를 휘어잡은 왼손이 마비되면서 머리채를 놓쳤다. 머리채를 놓쳤다는 것을 깨달을 틈도 없이 별이 반짝이면서 정신을 잃었다.

쾅!

하정원이 앉은 자세에서 내지른 발길에 코와 입이 주저앉으면서 뒤편으로 날아가 벽에 뒤통수를 세게 부딪쳐 기절한 것이다. 뒤통수 역시 손바닥 반만큼이나 주저앉았다. 생명이 위독한 중상이었다.

여인은 너무 놀라서 정신을 잃을 지경이었다. 변소에 갔다가 뱃전에서 정신없이 멀미를 하다가 누군가의 부축을 받아서 끌려온 곳이 이곳이었다. 한 치 앞도 안 보이는 곳에서 머리채를 휘어잡힌 채 재갈이 물렸다. 그리고 남자의 술 냄새 섞인 숨결을 느꼈고, 그 음충맞은 목소리를 들었다. 그런데 머리 위에서 다른 남자의 목소리가 들리는가 싶더니 머리채를 잡은 손이 풀어졌다. 이어서 무언가 뜨듯한 게 튀어서 얼굴을 덮었다. 치한의 피와 이빨이었던 것이다.

창고 문이 열렸다. 그제야 여인은 한쪽 구석에 눈을 하얗게 까뒤집은 채 자빠져 있는 치한을 보았다. 아까 뱃전에서 뱃멀미를 할 때 막무가내로 자신을 부축했던 남자인 것 같았다. 열려 있는 문으로부터 들어오고 있는 불빛을 등지고 선 검은 그림자로부터 두 번째 남자의 진중한 목소리가 나왔다.

"몇 호실에 머물고 계십니까?"

"일백이 호입니다."

이 말을 끝으로 여인은 몽롱한 정신을 놓아버렸다. 하정원은 여인을 두 손으로 안고 계단을 올라가기 시작했다. 여인은 혼미한 정신 속에서도 지독하게 시큼한 땀 냄새와 퀴퀴한 썩은 밧줄 냄새를 맡을 수 있었다. 이상하게 그 냄새는 마음을 편하게 해주었다.

　　　　＊　　　　　＊　　　　　＊

　　탁자에는 선비풍의 삼십대 중반의 남자와 십팔 세가량의
여인이 앉아서 차를 마시고 있었다. 문 쪽으로는 흑의와 백의
를 입은 삼십대 초반의 장한이 서 있었다. 이들은 엊그제 하
정원이 배표를 살 때 뒤에서 기다리던 다섯 명으로 구성된 일
행 중 네 명이었다. 십팔 세가량의 여인이 그때 면사를 썼던
여인이다.

　　여인은 백옥같이 깨끗하면서도 윤기있는 피부에 갸름하면
서도 또렷한 이목구비를 갖추고 있었다. 머리카락은 칠흑같이
검으면서도 윤기가 흘렀고, 너무 크지 않은 눈은 서늘한 별빛
처럼 반짝였다. 평소 면사를 하고 다니지 않으면 강호의 뭇 남
성들의 가슴을 충분히 뒤흔들고도 남을 만큼 빼어난 미인이었
다. 선실은 심하게 흔들리고 있었지만 선비풍의 사내와 아리따
운 여인이 마시는 찻잔에서는 한 방울의 찻물도 튀지 않았다.

　　"추국이 잠깐 밖에 나가서 바람 좀 쐬고 온다고 했는데 늦
네요."

　　청수한 인상의 선비가 걱정스러운 표정으로 말했다.

　　"금방 오겠지요. 그나저나 오는 날이 장날이라고, 오랜만
에 외출을 했는데 풍랑이 심하네요. 호호!"

　　여인이 쾌활한 목소리로 말을 이었다.

　　"천기수사(天機修士)께서 보시기엔 어떠세요? 풍랑이 얼마

나 더 칠 것 같나요?"

여인이 미소를 지으며 물었다. 뺨에 보조개가 잡혔다.

"장담은 못하지만 한 시진 정도면 풍랑이 잦아질 것 같습니다. 아까 저녁 무렵에 보니까 이렇게 요란한 속에서도 제비가 강 위를 언뜻언뜻 날아다니더라구요."

"한 시진 이내에 가라앉지 않으면 형주(荊州)나 의창(宜昌)에 도착했을 때 한턱 근사하게 사세요. 대신 한 시진 안에 가라앉으면 제가 사지요."

무한에서 형주는 물길로 팔백 리가 되고 의창은 천 리가 넘는다.

"하하하, 그러지요. 제가 받은 월급이 몽땅 없어지게 생겼군요."

선비풍의 사내가 크게 웃었다.

선비풍의 사내가 아무래도 마음에 걸리는지 다시 한 번 말했다.

"추국이 늦네요. 쌍비가 나가서 찾아봐야 될 것 같습니다."

선비풍의 사내는 이번에는 여인의 허락을 구하지 않고 쌍비에게 눈짓을 했다. 쌍비라고 불리운 흑의와 백의를 입은 두 사내가 막 몸을 움직이려고 할 때였다. 똑똑, 문을 두드리는 소리가 났다.

"여기가 일백이 호 맞습니까? 용무가 있어서 찾아왔습니다."

문밖에서 공손한 말소리가 들려왔다. 검은 경장을 입은 삼

십대 청년의 신형이 주르르 문 앞으로 미끄러지더니 단번에
문을 열었다. 얼굴이 피투성이이고, 옷이 가슴 부분에서 다
흐트러져서 거의 젖무덤이 드러날 지경인 데다 종아리가 훤
하게 드러난 여인을 안아 들고 하정원이 방 안으로 들어섰다.

"이 아가씨가 자기 방이 일백이 호라고 해서……."

흑의와 백의를 입은 두 사내가 검병(劍柄)에 손을 가져다
대며 하정원의 앞을 막았다. 두 사내로부터 사람을 질식시킬
듯한 투기(鬪氣)와 살기가 뿜어져 나왔다. 하정원은 잠시 멈
추었다가 담담한 안색으로 말을 이었다.

"제가 잘못 들어온 것인가요? 이 아가씨가 묵고 있는 선실
이 아니라면 나가고 싶습니다만……."

"쌍비, 무례를 범하지 마시게."

선비풍의 사내가 말하며 다가와 하정원으로부터 여인을
받아 들어서 안쪽 휘장 뒤의 침상에 눕혔다. 탁자에 앉아 있
던 여인도 일어나 휘장 뒤의 침상 쪽으로 갔다. 하정원은 그
녀의 아름다운 얼굴과 자태에 깊은 인상을 받았지만 겉으로
는 아무 내색도 하지 않았다. 선비풍의 사내가 하정원이 구해
온 아가씨에게 약을 먹이고 얼굴을 닦아주는 것이 휘장을 통
해 어렴풋이 보였다.

선비풍의 사내가 돌아와서 하정원에게 탁자의 자리를 권하
고 차를 따랐다. 배는 풍랑 속에서 요동을 치고 있었지만 차를
따르는 선비풍의 사내는 찻물을 조금도 흘리지 않았다. 하정

원은 무공을 보이기 싫어서 찻물이 흔들려 흐르도록 내버려
둔 채 천천히 마셨다. 오랜만에 먹어보는 최고급 용정차(龍井
茶)였다. 맑은 향기가 혀에서 감돌았다.

"저는 호충량이라고 합니다. 저희 추국이를 구해주셔서 감
사합니다."

선비풍의 사내는 자신의 이름을 밝히며 정중하게 말했다.

"저는 원정하라고 합니다. 특별히 감사해하실 것 없습니
다. 제가 묵고 있는 선실로 저 추국이라는 분이 들어오셨기에
구한 것일 뿐입니다."

하정원은 본능적으로 가명을 대었다. 아까 흑의를 입은 사
내와 백의를 입은 사내가 무시무시한 살기를 뿜어내면서 검
병에 손을 대었기 때문인 것 같다고 스스로 생각했다.

"추국이가 공자의 선실에 갔었나요?"

낭랑한 말소리가 들리면서 휘장 뒤로부터 여인이 걸어나
왔다.

"추국이라는 분이 자기 발로 오신 게 아니라 제가 묵고 있
는 선실에 어떤 놈이 소저를 끌고 들어와서… 아참, 제가 묵
고 있는 선실은 불빛이 없어서 깜깜한… 그러니까… 말하자
면, 선실이라기보다는… 저…….."

하정원이 설명하기 궁색하여 말을 더듬자 호충량이 빙긋
이 웃으며 말했다.

"말하자면 이 배 맨 밑바닥에 있는 허드레 창고 같은 곳이

란 말인가요? 햇볕이나 불빛이 들어오지 않는 좁은 창고, 말하자면 밧줄 같은 것을 쌓아놓는 그런 창고 말이지요."

호충량은 하정원이 엊그제 배표를 살 때 허드레 창고를 가지고 실랑이하던 모습을 기억하고 있었다.

"아, 대협께서는 배를 잘 아시는군요. 네, 그런 선실에 머물고 있습니다. 아무튼 어떤 작자가 소저를 끌고 제 선실로 들어왔습니다. 사람이 머물고 있는 선실인 줄 모르고 불측한 짓을 하려고 들어온 것이지요. 제가 손을 좀 써서 그 작자를 제 선실에 눕혀놓고 소저를 모셔온 것입니다."

하정원은 자신이 머물고 있는 장소를 선실이라 불렀고, 추국에 대해서도 꼬박꼬박 존댓말을 사용했다.

"풋."

선비풍의 사내와 함께 아리따운 여인은 하정원의 어리숙한 말투에 실소를 참지 못해 웃으며 탁자에 앉았다. 하정원은 이 일행을 기억하지 못했다. 하지만 여인은 엊그제 배 맨 밑바닥의 허드레 창고를 구리 돈 십오 문에 실랑이하던 광경을 기억하고 있었다. 탁자에 앉으려던 여인은 무슨 불쾌한 냄새를 맡았는지 콧잔등을 약간 찌푸렸다. 여인은 안색을 찌푸린 채 탁자에 자리를 잡으며 말을 이었다.

"저는 왕혜주라고 해요. 저쪽의 검은 옷을 입은 사람은 흑비이고 흰옷을 입은 사람은 백비입니다. 두 사람을 합쳐서 쌍비라고 합니다."

왕혜주라고 자신을 밝힌 여인은 자연스럽고도 기품있는 태도로 일행을 소개했다. 하정원은 쌍비와 가볍게 목례를 나누었다. 호충량과 쌍비는 크게 놀랐다. 여인은 면사를 하지 않은 상태에서는 낯선 사람을 만나지도 않을 뿐만 아니라 스스로 자신을 소개하는 경우가 지금껏 한번도 없었기 때문이다. 게다가 상대는 썩은 걸레 냄새가 풍기는 지저분한 몰골을 한 하급 표사로 보였다. 하지만 왕혜주는 하정원에게 별다른 뜻이 있어서가 아니라 하정원의 태도가 워낙 순진해 보여서 저절로 자연스럽게 대했던 것뿐이다.

"그 못된 인간은 아직도 공자의 선실에 있나요?"

왕혜주가 하정원이 묵고 있는 허드레 창고를 '선실'이라고 부르면서 물었다.

"아마 그럴 겁니다. 상당히 크게 다쳤을 겁니다."

하정원이 대답했다. 배는 여전히 크게 흔들리고 있었고, 선실 창에는 빗줄기가 때리고 있었다.

"쌍비, 가서 그 작자를 데리고 오게."

호충량이 말하자 쌍비는 즉시 몸을 돌려 선실 밖으로 나갔다.

쌍비가 나간 후 호충량이 하정원의 행선지를 알지 못하는 척 물었다.

"원 공자께서는 어디까지 가시는지요? 저희는 특별한 계획 없이 마음 내키는 대로 여행 중입니다만……"

호충량이 물었다.

"네, 우선 배를 타고 파동까지 간 후 거기서부터는 육로를 이용해 사천으로 갈 예정입니다."

"호오, 아주 먼 여행이군요."

"네, 좀 먼 길이지요. 집안의 심부름으로 갈 일이 있어서……."

하정원은 말꼬리를 흐렸다.

"그런데 그 못된 작자와 싸우신 것 같은데, 힘들지 않으셨나요?"

왕혜주가 물었다. 호충량과 왕혜주의 눈에는 호기심이 그득하였다. 그들이 보기에 하정원은 하급 표사쯤 되는 직업을 가진 우직한 청년에 불과했다. 여행 중인 하급 표사가 낯모르는 여자를 위해 배 안에서 시비를 만들었다는 점에 대해 감사한 마음이 들었기 때문이다. 아무 데도 피할 곳이 없는 배 안에서 시비가 붙은 경우, 상대방이 나중에 무슨 일을 저지를지 알 수 없다.

"아, 네. 제가 어둠 속에 있었기 때문에 그냥 발길질 한 방에 끝낼 수 있었습니다."

"하하! 그 발길질, 위력이 대단한 모양입니다."

호충량이 크게 웃었다. 무슨 초식 이름이 나온 것도 아니고 동네 애들 싸움을 이야기하듯 발길질이라고 말하자 왕혜주도 다시 한 번 실소를 터뜨렸다. 그때 휘장이 걷히면서 추국이

주춤주춤 탁자로 다가왔다.

"공자께서 구해주신 은혜, 백골난망입니다."

추국은 다소곳이 말하며 선실의 마룻바닥에 꿇어앉으며 큰절을 올렸다.

하정원은 화들짝 놀라서 자리에서 튀어 일어나 비켜서며 황급히 말했다.

"아니, 괜찮습니다. 제가 구하려고 해서 구한 것도 아니고 그 인간이 제 선실로 들어와서 손을 쓴 것뿐입니다. 험한 꼴을 당하시지도 않았고, 어디 다치신 데도 없으니 그나마 다행입니다."

하정원의 순박한 태도에 호충량은 속으로 크게 감탄했다. 그때 방문이 열리며 쌍비가 들어왔다. 쌍비의 손에는 누더기로 만든 하정원의 행랑이 들려 있었다.

"아니, 제 행랑은 왜?"

하정원이 눈이 둥그레져서 물었다.

"그 버러지 같은 놈은 죽었습니다. 뇌호혈(腦戶穴)이 깨졌더군요. 사람이 죽은 곳에 더 머무시기가 곤란할 것 같아서 저희가 행낭을 들고 올라왔습니다. 공자께서는 용서해 주시기 바랍니다."

흑비가 공손히 대답했다. 방을 나갈 때만 해도 뻣뻣하기만 하던 흑비와 백비는 하정원에 대해 극도의 존경심을 나타내고 있었다. 하정원은 속으로 올 것이 왔구나 하는 생각이 들었다.

여인을 겁탈하는 놈이란 생각에 아까 발길로 찰 때 힘을 조절하지 못했다는 것을 느끼고 있었다. 그러나 의외로 마음은 담담했다. 첫 살인임에도 불구하고 별다른 느낌이 들지 않았다. 하정원은 담담한 안색으로 행낭을 받아 들더니 인사를 했다.

"그럼 안녕히 계십시오."

호충량이 크게 놀라 물었다.

"아니, 이 풍랑 중에 어디를 가시게요?"

"사람이 죽었으니 강으로 뛰어들렵니다."

하정원이 담담하게 말했다.

하정원의 말을, '실수로 사람을 죽였으니 강물에 뛰어들어 자살하겠다'는 말로 오해한 왕혜주 일행은 경악했다. 단지 쌍비만 희미한 미소를 지을 뿐이었다.

"아니, 원 공자! 추국이를 구하기 위해 그까짓 버러지 한 마리 눌러 죽인 것 가지고 스스로 목숨을 끊는다는 게 말이 됩니까?"

호충량이 부르짖듯 외쳤다. 추국의 낯빛이 새하얗다 못해 납빛으로 변해갔다.

"네?"

이번엔 하정원이 어리둥절한 표정을 지었다. 이내 하정원은 크게 웃기 시작했다.

"푸하하핫!"

하정원은 겨우 웃음을 참으며 입을 열었다.

"제 말은 강을 헤엄쳐 건너서 육로로 가겠다는 뜻입니다. 마침 풍랑이 심하니 물에 빠져 죽은 걸로 알겠지요. 제가 수영을 꽤 하는 편입니다."

그의 말에 이번엔 호충량과 왕혜주가 웃음을 참느라 얼굴이 시뻘게졌다. 그때 흑비가 극도의 존경심을 나타내며 공손히 입을 열었다.

"공자, 걱정하실 것 없습니다. 저희가 그 버러지 같은 놈을 강물에 버렸습니다. 창고 바닥의 피도 깨끗이 닦았습니다. 그 버러지는 풍랑 중에 실종된 것이지요. 애초부터 공자의 손을 더럽힌 적이 없는 것입니다. 공자는 오늘 저녁에 그 버러지를 본 적도 없지요."

"아니, 그렇게까지 하실 것은 없는데……. 그냥 강물에 들어가면 되는데……."

하정원이 매우 미안하다는 표정으로 말했다. 백비가 웃음을 참느라고 울 것같이 변한 표정으로 공손하게 말을 받았다.

"공자, 그 버러지의 흔적은 어디에도 없습니다. 지금 그 창고로 다시 돌아가 머무르셔도 되지만, 솔직히 말씀드리자면 너무 누추한 데다 사람이 방금 죽은 곳입니다. 저희가 공자를 그곳에 돌아가게 한다면 예의가 아니라서……."

백비는 말을 멈추고 호충량과 왕혜주를 바라보았다.

"하하, 원 공자, 이렇게 합시다. 이 방 건너편의 일백사 호방이 마침 비어 있는 것 같습니다. 거기에 머무시지요. 추국을 구해주셨는데 그 정도는 저희가 보답을 해야 할 것 같습니다."

호충량이 너털웃음을 지으며 말했다.

"저희가 선장을 만나서 방 문제를 처리하고 오겠습니다."

쌍비는 호충렬의 말이 끝나자마자 번개같이 튀어나갔다.

"아니, 이렇게까지 해주실 필요는 없는데……. 정말 없는데……."

하정원은 이렇게 말하며 머뭇거렸지만 내심 방금 사람이 죽은 그 퀴퀴하고 어두운 창고로 돌아가고 싶지는 않았다.

"아니에요. 공자께서 손을 쓰지 않으셨다면 아마 추국이는 오늘 간살(姦殺)당했을 겁니다. 무협까지 방 한 칸 더 빌리는 데 은자 열 냥도 안 듭니다. 그 정도는 저희가 마땅히 해드려야죠."

왕혜주가 활짝 웃으면서 말했다. 왕혜주의 미소에 방 안이 온통 꽃향기로 가득 차는 것 같았다.

"네, 그러면 과분하게 신세를 지겠습니다."

태어나 처음으로 살인을 한 어두운 방으로 돌아가기 싫었던 하정원이 못 이기는 척 일백사 호 방을 쓰는 것을 받아들였다. 조금 지나자 쌍비가 돌아왔고, 하정원은 작별 인사를 했다. 추국이 다시 큰절을 올리는 바람에 하정원은 또 한 번 화들짝 비켜서야 했다. 하정원을 일백사 호로 공손히 안내한 흑비가 방에서 나가면서 두 손으로 사향 냄새가 은은히 나는 비누를 공손히 바쳤다.

"혹시 비누를 쓰실지 몰라서 준비했습니다."

비누를 써본 지가 언제인지 기억도 안 나는 하정원은 흑비의 정성 어린 배려에 크게 감격했다.

*   *   *

일백사 호 방에는 목욕탕이 딸려 있어서 오랜만에 목욕을 했다. 목욕을 하고 나와 옷을 입으려 하자 악취가 코를 찔렀다. 어떻게 이런 옷을 입고 지냈나 하고 스스로 의아하게 생각되었다. 천세유림의 옷을 개조한 또 다른 한 벌의 장삼을 꺼내 입으려니까 거기에서도 썩은 걸레 냄새가 났다. 혁화미가 지어준 새옷도 마찬가지였다. 결국 하정원은 비누로 옷 세 벌을 모두 세탁해 방에 널면서 그제야 흑비가 비누를 건네준 이유를 알게 되었다.

모든 옷을 다 빨아 하정원은 벌거벗은 채로 이불 홑청을 온몸에 감싸고 있었다. 공력을 이용해 옷을 말릴 수도 있었지만 하정원은 웬만한 일에는 무공을 사용하지 않는 것이 습관이 되어 있었다.

홑청만을 두르고서는 변소도 가지 못할 처지였다. 오줌은 객실의 창을 열고 힘껏 멀리 쏘아 보냈다. 폭풍우가 한차례 지나간 후 장강의 시원한 밤바람 속에 오줌발이 날리는 것은 상당한 장관이었다. 홑청을 다시 휘감고 침상에 누운 하정원은 앞으로는 절대로 궁상을 떨고 살 일이 아니라는 것을 깨달았다. 쓸 만큼 쓰고 사는 게 좋다는 것을 느꼈다. 그날 밤 하정원은 꿈속에서 자신이 대궐 같은 집에서 살고 있는 모습을 보았다.

*   *   *

"원 공자는 초극고수입니다. 구대문파 장문인 수준에 버금갑니다."

흑비가 속삭이는 목소리로 말했다. 일백이 호 선실의 탁자에는 호충량과 왕혜주, 그리고 흑백쌍비가 앉아 있었다 혹시라도 복도 건너편의 일백사 호에 머물고 있는 하정원에게 들릴까 봐 최대한 줄인 목소리였다.

백비가 품속에서 물건을 꺼내어 탁자가 아닌 마룻바닥에 놓더니 둘둘 말린 헝겊을 풀었다. 팔굽 아래에서 잘린 왼팔이었다. 왕혜주는 눈살을 찌푸리긴 했지만 눈길을 돌리지는 않았다. 겉으로는 아름답기 그지없지만 의외로 이보다 더 험한 일을 많이 보아온 기색이었다. 그때 백비가 추국을 불렀다.

"추국아, 그 버러지가 왼손으로 네 머리채를 붙잡았다고 했지?"

백비가 물었다.

"네, 이쪽이요."

추국이 머리의 오른쪽 윗부분을 가리켰다.

"그때 너는 밧줄 더미에 눕혀져 있었고 그 버러지는 네 앞쪽에 있었지?"

"네."

추국이 수치스러운 기억이 떠올라 얼굴을 붉히며 대답했다.

"원 공자는 네 머리 위쪽으로, 그러니까 밧줄 더미의 맨 꼭대기에 있었고?"

"네, 거기에서 말소리가 들렸어요. '왜 내 방에서 여자를 겁탈하냐!' 라고."

추국이 하정원의 흉내를 내어 최대한 굵직한 목소리로 이야기했기 때문에 모두들 웃음을 참지 못했다.

"소리가 들리면서 바로 머리채를 잡은 손이 풀렸지? 그리고 거의 동시에 그 버러지가 날아가서 벽에 부딪치는 소리가 났을 거야. 그렇지?"

"네, 그리고 그 작자의 피와 이빨이 튀어서 제 얼굴을 덮었어요."

추국은 한번 웃고 나더니 훨씬 더 자연스럽게 이야기했다.

"아주 특이한 게 있어서 팔을 잘라온 것입니다."

흑비가 입을 열어 말하기 시작했다.

"천기수사, 이 팔의 팔목 부근을 보십시오. 팔목을 발로 맞은 듯한데 가죽만 멀쩡할 뿐 속은 깨끗이 잘려 있습니다."

흑비는 검을 꺼내 팔목 가죽을 벗겼다. 팔목 가죽 안의 부분은 근육과 뼈가 면도칼로 자른 듯 동강나 있었다.

"호오, 이거 대단한데!"

호충량이 탄성을 질렀다.

"검감의 경지에 이른 족강(足罡)이군."

해부된 팔목을 주의 깊게 바라보던 호충량이 다시 입을 열어 감탄했다.

"추국아, 네가 그 공자한테 큰 신세를 졌구나. 그 공자가 정말 여러 가지로 마음을 썼구나."

추국은 조금 어리둥절한 표정을 지었다. 조금 전까지 하정원을 성실하고 우직한 하급 표사쯤으로 대하였던 이들이 사람 팔목을 하나 해부하더니 갑자기 모두들 탄성을 울리는 모습이 한편으로는 조금 우스운 생각이 들었다.

"응. 그 친구, 정말 대단하군. 그 버러지 상판을 걷어차기 전에 네 머리채를 잡은 손을 완전히 잘라냈구나. 만약 안 그랬다면 머리채가 잡힌 채 같이 처박혔든지 아니면 네 머리 가죽이 반쯤 벗겨졌을 게다. 하하! 그랬다면 우리 추국이가 완전히 볼 만하게 되었을 텐데. 하하!"

호충량이 껄껄 웃었다.

"이제 스물이 될까 말까 한데⋯ 놀랍습니다. 도대체 강호에 누가 있어 저런 청년 고수를 키웠는지⋯⋯."

백비가 말하면서 팔목을 다시 싸 창을 열고 강물로 던졌다.

"그런 초극고수의 앞을 막고 검병에 손을 올렸다니 지금 다시 생각하니 온몸에 소름이 끼칩니다."

흑비가 말을 받았다.

"더 소름 끼치는 것은 무엇인지 알아?"

호충량이 물었다.

"……."

다들 아무 말을 못한 채 궁금한 표정으로 호충량을 쳐다보
았다.

"내 짐작엔 이게 그 공자의 첫 살인이야. 처음 강호에 나온
거지. 그런데도 무공을 숨기는 게 아주 본능에 배어 있어. 수
아의 머리채를 잡은 버러지의 손목을 찰 때에만 족강을 썼고,
안면을 걸어찰 때에는 그냥 무식한 힘을 썼지. 자네들이 검병
에 손을 올릴 때에도 그냥 멍청하게 가만히 있었어."

호충량은 깊은 생각에 잠겨 자기 자신에게 말하고 있는 것
으로 보였다.

"첫 살인을 했다는 말을 듣고도 안색이 멀쩡했지. 무공이
전혀 없는 듯 찻물은 반쯤 흘려가면서 마시고… 또 엊그제는
거지발싸개 같은 선실 창고를 빌린다고 실랑이를 해서 기어
코 구리 돈 십오 문밖에 안 냈어. 게다가 배표 살 때에 어떤
버러지가 은자를 던져 모욕을 주는 데에도 주워서 공손하게
두 손으로 갖다 바쳤지. 그런데 실력은 강호에서 손꼽히는 초
극고수에 해당돼. 나이는 이제 갓 스물 정도이고. 자, 이런 물
건이 어떤 물건이라고 생각해?"

"……."

다들 아무 소리 못하고 꿀 먹은 벙어리처럼 앉아 있었다.

"타고난 대살성이거나 대영웅이야. 보통 때에는 아주 평온한 순둥이 같은 성품이지. 그러나 해야 한다고 결심하면 하룻밤에 수만 명을 눈 하나 깜짝 안 하고 도륙할 수 있는 사람이지."

여기까지 말하고 호충량은 열린 창밖을 통해 장강을 지그시 바라보았다. 아직 풍랑 기운이 남아 있어서 백두파(白頭派:풍랑이 일 때 파도와 파도가 부딪쳐서 파도 머리가 하얗게 부서진 것. 까치노을이라고도 함)가 칠흑 같은 밤 강물을 허옇게 덮고 있었다.

"오백 년 전 장강수로채를 처음 만드신 개파 조사께서도 꼭 그런 성격을 가지셨다고 해. 그분 손에 물고기 밥이 된 사람이 수만 명이지. 그런 살겁을 행하셨지만 평소에는 어린아이 같은 성품이셨지. 하하, 정말 대단한 공자야. 대단해. 십 년 안에 강호가 뒤집어질 게야."

한참 침묵이 흘렀다. 호충량 일행이 생각하기에 하정원은 편안하게 호감이 가는 인물이었고, 다른 쪽으로 생각하면 공포스러운 존재였다. 그 어느 쪽이든 존경스러운 사람임에는 틀림없었다.

"쌍비는 그분을 일백사 호에 잘 모셔드렸나요?"

왕혜주가 물었다.

"네. 그리고 아주 좋은 비누도 하나 드렸습니다."

흑비의 이 말에 다들 웃었다. 사실 하정원이 나가자마자 한 동안 모든 창문을 열어놓고 향수를 뿌리는 난리를 부렸었다. 하정원이 머무는 동안 썩은 걸레에서 나는 것 같은 냄새가 방에 가득하여 모두들 고통스러웠던 것이다.

"아니, 어떤 좋은 비누를 줬어?"

천기수사 호충량이 궁금해서 물었다. 호충량의 기호는 좋은 비누를 수집해서 기분에 따라 여러 가지 비누를 바꾸어가면서 사용하는 것이었다.

"네. 섬서에서 나는 사향으로 만든 비누입니다."

"이야! 그거 귀한 건데! 나두 하나 있지. 무한 취향루의 총관이 술 많이 팔아주었다고 지난 원단에 하나 선물로 주더라구. 맞어. 원 공자 같은 분에겐 그런 비누가 마땅하지, 암."

호충량이 크게 고개를 끄덕였다.

"네. 그래서 가지고 계신 그 비누를 가져다 드렸습니다!"

백비가 크게 말했다. 호충량은 왕혜주의 앞이라 감히 화를 내지는 못했다. 그래서 속으로 더 화가 나 거품을 물고 실신할 뻔했다. 다음날 아침, 하정원으로부터 남은 비누라도 돌려받으려고 했으나 하정원이 옷 세 벌을 세탁하느라고 다 써버려서 작은 쪼가리 하나 남지 않았다. 그 후 하정원의 옷에서는 약 사오 일 동안 사향 냄새가 은은히 났다. 만약 하정원이 걸친 옷이 천세유림의 누더기 장삼이 아니라 좀 괜찮은 옷이었다면 매우 운치있는 풍류공자로 대접받았을 것이다.

똑똑.

다음날 아침 진시(辰時)경, 일백사 호 방문을 두들기는 소리가 났다. 하정원은 가부좌를 풀고 문을 여니 백비가 서 있었다.

"안녕히 주무셨습니까?"

"네, 덕분에 잘 잤습니다. 주신 비누로 목욕도 하고 이렇게 옷도 빨아 입었습니다."

하정원은 활짝 웃으면서 말하고는 쿵쿵거리며 옷에 코를 대고 냄새를 맡았다.

"이제는 썩은 걸레 냄새가 안 나네요."

이 말에 백비는 웃음을 참지 못하고 크게 웃고 말았다.

"아참, 아가씨하고 호충량 대협하고 쌍비, 그리고 추국까지 제 방에서 아침 식사를 하시면 어떻겠느냐고 여쭈어봐 주십시오. 제가 삽니다."

하정원이 공손하게 말했다.

"아이쿠! 저희가 아침을 모시려고 이렇게 제가 왔습니다만……."

백비가 손사래를 쳤다.

"아뇨. 오늘 아침만 제가 사고 점심부터는 오지 말라고 하

시지 않는 한 백이 호로 내리 얻어먹으러 다니겠습니다. 그러
니 오늘만은 제가 사도록 해주십시오."

하정원이 너무나 뻔뻔한 말을 너무나 자연스럽게 하자 백
비도 고개를 끄덕일 수밖에 없었다.

잠시 후 일백사 호로 사람들이 모였다. 간단한 아침 식사를
주문하자 방으로 음식이 날라져 왔다.

"사실 어제 공자의 손속에 깜짝 놀랐습니다. 그 버러지의
왼손이 완전히 절단나 있더군요."

왕혜주가 차를 마시며 물었다.

"하하! 제 발이 원래 힘이 좋습니다. 발길 한 방이면 대충
됩니다."

하정원이 음식을 우물거리며 잡아떼었다.

"원 공자, 사문은 어떻게 되시는지?"

왕혜주가 다시 한 번 물었다.

"사문은 무슨 사문이 있겠습니까? 집안 숙부님께 이것저것
을 배웠지요."

하정원이 이번엔 물을 마시면서 대답했다. 왕혜주는 하정
원이 생각보다 다루기 어려운 사람이라는 것을 느꼈다. 보통
왕혜주가 물으면 젊은 남자들은 있는 이야기 없는 이야기할
것 없이 몽땅 늘어놓고 만다. 일종의 미인계인데, 아직까지
한번도 이렇게 무참하게 실패한 적이 없었다. 왕혜주는 오기
가 치밀어 다시 두세 번 더 질문을 해보았지만 하정원은 아예

대답을 하지 않고 화제를 음식과 비누로 돌려 버렸다.

왕혜주는 결국 하정원에 대해 아무것도 알아내지 못했다. 식사를 마치고 돌아가려 할 때 하정원이 호충량을 따로 불렀다.

"호 대협, 잠깐 드릴 말씀이 있습니다."

기분이 상한 왕혜주가 쌍비와 추국을 데리고 돌아가자 하정원은 문을 닫은 후 창문을 열고 호충량과 다시 탁자에 앉았다.

"이거, 제가 괜한 오해받을 짓을 하는 것 아닌지 몰라서 말씀을 드려야 할지… 망설였습니다."

호충량이 갑자기 이게 무슨 말인가 하여 물으려고 하는 순간 창문을 통해 무엇인가 날아들었다. 이에 깜짝 놀란 호충량이 분분히 탁자에서 일어나며 무기인 섭선을 뽑으려고 하자 하정원이 손을 들어 놀라지 말고 앉아 있으라는 표시를 했다. 매였다. 매는 하정원의 왼쪽 어깨에 앉더니 머리를 하정원의 뺨에 대고 비볐다. 하정원이 말했다.

"제가 기르는 매입니다. 운이라는 녀석이지요. 이 방으로 옮기고 나니까 무엇보다도 이 녀석이랑 같이 지낼 수 있어 좋군요."

"하하. 원 공자, 매 사냥도 좋아하시는 모양이지요?"

호충량이 물었다.

"제가 선창 밑에 있는 창고에서 지내느라 이 녀석과 한 이틀 헤어져 있었지요. 오늘 새벽에 잠에서 깨어 이 녀석을 불렀습니다. 그런데 이 녀석이 이런 것을 가지고 있더군요."

하정원이 전서구 발목에 매다는 통을 하나 호충량에게 건넸다.

"내용이 호 대협 일행과 관계가 있는 것 같은데 좀 걱정이 됩니다."

호충량은 통 속에서 돌돌 말린 종이를 꺼내어 읽어보았다.

왕호쌍(王胡雙) 유월 이십구일, 무한 무협 승선.
일백이 왕(王). 일백일 호(胡). 일백삼 쌍(雙).
계속 감시 중.
칠월 일일, 비삼호(秘三號).

종이를 읽던 호충량의 안색이 매우 심각하게 변했다. 전서구의 뜻은 명확했다. '왕혜주, 호충량, 쌍비는 유월 이십구일 무한에서 무협행 배에 탔다. 일백이 호에 왕혜주, 일백일 호에 호충량, 일백삼 호에 쌍비가 타고 있다'는 내용이었다. 왕혜주를 노리는 세력이 존재한다는 증거였다.

"이 녀석이 어제 오후에 이 배에서 뜬 비둘기를 잡은 것 같습니다. 비둘기 한 마리를 잡았다고는 하지만 어떤 방식으로든 결국 왕 소저의 동정이 음모를 꾸미는 무리들에게 전해지겠지요. 아마 이미 전해졌는지도 모르지요."

차 반 잔 마실 시간 동안 침묵이 흘렀다. 마침내 호충량이 입을 열었다.

"원 공자, 왕혜주 아가씨는 장강수로채 총채주이신 패력신도(霸力神刀) 왕정훈 대협의 무남독녀이십니다. 저는 본채의 군사(軍師)를 맡고 있습니다. 별호는 천기수사라고 하지요."

"아, 네."

하정원이 담담히 짧게 말했다. 호충량은 하정원의 기색에 조금도 놀란 빛이 없는 것을 보곤 의아한 생각이 들었다. 장강수로채라고 하면 대륙의 내륙 수로의 패자(霸者)였다. 그 세력은 소림이나 무당과 같은 명문대파에는 미치지 못할지라도 강호 오대세가(五大世家)보다는 훨씬 컸다. 하지만 하정원의 입장에서는 모두 남의 일일 뿐이었다. 하정원은 오로지 여행을 잘 마치고 다시 탕춘헌에 돌아가 무공을 수련하는 것에만 관심이 있었기에 왕혜주가 장강수로채 총채주의 외동딸이든 구촌 조카이든 아무 관심이 없었던 것이다. 호충량이 말을 이었다.

"네. 저는 돌아가서 아가씨와 이 문제를 상의해 보아야겠습니다. 아마 아가씨께서 불편해하시더라도 저희는 모두 아가씨 방에서 지내야 할지도 모르겠습니다. 정말 감사합니다."

호충량은 허리를 깊이 숙여 절을 하고 나갔다.

*　　　　*　　　　*

"원 공자는 기인(奇人)입니다. 저희가 보는 눈이 없어 몰라보았습니다. 그런 분에게 직접 무공을 거론하고 사문을 물어보았으니……."

호충량이 약간 꾸중의 뜻이 섞인 눈빛으로 왕혜주를 바라보았다.

"……."

왕혜주는 얼굴이 뜨듯해지는 것을 느꼈다.

"그러나저러나, 이제 아가씨 방으로 다들 옮겨야겠습니다. 아가씨께서 불편해하시더라도 할 수 없습니다. 그리고 가능하면 원 공자가 방을 비울 때에는 진드기처럼 원 공자를 따라다니도록 하지요. 그게 제일 안전할 것입니다."

호충량의 말에 왕혜주는 기분이 몹시 상했다. 하정원에게 조금이나마 가지고 있었던 호의가 이제 모두 사라지고 자꾸 어젯밤의 썩은 걸레 냄새만 떠올랐다.

"아버님께 연락은 취하셨지요?"

왕혜주가 짜증이 섞인 목소리로 호충량에게 물었다.

"네, 전서구 두 마리를 띄웠습니다. 아마 곧 무슨 조치가 취해질 것입니다."

호충량이 대답했다.

사건은 바로 그날 밤, 하정원의 방에서부터 터졌다. 하정원은 잠결에 미약하게 '쿵' 하는 소리를 들었다. 그리고 침대 머리맡에서 운이 '끽끽' 하고 울어대는 소리가 들렸다. 잠이 화들짝 깬 하정원은 즉시 운공을 시작했고, 곧 공력이 단전에 모였다. 그 순간 창문이 미약한 소음을 내며 열렸다. 손 하나가 창턱을 잡는 것이 보였다. 장강청룡호 옆에 작은 배를 대고 갈고리를 뱃전에 던져 박은 줄을 타고 올라온 것 같았다. 아까 났던 작은 '쿵' 소리는 갈고리가 뱃전에 박히는 소리였던 것이다.

하정원은 슬며시 호충량에게 전음을 보냈다.

"저, 원정하입니다. 제 방에 지금 한 놈이 들어오려고 합니다. 그쪽도 조심하십시오."

"공자, 죄송합니다. 그럼 부탁 드리겠습니다."

온통 검은 경장에 검은 복면을 한 인영이 창문을 타고 넘어왔다. 복면인은 입에 물고 있던 단검을 손으로 고쳐 잡더니 하정원의 침상으로 접근해서 다짜고짜 심장 부위를 노리고 찔렀다. 순간 하정원은 단검을 잡은 손을 왼손으로 잡아채면서 오른 주먹으로 복면인의 목 경동맥 부근을 후려쳤다. 천창혈(天窓穴), 부돌혈(扶突穴), 인영혈(人迎穴)과 같은 치명적인 혈도들이 집중되어 있는 곳이었다.

퍽!

복면인은 비명을 지를 틈도 없이 순간적으로 목뼈가 부러지고 경동맥과 숨골이 파열되어 숨졌다.

하정원은 숨이 끊어진 복면인을 내려놓으면서 자리에서

일어나 벽을 등지고 섰다. 곧 운에게 신호를 보내어 방 밖으로 나가도록 했다.

푸드드득.

운이 열려진 창을 통해 날아갔다. 결코 긴 시간이 아니었지만 하정원에게는 억겁같이 느껴지는 시간이 지나갔다.

와장창!

이번에는 창문이 통째로 깨지면서 복면인 두 명이 방에 내려섰다. 아마 먼저 방에 침입했던 복면인이 보내주기로 했던 신호를 기다리다가 아무 신호가 없자 드러내 놓고 움직인 것으로 보였다.

와장창!

일백이 호 쪽에서도 창 깨지는 소리와 함께 병장기 부딪치는 소리가 났다. 그쪽은 복면인들이 창을 깨고 들어서는 순간 왕혜주 일행이 바로 역습을 가한 것 같았다. 하정원의 방에서는 사정이 달랐다.

두 복면인은 아무 방해 없이 방에 내려선 후 마루에 누워 있는 동료와 벽에 가만히 서 있는 검은 그림자를 보았다.

스르릉!

두 복면인은 동시에 검을 뽑아 들었다. 하정원의 손이 땀으로 축축이 젖어들었다. 어제는 창고에서 사람을 죽였고, 방금도 침상에서 한 명을 죽였지만 지금껏 대결을 하여 죽인 것이 아니었다. 눈과 눈을 마주하고 살기를 겨룬 적도 없었다. 어둠 속에서 살기로 파랗게 빛나는 사람의 눈을 하정원은 처음으로 마주한 것이었다. 하정원은 길게 끌 일이 아니라는 것을 직감했다.

파앗!

합격술에 능한 듯 왼쪽 복면인은 하정원의 목을 베어왔고, 오른쪽 복면인은 명치를 노리고 찔러왔다. 하정원은 두 팔로 검을 걷어내면서 순간적으로 거리를 좁혀 왼쪽 복면인에게 다가갔다.

쨍쨍!

묵환이 검을 걷어내자 새된 쇳소리가 났다. 묵환에 막혀 검의 방향이 틀어질 무렵엔 이미 하정원의 왼 무릎이 왼쪽 복면인의 불두덩에 가서 박혔다.

퍽!

생사박투공의 슬(膝) 공격이었다. 타격을 받은 복면인은 제자리에서 스르르 무너졌다. 기해(氣海)와 고환은 물론 오장육부가 모두 으스러져 비명도 지르지 못한 채 즉사했다. 오른쪽 복면인은 그 순간을 이용해 몸을 뒤로 쭉 빼더니 창을 통해 몸을 날리려고 했다. 하지만 그보다 먼저 하정원의 오른손 검지에 붉고 푸른 기운이 맺히는가 싶더니 새끼손가락만 한 굵기의 강기 줄기가 죽 뻗어서 복면인의 명문혈(命門穴)을 관통했다.

"으악!"

복면인은 짧은 비명과 함께 다 부서져 나가고 창살 몇 개만 남은 창턱에 풀썩 엎어졌다. 하정원은 창가로 다가가 그림자 속에 몸을 숨긴 채 비스듬히 밖을 보았다. 장강청룡호 옆구리에 너댓 명이 탈 수 있는 작은 배가 붙여져 있었다. 그 배에는 검은색 일색의 복장을 한 인영이 하나 타고 있었다. 인영은 창턱에 복면인이 엎어져서 죽고 난 후 방에서 아무 소리도 나지 않자 물속으로 뛰어들더니 타고 온 작은 배를 뒤집어 버리고는 물속으로 사라졌다. 하정원은 창턱에 엎어져서 죽은 복면인의 등 뒤 명문혈에서 꾸역꾸역 흘러나오는 피를 보았다. 깨끗하게 뚫린 구멍 안으로 끊어진 척추뼈가 보였다. 희끄무레한 척수 또한 보였다.

"우웨엑!"

하정원은 탁자를 잡고 서너 번 구토를 했다. 하지만 곧 몸을 일으켜 세워 방문을 열고 나가 일백이 호로 달려갔다. 그곳에서는 아직도 병장기 부딪치는 소리가 나고 있었다.

덜컹!

"원정합니다!"

소리를 지르며 방문을 열고 들어서자마자 죽 신형을 뻗어 방문 앞에서 가장 가까운 복면인의 무릎을 걷어찼다.

빠각!

무릎뼈가 부서진 복면인의 신형이 기우뚱하자 그와 겨루고 있던 흑비가 바로 목을 쳤다. 목이 데구르르 구르면서 복면이 벗겨졌고, 경악으로 일그러진 눈매가 드러났다. 삼십대로 보이는 매부리코 사내였다.

하정원은 실내를 살펴보았다. 이제 방금 죽은 복면인을 포함해서 바닥에는 두 명의 복면인이 죽어 있었고, 한쪽 구석에서는 백비가 복부에 길고 깊은 상처를 입고 헐떡이고 있었다. 백비가 부여잡고 있는 상처에서는 내장이 비죽거리며 쏟아지려 하고 있었지만 다행히 동맥을 상한 것 같지는 않았다. 왕혜주와 호충량은 각각 한 명씩의 복면인과 맞서 맞수를 이루고 있었다.

하정원의 도움으로 손발이 자유로워진 흑비가 왕혜주에게 달려가 몸을 낮게 깔면서 왕혜주와 겨루던 복면인의 왼쪽 발목을 베었다. 발목이 잘린 복면인은 한순간에 왕혜주의 검에 심장이 찔려 숨지고 말았다.

한편, 호충량과 싸우던 복면인은 이미 승산이 기울어 사로잡힐 처지라고 생각되자 검을 돌려 자기 자신의 목을 쳐버렸다. 목은 옆으로 날아가 떨어지더니 굴러서 하정원의 발밑에 와서 멈추었다. 복면이 벗겨지면서 갸름한 얼굴에 짙은 허무가 담긴 눈동자를 한 여인의 얼굴이 드러났다.

"우에엑!"

하정원은 피로 질펀한 마룻바닥에 두 손을 잡고 꿇어앉아 신물을 게워내기 시작했다. 백비에게 잘린 것으로 보이는 팔, 흑비에게 잘린 목과 발목, 마지막으로 여자 살수의 목이 마룻바닥에 어지럽게 흩어져 있었다. 열 평 정도 되는 선실이 피비린내로 가득했다.

흑비는 여행 짐 속에서 치료 도구를 꺼내어 백비에게 달려 갔다. 백비의 입에 천을 감은 작은 막대를 물리고 치료를 하 기 시작했다. 호충량은 시신과 바닥에 떨어진 무기를 뒤적이 면서 무엇인가를 꼼꼼하게 적었다. 단서가 될 만한 것을 적는 것으로 보였다. 추국은 대야에 물을 떠와서 새 옷가지를 챙긴 후 왕혜주를 데리고 일백일 호 옆방으로 갔다.

선장과 수부 서너 명이 들어와서 피바다가 된 광경을 보고 는 낯빛이 하얗게 변했다. 호충량이 선장을 한쪽으로 데리고 가서 낮은 목소리로 무엇인가를 이야기하고 나자 선장은 수 부들을 모두 데리고 물러갔다. 호충량은 검사를 모두 마쳤는 지 창을 통해 시신과 무기들을 던지기 시작했다. 선장이 들것 을 가지고 다시 나타났을 때에는 흑비가 백비의 상처를 모두 꿰맨 후였다. 흑비는 선장과 함께 백비를 들것에 뉘여 일백삼 호로 옮겼다. 일백일 호에서 왕혜주의 피 묻은 옷을 다 갈아 입힌 후 일백이 호로 다시 돌아온 추국은 걸레를 가지고 바닥 을 닦기 시작했다.

하정원은 아예 피바다 속에 두 손을 짚고 퍼질러 앉아 구역 질을 하다가 멍한 눈으로 쉬었다가 또 구역질하는 것을 아직 도 반복하고 있었다. 추국은 묵묵히 하정원의 토사물과 마룻 바닥의 피를 닦고 또 닦아내고 있었다. 어쩌면 추국이야말로 가장 강한 사람인지도 몰랐다.

　　　　　*　　　　　*　　　　　*

　"원 공자는 아직도 계속 구역질을 하고 있는 중입니다."

　일백일 호 탁자에 왕혜주와 마주 앉은 호충량이 쓰게 웃으며 말했다.

　"처음 겪는 살인 현장치고는 너무 피비린내가 심하긴 하지만 원 공자는 너무 여린 것 같아요."

　화사한 황의 경장으로 갈아입은 왕혜주가 말했다.

　"대살성이나 대영웅은 대부분 처음에는 한없이 여린 사람들이었습니다."

　"호호, 군사는 원 공자를 너무 높게 보는 것 아닌가요? 저희 방에 와서 복면인 한 명의 무릎을 차놓고는 지금 반 시진째 퍼질러 앉아 토악질을 하는 사람인데……."

　왕혜주가 가볍게 콧잔등을 찌푸리면서 이야기했다. 하정원에 대해 부정적으로만 생각되는 이유가 오늘 아침에 하정원이 자기의 질문을 무시한 것에 대해 마음이 많이 상했기 때문이라는 점을 왕혜주는 전혀 깨닫지 못하고 있었다.

　"아까 일백사 호에 갔었습니다. 세 명이 죽어 있더군요. 토한 자국도 있고요. 한 명은 경동맥 부근을 맞아 목뼈와 숨골이 터져서 즉사했고, 다른 한 명은 단전 부근을 맞아 기해와 오장육부가 뭉그러져서 즉사했더군요. 또 다른 한 명은 겁에

질려 창으로 도망가다가 약 이 장쯤 되는 거리에서 명문혈에
지풍을 맞아 즉사했습니다. 지풍은 강기(罡氣)의 경지였고,
배꼽까지 맞창이 나 있었습니다. 제가 보기에 이 세 명을 죽
이는 데 원 공자는 손을 딱 세 번 썼습니다. 그리고는 토했지
요. 토악질한 후에 저희가 있는 일백이 호⋯⋯."

"글쎄, 지나치게 여린 사람이라니까요. 저 소리를 들어보
세요. 아직도 신물을 게워내고 있는 것 같은데요?"

왕혜주는 호충량의 말을 중간에서 끊었다. 호충량은 왕혜
주에게 더 이상 하정원에 대해 설명할 필요가 없다는 것을 깨
달았다. 마음이 닫힌 사람에게 무슨 말을 한들 이미 뜻을 잃
은 소음이라는 것을 호충량은 알고 있었다. 그리고 왕혜주에
대한 호충량의 마음도 닫히기 시작했다.

살수들이 한밤중에 한차례 습격한 후에는 계속 조용한 날
이 계속되었다. 하정원은 백비가 누워 있는 일백삼 호에서 살
다시피 했다. 흑비는 왕혜주를 경비하느라고 백비를 시중들
지 못했고, 추국은 왕혜주를 시중드느라고 백비를 보살피지
못했다. 오히려 호충량이 하루에도 몇 번씩 일백삼 호에 들어
와 하정원을 도와 물을 먹이거나 붕대를 갈아주었다. 호충량
은 거의 붙어살다시피 하면서 백비를 보살피는 하정원에게
한없이 미안해했다.

워낙 위중한 상처를 입은 터라 백비의 얼굴은 납빛이었으

며 열에 들떠서 입술은 갈라지고 두 눈은 퀭하게 꺼졌다. 백비의 얼굴에는 죽음의 그림자가 짙게 드리워져 있었다. 하정원은 부상을 입어 죽어가는 무인을 처음 보았다. 이 와중에도 흑비와 추국을 잡아놓고 있는 왕혜주에 대해 마음 깊이 반감이 생겼다.

백비는 하정원에게 한없이 고마워했다.

"원 공자, 이렇게 고생하실 필요 없습니다. 어차피 죽으면 썩을 몸입니다."

백비가 알아듣기 힘들 정도로 힘없는 목소리로 말했다.

"그런 말씀 마십시오. 곧 자리를 털고 일어날 것입니다."

"제 몸은 제가 압니다. 일전에 우리 추국이를 구해주신 것은 정말 감사합니다."

하정원은 가슴이 울컥했다. 며칠 되지 않았지만 백비와 추국은 서로 깊이 아끼고 사랑하는 사이인 것을 알 수 있었다. 추국은 하루 종일 왕혜주를 시중들어야 하는 상황에서도 잠깐씩 들러 아무 말도 안 하고 백비의 손을 꼭 잡고 있다가 눈물을 쏟으며 나가곤 했다.

백비의 납색 얼굴을 보던 하정원은 문득 자신의 피에 생각이 미쳐서 크게 부르짖었다.

"아, 이런! 그게 있었구나!"

하정원은 방문을 잠그고 백비에게 말했다.

"제 피에 약효가 있을지도 모릅니다. 혹시라도 제 피를 마셨다는 말씀은 다른 분께 하지 마십시오."

하정원이 이렇게 말하고 난 후 그릇을 가져오자 백비가 말했다.

"공자, 약효가 있든 없든 피를 내지 마십시오. 이미 공자께 입은 은혜로도 과분합니다."

차 한 잔 마실 시간이 걸려 간신히 백비를 설득한 하정원은 품에서 짧은 단도를 꺼내 손목을 그어 그릇에 피를 받았다. 한 종지쯤 받은 후에 준비한 헝겊을 꺼내 손목을 묶어 지혈을 했다. 하정원은 백비의 목을 받쳐 들고 종지를 기울여 천천히 피를 먹였다. 피를 다 마신 백비는 시간이 조금 지나자 고른 숨을 내쉬며 깊은 잠에 빠졌다. 다음날 정오까지 근 일곱 시진 동안 땀을 흠뻑 흘리면서 자고 난 백비는 조금씩 미음을 먹기 시작했고, 다시 나흘이 지나자 이제는 부축을 받고 소변을 보러 다닐 정도가 되었다. 몸이 낫기 시작한 백비는 하정원에게 아무 이야기도 하지 않았지만 그의 눈빛은 깊은 감사와 절대적인 신뢰를 보이고 있었다.

습격이 있은 지 이레째 되는 날, 장강청룡호는 형주를 통과해서 팔령산(八嶺山) 앞을 지나고 있었다. 백비가 햇볕을 쪼이고 싶다고 하여 하정원은 사시(巳時)경에 청강검을 차고 백비를 부축하여 갑판으로 나갔다. 호충량이 하정원과 함께 있는 것이 훨씬 더 안전하다고 강력하게 주장해서 면사를 쓴 왕혜주는 호충량의 뒤를 따랐다. 흑비와 추국 역시 왕혜주의 뒤를 따라 갑판으로 나왔다. 갑판에 있던 선객(船客)들은 하정원 일행을 힐끗힐끗 보고 자기들끼리 낮은 소리로 수군거리더니 모두 선실로 들어가 버렸다. 갑판에는 수부(水夫)들만 가끔씩 왔다 갔다 할 뿐 아무도 없었다.

초가을로 접어드는 때라 햇볕은 아직 따가웠지만 바람은 선선했다. 하정원은 돛대 밑에 있는 커다란 나무 선반의 그늘 아래 백비를 눕혔다. 몸통 전체에 붕대를 두른 채 옆에 있던 밧줄 한 타래를 머리에 괴고 누운 백비의 모습은 일하다가 다쳐서 누워 있는 수부와 같았다.

하정원은 근심 어린 눈으로 주의 깊게 하늘을 보고 있었다. 하늘에는 운이 빙글빙글 돌고 있었다. 운의 날개가 왼쪽으로 두 번, 오른쪽으로 세 번 부자연스럽게 퍼덕이는 것같이 보였다. 하정원이 전음으로 호충렬에게 말했다.

"상류 쪽에서 세 척 정도의 배가 빠르게 내려오는 것 같습니다."

그러더니 백비에게 다가가 낮은 목소리로 잠깐 이야기하고 와서 호충량과 흑비에게 말했다.

"우리는 돛대와 좀 떨어져서 선실을 뒤로한 채 갑판을 보고 서는 것이 좋을 것 같습니다. 배 세 척이 다가오고 있습니다. 만약 적이라면 우리가 백비를 모르는 척하는 것이 좋습니다. 다친 수부같이 보이는 편이 백비로서는 더 안전할 것입니다."

왕혜주는 마지못해 하정원이 가리키는 장소로 천천히 걸어
갔다. 흑비는 백비가 걱정이 되는지 연신 뒤를 돌아보면서 걸
음을 옮겼다. 일행이 선실을 뒤로하고 갑판이 보이는 자리에
섰을 때 이물 쪽 상류로부터 장강수로채에 속하는 금호채(金
湖寨)의 깃발을 단 배 세 척이 나타났다.

"저기 봐요! 아버지가 배를 보냈어요!"

왕혜주가 기쁜 목소리로 부르짖었다.

"아가씨, 아직 음모를 꾸미고 있는 흉수가 누군지 모릅니
다. 본채로부터 총채주의 신물을 가진 사람이 도착하기 전까
지는 아무도 믿을 수 없습니다. 신물을 준비해서 사람을 보내
달라고 전서구를 띄웠습니다."

호충량이 진중한 목소리로 말했다.

"시간이 급해서 그냥 금호채의 원 숙부가 먼저 올 수도 있
지요."

왕혜주가 차갑게 말을 받았다. 금호채의 채주인 원세방은
장강수로채의 총채주인 패력신도 왕정훈을 삼십 년 넘게 보
좌해 온 사람이었다.

"아가씨, 이번만은 제 말씀을 들어주십시오. 나중에 죄를
청하겠습니다. 군사로서 말씀드립니다. 이건 전쟁입니다."

호충량이 단호하게 이야기했다. 군사는 이런 상황에서는 장
수나 다름없다. 장수의 말을 어기면 참형(斬刑)을 내릴 수도 있
는 것이 원칙이다. 왕혜주는 입을 삐죽거리고는 아무 말도 하

지 않았다.

배가 오 장 거리쯤 접근하자 여섯 명의 고수가 몸을 날려서 이쪽으로 건너왔다. 그중 다섯 명은 호충량이 아는 얼굴이었지만 혈포를 입은 냉막한 인상의 중년인은 호충량도 전혀 모르는 사람이었다.

"고생이 많으십니다. 금호채의 원 모가 아가씨를 뵙습니다."

구레나룻을 기른 위맹한 풍채의 오십대 사내가 목례를 하면서 말했다. 금호채의 채주인 원세방이었다. 흑비가 나서면서 왕혜주의 앞을 가렸다.

"흑비, 좀 비켜주실래요?"

왕혜주가 싸늘한 목소리로 말했다.

"흑비, 아가씨의 앞을 보호해라! 이건 군사로서의 명령이다!"

호충렬이 단호하게 말하면서 앞으로 나섰다.

"원 채주, 저희는 지금 아무도 믿을 수 없는 상황입니다. 어떻게 아시고 오셨는지 말씀해 주실 수 있습니까?"

"허허, 그런 곤욕을 치렀으면 당연히 조심하고 또 조심해야지. 하지만 이 원 모까지 의심한다니 좀 섭섭하구먼 그래."

"죄송합니다, 원 채주. 어떻게 아시고 오셨는지 말씀해 주실 수 있습니까?"

"허허, 본채에 있는 원 모의 오랜 친구들이 급하게 전서구를 띄워서 다른 일 다 팽개치고 한달음에 배를 띄워 내려왔

네. 자, 이제 만족하시는가?"

"네, 잘 알겠습니다."

호충량은 긴장으로 양 손바닥이 축축해졌다. 호충량은 전서구를 통해 상황의 위급함을 보고하고 다른 채에는 알리지 말고 본채에서 직접 비밀리에 출동해 줄 것을 요청했었다. 지금 원세방의 말은 참으로 어설프기 짝이 없는 이야기에 불과했다. 하지만 그것을 드러내 놓고 반박한다면, 이는 오히려 원세방을 더 몰아붙이는 셈이 되고 만다.

"원 채주께서는 일단 배로 돌아가셔서 총채주께서 직접 오실 때까지 이 배를 호위해 주십시오."

호충량의 말에 원세방의 안색이 싹 변했다.

"군사, 살수들이 호시탐탐 노리고 있는 이 마당에 아가씨를 한시라도 빨리 금호채의 배로 옮겨 모셔야지 무슨 말씀인가? 이 배에 아가씨를 내버려 두고 어떻게 그 안위를 지켜드릴 수 있다는 말인가!"

원세방은 얼굴이 시뻘게져서 소리쳤다. 호충량이 금호채의 배 세 척에서 모두 들을 수 있는 큰 소리로 외쳤다.

"나는 본채 군사 호충량이다!"

순간 금호채에서 온 배 세 척의 수적들이 모두 조용해졌다. 먼발치에서나마 호충량의 모습을 여러 번 본 적이 있었다. 호충량이 말을 이었다.

"금호채의 동도(同道)들은 모두 자신의 배를 타고 장강청룡호를 따른다! 본채 총채주의 천금(千金)이신 아가씨께서는 장강청룡호에 계속 머무르신다!"

호충량은 본채라는 말과 총채주라는 말을 특별히 강조했다. 혹시라도 금호채주 원세방이 휘하 세력을 동원할 때 다른 이유를 달아 동원했을 가능성이 높았기 때문이다. 금호채 배세 척에서 술렁이는 소리가 일어났다. 금호채의 무리들은 자신들이 총채주의 딸을 목표로 왔다는 것을 전혀 모르고 있는 것으로 보였다. 원세방의 얼굴이 차갑게 굳어졌다. 원세방은 이미 자신의 음모가 발각난 것과 다름없다고 판단했다.

"호충량! 네놈이야말로 음모의 하수인이구나!"

이 말과 함께 원세방은 검을 뽑으려다 검병(劍柄)에 손을 올린 채 행동을 멈출 수밖에 없었다. 어느새 원세방의 천돌혈에 하정원의 검이 닿아 있었기 때문이다. 그러나 하정원의 시선은 원세방을 보고 있는 것이 아니라 원세방의 뒤에 서 있는 냉막한 인상의 혈포중년인에게 고정되어 있었다. 마치 원세방은 전혀 중요한 인물이 아니라는 듯이.

"이거 치우지 못할까!"

원세방이 크게 고함을 질렀지만 깊게 가라앉은 하정원의 눈은 오직 혈포인에게 맞추어져 있을 뿐이었다. 하정원의 예민한 기감은 혈포인의 몸에서 은연중에 발산되고 있는 날카로운 기도(氣道)에 깃든 힘을 느끼고 있었기 때문이다. 그 기도는 워낙 고요하여 쉽게 느낄 수 없는 것이었지만 무시무시

한 힘이 안으로 갈무리되어 있었다.

혈포인은 금호채의 무리가 아니었다. 지난 여섯 달 동안 원세방과 함께 음모를 진행해 온 암중(暗中) 세력이 보낸 인물이었다. 원래는 자신의 모습을 금호채 무리들에게 드러낼 생각조차 없었다. 그러나 엿새 전에 자신이 보낸 일곱 명의 일급 살수가 힘 한번 제대로 써보지도 못하고 도륙당했다는 보고를 듣고서는 앞뒤 가릴 수 있는 처지가 아니었다. 무슨 일이 있어도 장강수로채를 동강 내야 했다. 총채주의 딸인 왕혜주야말로 세력을 결집시켜서 독립을 선언할 수 있는 가장 확실한 발판이었기 때문이다. 그런 만큼 살수를 써서 납치하는 것이 실패했다고 포기할 수는 없는 일이었다.

스르릉!

혈포인이 하정원에게 눈을 고정시킨 채 천천히 검을 뽑았다. 그 기세에 원세방과 함께 이 배로 건너왔던 네 명의 금호채 무리들이 분분히 뒤로 물러섰다.

하정원은 혈포인에게 눈을 고정한 채 원세방의 천돌혈을 겨누고 있는 검에 검기를 슬쩍 흘려 넣었다.

츠츳.

하정원의 검첨에 검기 방울이 맺히는가 싶더니 원세방이 풀썩 고꾸라졌다. 혈포인과 하정원 사이의 살기 대결 중간에 끼어 정신이 분산되어 있다가 손 한 번 써보지 못하고 제압당한 것이다.

순간 붉은 광채가 어린 검이 하정원을 향해 폭발하듯 짓쳐 들어왔다. 하정원은 오히려 몸을 앞으로 달리며 왼팔의 묵환으로 혈포인의 검을 튕겨내면서 상대의 거궐혈(巨闕穴)을 향해 검을 찔러 넣었다.

쨍!

묵환이 혈포인의 검을 걷어내는 순간 혈포인의 신형이 누가 뒤에서 잡아끄는 듯 반 장가량 뒤로 죽 미끄러져 물러났다. 혈포인의 거궐혈이 있는 명치 부분이 약간 베어져 피가 배어 나오고 있었다. 겉으로 보기엔 가벼운 상처 같았지만 사실 혈포인은 가슴이 빠개지는 것 같은 고통과 함께 숨이 막혀 오고 있었다. 만금통령술을 익히고 나서 며칠 사이에 하정원의 검기와 검강은 한층 더 정교해져서 겉으로 보이는 것보다 훨씬 심각한 타격을 입히는 경지에 도달해 있었다.

만약 하정원이 경험이 풍부했다면 이 기회를 놓치지 않고 바로 사정없이 밀어붙였을 것이다. 혈포인은 일 합을 겨룬 후 하정원을 제압하고 왕혜주를 납치하는 것이 불가능한 일임을 깨달았다. 하지만 혈포인이 속한 조직은 실패를 인정하지 않는다. 그에게는 죽음 이외는 다른 선택이 없었다. 하정원과 겨루다 죽는다면 그래도 남은 가족은 편하게 먹고살 것이다. 혈포인은 비장한 결심을 굳혔다.

"크하하하! 장강에서 대단한 애송이가 나왔구나! 오늘 내 몸뚱이로 장강 물고기들의 배를 불려주리라!"

혈포인은 하정원이 장강수로채 본채에서 나온 인물로 오해했다. 혈포인은 원독에 가득 찬 눈빛으로 하정원을 노려보면서 품속에서 단환을 하나 꺼내어 씹어 먹었다. 그것은 혈포인이 속한 조직에서 주는 충렬단(忠烈丹)이었다. 말이 좋아 '충렬' 이지, 온몸의 잠원지기(潛元之氣)를 한꺼번에 끌어내어 목숨이 끊어질 때까지 싸우게 하는 극약이었다. 혈포인의 온몸에 지렁이가 같은 핏줄이 불거지고 고요하던 기세는 태풍과 같이 광포해졌다.

차앙!

세로로 쪼개오는 혈포인의 검을 막은 하정원의 신형이 뒤로 주르르 밀렸다. 코에서 약간의 피가 배어 나왔다. 혈포인은 숨 돌릴 틈도 주지 않고 몰아쳤을 뿐 아니라 '같이 죽자'는 뜻을 분명히 했다. 동귀어진(同歸於盡) 수법으로, 혈포인은 하정원의 공격은 그대로 내버려 둔 채 오히려 하정원의 급소를 노리고 공격해 들어왔다.

하정원은 완전한 수세에 몰려 근근히 혈포인의 공격을 흘리거나 걷어내고 있는 상황에 빠졌다. 구궁태을검법(九宮太乙劍法)의 최강 초식인 일월관천(日月貫天)이나 천지쌍교(天地雙交)를 써야만 되었다. 그러나 일월관천을 사용하기에는 혈포인이 너무 근접해 있어서 곤란했다. 반면 천지쌍교를 쓴다면 혈포인뿐 아니라 왕혜주 일행을 포함한 여러 사람 또한 죽을 것이 확실했다. 강호 경험이 얕은 하정원으로서는 정말 심각한 위기였다.

쨍!

쨍!

혈포인의 흉포한 검을 걷어내면서 하정원은 '이대로 가면 죽는다' 는 것을 실감했다. 묵환이 없었다면 이미 목숨을 포기한 혈포인의 변칙적인 공격을 막아내지 못했을 것이다. 순간 하정원은 오른손을 뿌려 검을 혈포인에게 던졌다.

쨍강!

혈포인은 왼쪽 눈의 정명혈(睛明穴:눈 구석에 있는 급소)을 향해 날아드는 검을 간신히 쳐냈지만 검기에 의해 그의 뺨에서 광대뼈에 걸쳐 깊이 반 치 정도의 상처가 생겼고, 머리끈이 끊어져서 머리는 산발이 되었다. 온몸에 시뻘건 힘줄이 지렁이처럼 불거진 채 얼굴에서 피를 흩뿌리고 있는 혈포인은 야차(夜叉)와도 같았다.

하정원은 신형을 던져 혈포인에게 접근하면서 생사박투공의 흉포한 살기를 그대로 펼쳐 냈다. 혈포인의 검을 묵환으로 걷어내면서 몸을 밀착하여 권(拳), 장(掌), 지(指)뿐만 아니라 무릎, 어깨, 팔굽, 이마, 심지어 뒤통수까지 이용해서 공격했다. 혈포인은 이제 충혈단의 효과가 극에 달해 괴물이 되어 있었다.

혈포인의 검은 집요했다. 자신의 안위를 생각하지 않은 채 하정원의 급소만을 노릴 뿐이었다. 하정원의 가슴은 검에 의해 깊이 반 치에 길이 다섯 치쯤 베어져 상체가 피로 물들었다. 가슴뿐 아니라 팔과 배에도 여기저기 자잘한 상처가 많았고, 옷은 거의 넝마로 변했다. 하정원은 목숨을 건 싸움을 처음 해보는 것이라 당황했지만 시간이 흐를수록 여유가 생기고 있었다. 충렬단을 먹은 혈포인의 몸에서 발산되고 있는 숨이 막힐 것만 같던 살기도 점차 익숙하게 느껴졌다. 그리고 하정원의 눈에 차츰차츰 혈포인의 움직임이 읽히기 시작했다. 혈포인의 몸놀림은 점점 더 빨라지고 있었지만 하정원의 눈에는 점점 더 느려지고 있는 것으로 보였다.

근 백여 초 가까이 지났을 때 혈포인은 하정원의 관원혈을 노리고 빛살 같은 속도로 검을 찔러 들어왔다. 하정원은 오른쪽으로 몸을 비스듬히 흘리면서 왼손 묵환으로 검의 아랫부분을 막았다.

쨍!

하정원의 왼손은 검을 타고 뱀같이 미끄러져 올라가 검을 잡은 혈포인의 오른 손목을 붙잡았다. 혈포인을 몸쪽으로 확 끌어당기면서 하정원은 오른 팔꿈치로 혈포인의 관자놀이를 때렸다. 생사박투공의 주(肘:팔꿈치) 공격이었다. 층층단정공의 가공할 경력(勁力)이 팔꿈치를 통해서 쏟아져 나갔다.

펑!

혈포인의 머리가 절반가량 터져 나가면서 피와 뇌수가 튀었다. 그동안 하정원의 주먹에 배에 사발만 한 구멍이 뚫려 있으면서도 전혀 변함없이 공세를 몰아쳐 오던 혈포인의 몸이 스르르 무너졌다.

장강의 물은 그림같이 고요하게 흘러가고 있었고, 사시(巳時)의 늦은 오전 햇살은 기분 좋게 따가웠다. 바람에는 이미 선선한 가을 기운이 배어 있었다. 강변의 끝없는 들판에는 고개를 숙일지 말지 망설이고 있는 벼가 바람에 흔들려 약간씩 살랑거리고 있었다.

그러나 갑판은 아수라장이었다. 곤죽이 되어 있는 혈포인의 시신에서 엄청나게 많은 피가 쏟아져 나와 있었고, 여기저기 살점과 뼈 조각이 흩어져 있었다. 하정원의 모습은 살신(殺神)과 같았다. 옷은 여기저기 베어져 거의 다 찢어졌고 온몸을 혈포인의 피, 뼈 조각, 살 조각뿐 아니라 자신의 피로 도배를 한 상태에서 가쁜 숨을 몰아쉬고 있었다. 발은 정(丁) 자로 벌리고 주먹을 쥔 손을 풀지 않고 있었다. 금호채에서 온 무리뿐 아니라 왕혜주 일행도 오금이 저린 채 숨도 못 쉬고 있었다.

추국이 물에 적신 깨끗한 수건을 하정원에게 가져다주었다. 추국의 움직임은 하정원으로 하여금 살기를 누그러뜨릴 수 있게 만들어주었다. 이날 호충렬, 쌍비, 그리고 금호채의 무리 중 몇몇 뜻있는 사람들은 장강이 원하는 진정한 지도자의 모습을 하정원에게서 보았다. 그들은 한없이 순박하고 지혜로우면서도 잔인할 정도로 단호한 사람을 본 것이다.

        *   *   *

엿새 전에 떨어져 나간 창문에 얼기설기 각목을 대어놓은 일백사 호로 들어선 하정원은 곧장 피에 젖은 옷을 벗고 상처에 고약을 바른 후 목욕탕으로 들어갔다. 상처가 좀 늦게 아물더라도 도저히 피를 씻어내지 않고는 견딜 수 없었기 때문이다.

추국이 발걸음 소리를 죽이고 방에 들어와 하정원의 새옷을 꺼내 목욕탕 앞에 가져다 놓고는 피에 젖은 옷을 가지고 나갔다. 씻고 또 씻어도 온몸에 밴 피 냄새가 지워지지 않았다. 그러나 그 과정에서 하정원은 자기 자신의 살기로부터 풀려날 수 있었다. 비누로 한 번 더 씻은 후 하정원은 탕 속에 웅크리고 앉아 눈을 감고 생각에 잠겼다.

하정원은 무공이란 승과 패, 생과 사를 가르는 것임을 자신이 잘 알고 있다고 믿어왔다. 그러나 오늘 혈포인과 겨루고 난 후 하정원은 자신이 알아왔던 무공은 강호의 무공이 아니라 도인(道人)들의 무공이라는 점을 깨달았다. 같은 무공을 펼치더라도 강호의 무공은 극에 달한 살기에 기반을 두어야 한다는 것을 절감했다.

또 때로는 과도할 정도로 잔혹하게 손을 써서 상대방의 기세를 꺾는 편이 오히려 살겁을 줄인다는 것도 깨달았다. 만약 오늘 혈포인과 그럭저럭 싸워서 이겼더라면 금호채의 무리들 중 불측한 의도를 가진 자들이 쉽게 꼬리를 내리지 않았을 것임을 짐작할 수 있었다. 이런 깨달음은 하정원에게 강호에 대한 커다란 환멸을 주었다. 이번 여행을 마치고는 탕춘헌과 고향 파동에 파묻혀 조용히 살아야겠다고 결심했다.

그러나 하정원이 한 가지 깨닫지 못하고 있는 것이 있었다. 오늘 그토록 잔혹한 살인을 했는 데도 불구하고 전혀 구역질을 하지 않았다는 것. 강호는 홍수에 불은 도도한 탁류와 같다는 것. 하정원처럼 환멸을 느낀 젊은이조차 그 품에 끌어안고 흘러왔고, 또 앞으로도 그렇게 흘러갈 것이라는 점을 하정원은 전혀 의식하지 못하고 있었다.

*   *   *

하정원이 혈포인과 피비린내 나는 싸움을 벌인 다음날 저녁,

"하하핫! 원 공자에게 장강살신(長江殺神)이라는 별호가 붙은 걸 아시오?"

장강수로채 총채주인 패력신도 왕정훈이 너털웃음을 터뜨리면서 말했다. 패력신도가 타고 온 패왕호(覇王號)에 있는 왕정훈의 전용실 탁자에는 소박한 저녁 식사가 차려져 있었고, 왕정훈과 그의 딸 왕혜주와 호충량, 하정원이 앉아 있었다.

패력신도는 이날 점심 무렵 위풍당당하게 배 세 척을 이끌고 나타났다. 하정원은 계속 장강청룡호를 타고 여행하겠다고 했으나 왕정훈은 자신의 배에서 이틀만 머물다가 쾌속선

을 타고 가라고 붙잡았다. 장강수로채의 쾌속선을 내주겠다고 했다. 그리하여 하정원은 패왕호로 옮겨 탔던 것이며, 패왕호의 총채주 전용실에서 저녁을 먹기에 이른 것이다.

"부끄러운 일이지요."

하정원이 담담히 말했다. 이것은 겸손이 아니라 실제 하정원의 마음이었다. 그토록 잔인하게 손을 써야 생존할 수 있다는 사실 자체가 부끄러웠던 것이다.

"음, 겸손도 지나치면 도가 넘는 것이오. 원 공자의 실력이 부끄럽다면 강호에서 부끄럽지 않은 사람이 어디 있겠소?"

왕정훈은 하정원의 말을 잘못 이해하고 말했다.

"……"

하지만 하정원은 대답하지 않았다. 자신의 뜻을 전혀 다르게 받아들이는 왕정훈의 사고방식이 너무 낯설게 느껴졌기 때문이다.

"금호채주 원세방, 그놈을 좀 쥐어짰는데……."

왕정훈이 구운 오리 살점을 크게 한 점 잘라서 맹렬하게 씹으면서 말했다.

"혈포인의 정체가 재미있는 것이었소. 혈패천의 장로 급 인물이라고 합디다. 하하!"

하정원은 혁우세로부터 혈패천이 마제의 부활을 추진할 가능성이 있다고 들은 적이 있어서 귀가 번쩍 띄었다.

"신강 이북의 절대 세력이라고 하는 그 혈패천을 말씀하시는 것입니까?"

하정원이 깜짝 놀라 반문했다.

"호오! 원 공자가 어떻게 혈패천을 아시오? 중원에서 거의 활동을 하지 않았던 문파인데?"

강호 초출이 분명한 하정원이 혈패천을 안다는 것이 매우 흥미롭다는 표정을 지으며 왕정훈이 말을 이었다. 하정원은 혈포인이 사용했던 괴이하고 사악한 무공이 마제충렬공이라는 것을 짐작할 수 있었다. 혈패천이 마제를 부활시키려 하고 있다는 추측은 정확한 것이었다.

"장강수로채의 정보망은 거미줄 같소. 아니, 정보망이라고 할 것도 없소. 우리는 정보를 수집하기 위해 특별히 노력하는 것은 아니니까. 장강에 천하의 물이 모일 때 정보도 같이 따라와서 모이는 것이오."

왕정훈은 말을 쉬고 깊게 숨을 들이켰다.

"신강에서 청해를 거쳐 대륙으로 들어오는 정보에 의하면, 혈패천의 힘은 이미 소림과 무당을 합쳐 놓은 것에 버금가오. 지난 일백 년간 그들은 엄청난 힘을 축적해 왔소. 특히 지난 삼 년 동안 한층 더 강화되었소. 하하! 그런 혈패천의 장로 급 인물을 강호 초출의 젊은 영웅이 묵사발을 냈으니, 하하!"

왕정훈은 통쾌하게 웃었다. 그러나 하정원의 마음은 납덩어리같이 무거워졌다. 비록 혈포인이 잠원진기를 소진시키는 괴이한 약을 먹었다고는 하나 자신과 사투를 벌인 인물이 고작 장로 급에 불과하다는 것을 알게 되자 온몸이 으스스 떨려왔다.

"그나저나 이제 우리 장강이 소란스러워질 것이오. 혈패천이 장강에 교두보를 확보하려는 의도를 가지고 있다는 것이 소문이 돌면 이제까지 숨죽이고 있던 온갖 세력들이 준동하게 될 것이오."

왕정훈의 안색이 어둡게 변해갔다.

"혈패천이 금호채에 제시한 조건은 무엇이었습니까?"

하정원이 물었다.

"무한 서쪽의 장강. 금호채가 일단 혜주를 납치하여 장강수로채로부터 독립을 선언하면 혈패천의 무력 부대 삼백 명을 지원하겠다고 제안했소. 장로 급 고수 한 명에 최절정고수 세 명이 이끄는 최정예 무력 부대라고 하오."

"그렇다면 무한 하류 쪽은 여전히 장강수로채의 관할이 되는 것인가요?"

"나도 그게 이상했소. 혈패천은 사천 금사강(金沙江)에서 무한 상류까지 이르는 장강 상류와 중류 지역에만 관심이 있다고 했소."

금사강은 장강의 상류로서 사천과 서장(西藏)의 경계를 흐르는 강이다. 왕정훈의 말대로라면 혈패천은 물건과 돈이 죄다 집중되는 장강 하류에는 관심이 없다는 이야기였다.

"제가 한말씀 여쭙겠습니다."

호충량이 조심스럽게 말을 꺼냈다.

"호오, 맞아! 호 군사가 보는 눈이 남다르지. 호 군사, 혈패천의 의도가 무엇이라고 보나?"

"네, 극강(極强)의 무림 세력은 일반적으로 소수 정예입니다. 할 일은 많고 사람 손이 부족할 때에는 정말 중요한 것에 집중해야 합니다. 혈패천에게는 무한 이서(以西)의 장강 중류와 상류가 아주아주 중요한 것이지요."

"그게 왜 그렇게 중요할까?"

왕정훈이 물었다.

"사람들은 보통 신강 이북에서 대륙을 침공한다면 신강(新疆)의 오로목제(烏魯木齊)와 합밀(哈密)을 거쳐 감숙의 가욕관(嘉欲關)을 통해 섬서로 들어오는 길을 생각합니다. 육백 년 전의 철기문(鐵騎門)이 그렇게 침공했고, 사백 년 전의 흑사방(黑沙幇)이 그 경로를 통과했습니다. 또한 이백 년 전의 삼홍문(三紅門) 역시 그 길을 택했습니다."

여기까지 말하고 생각을 정리하는 듯 호충량은 지그시 눈을 감았다.

"이 세 세력은 모두 일백인 단위로 이루어진 철갑기마대 편제로 이루어졌습니다. 백인대가 기본이고 그 위에 천인대, 그 위에 다시 만인대가 있는 형태였지요. 말과 사람 모두 만년한철로 된 갑주(甲胄)를 입고 돌파했지요. 무시무시한 위용이었습니다."

"그것과 장강이 무슨 상관인데?"

왕정훈이 급한 성질을 참지 못하고 다그쳤다.

"혈패천은 성격이 다릅니다. 그들은 신강의 끝에서 다시 오천 리를 가서 발가시(渤加是) 호수 근처에 자리 잡고 있지요. 발가시 호수는 동서 천오백 리, 남북 이백 리에 달하는 거대한 호수입니다. 호수의 동쪽 절반은 짠물이고, 서쪽 절반은 담수입니다. 그들은 매우 용맹한 무인들입니다. 극강의 패를 추구해 왔지요."

호충량은 대륙 북쪽의 너른 초원에서 사는 사람들을 머리 속에서 상상하는 듯 잠깐 생각에 잠겼다가 말을 이었다.

"혈패천은 이번에 원 공자하고 겨룬 혈포인의 경우에서 보듯이 철갑기마대로 구성되어 있지 않습니다. 극강의 무공 고수들로 구성되어 있지요. 그런 조직이라면 가욕관을 거쳐서 섬서로 이어지는 육로 말고도 두 개의 다른 경로를 통할 수 있습니다. 그게 모두 사천과 장강으로 이어집니다."

하정원은 호충량의 말을 듣곤 크게 놀랐다. '뛰어난 군사(軍師)는 천문지리(天文地理)에 통한다'는 말이 무슨 뜻인지 알 것 같았다. 훌륭한 군사는 하늘의 별자리와 날씨의 변화에 달통해야 하며, 천하 각지의 지형과 특징에 대해 잘 알아야 하는 것이다. 장강수로채의 군사이지만 만 리 밖의 지리를 훤하게 꿰뚫고 있는 호충량을 하정원은 다시 보게 되었다.

"두 개의 다른 경로 중 하나는 이렇습니다. 오로목제에서 약강(若羌)을 거쳐 청해(靑海)의 남산구(南山口)까지 온 다음에 포이한포달산(布爾汗布達山)을 넘어 통천하(通天河)를 탑니다. 통천하 물줄기가 사천으로 들어오면 금사강이 되었다가 다시 장강이 되지요. 또 다른 하나는 오로목제를 통하지 않고 바로 신강의 이녕(伊寧)으로 들어온 후 남쪽으로 내려가서 신강의 엽성(葉城)을 거쳐 곤륜산맥을 넘어 서장으로 들어갑니다. 서장을 동서로 관통하면 사천의 덕격(德格)이 나옵니다. 그곳에서 금사강, 즉 장강 상류를 탑니다. 제 추측이 기우이기를 빕니다만, 혈패천은 잘 알려진 감숙 경로 이외에 최소한 한 개 내지 두 개의 장강 경로를 통해 대륙을 침공할 준비를 하고 있는 것입니다. 한편으로는 감숙에서부터 남쪽으로 진격하고, 다른 한편으로는 장강 유역을 장악하면 대륙은 쉽게 무너집니다."

너무나 엄청난 이야기였기 때문에 좌중은 한동안 깊은 침묵에 빠져들었다.

"하하핫! 장강의 영웅들은 혈패천이든 나발이든 두려워하지 않아! 강에서 태어나 강으로 돌아가는데 무엇이 두렵겠나!'

마침내 왕정훈이 침묵을 깨고 호탕하게 이야기했다. 그러나 하정원의 납덩어리같이 무거운 마음은 전혀 변하지 않았다. 왕정훈의 호기가 공허하게 느껴질 뿐이었다.

저녁 식사가 끝나자 시비들이 차를 가지고 나왔다. 운남에서 나는 차를 발효시킨 극상품의 보이차(普洱茶)였다. 그러나 사람들은 너무 많은 근심에 덮여 있어 차 맛을 제대로 느끼지 못했다.

"원 공자, 우리 힘을 모아 장강을 일으켜 세웁시다!"

탁자 위에 놓여져 있던 하정원의 왼손을 솥두껑같이 두툼한 두 손으로 덮어 감싸 쥐고 고리방울 같은 두 눈을 하정원의 얼굴에 들이밀면서 왕정훈이 말했다.

"……"

하정원은 아무 이야기도 하지 않았다. 왕정훈은 하정원에게 눈을 고정시킨 채 턱짓으로 왕혜주를 가리켰다. 명백한 암시였다. 왕혜주와 맺어져서 장강수로채를 물려받으란 뜻이었다. 노골적으로 표현하자면 데릴사위가 되라는 뜻이었다.

왕혜주는 두 뺨을 붉게 물들이며 고개를 푹 숙이고 있었다. 호충량은 고개를 푹 숙이고 미간을 잔뜩 찌푸린 표정을 애써 감추고 있었다. 저런 방식으로는 결코 잡을 수 없는 사람이라는 것을 호충량은 잘 알고 있었던 것이다. 하정원은 왕정훈의 솥뚜껑 같은 손에서 슬며시 자신의 손을 빼내면서 말했다.

"말씀은 감사합니다만, 집안과 사문의 일이 많아서……."

하정원은 최대한 공손하게 말했다. 장내로 바늘 떨어지는 소리도 들릴 만큼의 침묵이 내려앉았다.

"흥! 사문은 없고 집안 숙부인지 뭔지 한테서 무공을 배웠다고 하고서는!"

왕혜주가 하정원의 말을 허리에서 자르곤 발딱 일어서더니 방밖으로 나가 버렸다. 잠시 매우 어색한 침묵이 이어졌다. 왕혜주의 행동과 말본새는 무례하기 짝이 없는 짓이었다.

다른 것을 다 떠나서 두 번이나 생명을 구해준 은인에게 할 수 있는 행동이 아니었다. 하정원의 덕에 사선(死線)을 두 번이나 무사히 넘은 호충량은 너무나 부끄럽고 화가 나서 얼굴이 새빨갛게 변하며 호흡이 거칠어졌지만, 오히려 하정원은 덤덤한 기색이었다.

"하하핫! 원 공자, 우리 혜주가 성질이 좀 급하다네. 그래도 본 마음은 정말 사랑스러운 아이지. 하하핫! 아까 내가 이야기한 것은 우리 천천히 생각해 보도록 하세."

왕정훈이 너털웃음을 지었다. 왕혜주가 자리를 박차고 나간 후 분위기가 많이 어색해져서 만찬은 곧 끝났다. 하정원은 자기 방으로 돌아온 후 여느 때와 같이 혼태토납공과 충충단정공을 수련한 후 운을 데리고 만금통령술을 수련했다. 수련을 마치자 시간은 어느새 축시(丑時) 가까이 되어 하정원은 잠자리에 들었다. 잠결에도 가끔씩 묵환을 쓰다듬었다. 혈포인과의 대결에서 묵환이 아니었다면 하정원은 목숨을 잃었을 것이다.

*　　　*　　　*

강은 조용했다. 달은 강물 속에 들어앉아 있었고, 멀리 갈대밭에서는 가끔 새들이 푸드득거리는 소리가 났다. 작은 쪽배는 타고 있는 사람들의 기척에 따라 조금씩 움찔거리면서 강물을 따라 천천히 흘러가고 있었다.

"공자, 한잔 드시지요."

호충량이 아주 공손하게 하정원에게 술을 따랐다.

"술을 잘 못합니다만……."

하정원이 말하면서 술을 받았다.

"남자라면 조금은 해야죠. 하하!"

백비가 웃다가 배가 아픈지 오른손으로 배를 쓰다듬었다. 이 자리는 호충량이 왕정훈에게 간청하여 만든 자리였다.

왕정훈은 하정원이 배에 탄 지 이틀째 되는 오늘 아침부터 하정원에게 두 번이나 귀찮은 부탁을 했다가 거절당했다. 아침에는 장강수로채의 최강 고수로 꼽히는 용비마도(龍飛魔刀) 계묵형과 대련하여 무술 시범을 보여달라고 막무가내로 졸라 댔다. 하정원은 한마디로 거절했다. 엊그제 혈포인과 잔혹한 싸움을 한 이후 하정원은 무공에 대해 한 걸음 뒤로 물러서서 냉정한 관점으로 성찰하고 있는 중이었기 때문이다. 왁자지 껄한 장강수로채의 무리 앞에서 재주를 보이듯이 무공을 펼 치는 것은 질색이었다.

오후에는 총채주 전용실에서 차를 마시면서 무림 정세에 대해 이야기하자는 청을 해왔다. 하정원은 '수련이 밀려 있 다'는 이유를 들어 거절했다. 데릴사위 이야기를 꺼낼 것이 분명했기 때문이다. 그 후 왕정훈도 하정원의 마음을 잡기 어 렵다는 것을 깨닫곤 순순히 내일 오전에 쾌속선을 내어주겠다고 확인해 주었다.

호충량은 이대로 하정원을 보내기가 싫었다. 그래서 왕정훈에게 간청하여 패왕호의 옆구리에 매달려 있는 쪽배를 물에 내렸다. 술과 작은 화로와 낚시를 준비했다. 쪽배를 밤강에 띄우고 낚시를 하자고 하정원에게 청했다. 패왕호의 분주하고 시끄러운 분위기에 짜증이 나기도 하고, 왕정훈의 막무가내식 요구와 왕혜주의 무례한 말본새에 넌더리를 내고 있던 하정원은 선뜻 호충량의 청에 응했다. 백비가 아직 거동이 불편한 몸을 이끌고 함께 가겠다고 떼를 쓰는 바람에 지금 이렇게 셋이 쪽배를 타게 된 것이다.

낚시로 잡아 올린 뱀장어와 쏘가리를 배 안에 실은 작은 화로에 석쇠를 걸고 구웠다. 술이 두어 순배 돌고 나서 호충량이 입을 열었다.

"패왕호에 머무시기 번거로우셨지요?"

"아뇨. 그런 대로 좋았습니다. 여러 가지 구경을 할 수 있어서⋯⋯. 저 같은 사람이 장강수로채를 바로 옆에서 보기가 어디 쉬운 일인가요."

하정원은 솔직한 심사를 이야기했다.

"내일 오전 일찍 진시(辰時)에 쾌속선을 타시니까 장강청룡호를 그냥 타고 계셨던 것보다는 약간 빨리 도착하시게 될 겁니다."

패왕호는 어저께 아침 장강청룡호를 따라잡았던 자리에서

그냥 머물고 있었기 때문에 내일 아침에 쾌속선으로 출발하면 약 이틀 정도의 거리를 뒤처진 셈이 된다. 그러나 쾌속선은 속도 자체가 빠른 데다가 파동까지 쉬지 않고 가기 때문에 글피 새벽경이면 도착할 것이다. 결과적으로는 약 이틀가량 빨라지는 셈이었다.

하정원은 묵묵히 술잔을 기울이면서 뱀장어를 한 점 먹었다.

"백비를 치료해 주시느라 몸을 상하셨다고 들었습니다. 감사합니다."

호충량이 깊이 머리를 숙여 감사의 뜻을 표시했다.

"아니… 제가… 말하지 말라고 했는데……."

"공자께서 백비를 치료하셨다는 것은 저와 흑비, 추국 외에는 모릅니다. 실은 쌍비와 추국은 모두 제 고향 후배들이지요. 남경(南京) 출신들입니다. 저는 칠 년 전부터 왕정훈 총채주를 모셨지요. 쌍비와 추국은 제가 오 년 전에 여기로 불러들인 것입니다."

"아, 그렇군요!"

내막을 알게 된 하정원이 탄성을 질렀다.

"사실은 저희 쌍비가 무공을 익힌 것도 다 충량 형님이 비급을 주셔서 가능했던 것이지요."

백비가 말을 거들었다.

"충량 형님은 추국에게도 어렸을 때부터 글을 가르쳤지요. 추국은 흑비의 사촌 누이입니다."

"호오! 그래서 행동거지가 절도가 있고 반듯했던 것이군요!"

하정원은 호충량에 대해 존경의 마음이 들었다. 주변의 어린 후배들을 오랜 시간에 걸쳐 정성 들여 보살핀다는 것이 보통 일이 아니라는 것을 잘 알기 때문이었다.

"네. 원래는 장강수로채에 오면서 충량 형님의 문서를 정리하는 일을 맡기로 하고 왔지요. 그랬다가 난데없이 아가씨가 시비로 쓰겠다고 해서……. 사실은 크게 잘못된 일이지요."

"그만 하거라. 내가 면목이 없다."

호충량이 백비의 말을 중간에서 잘랐다. 세 사내 사이에 한동안 긴 침묵이 흘렀다. 백비는 구운 생선을 가끔 한 점씩 먹었고, 호충량과 하정원은 말없이 서로 술잔을 채워주었다.

"사실은 제가 요즘 걱정이 많습니다."

호충량이 무거운 목소리로 입을 열었다.

"……"

하정원은 침묵했다.

"장강수로채는 의외로 사정이 복잡한 곳입니다. 열여덟 개의 수채가 모두 어느 정도 독립성을 가지고 있지요. 평생을 물에서 수적질을 하고 산 사람들이라 거칠기 짝이 없습니다. 지금 왕 총채주의 아버님이셨던 거령마도(巨靈魔刀) 왕삼중도 벽수채(碧水寨)의 채주이셨지요."

호충량은 장강수로채의 역사에 대해 이야기하기 시작했다.

"거령마도께서는 아드님이신 현 총채주와 함께 당시의 총채주를 거꾸러뜨리고 새 총채주가 되셨지요. 그게 삼십 년 전 이야기입니다. 당시 두 부자의 활약은 대단했다고 하지요. 이게 장강수로채입니다. 빈틈이 보이면 바로 총채주가 교체되는 곳. 이번 금호채주의 반란은 비록 실패로 끝났다곤 하지만 이제 균열이 시작된 것입니다."

"아, 그럴 수 있겠군요. 숨을 죽이고 있던 효웅(梟雄)들이 이제 들고일어날 수도 있겠군요."

하정원이 장강수로채의 내부 사정을 듣고 탄식했다.

"게다가 상황은 더 복잡합니다. 구파일방, 오대세가가 각 수채와 이런저런 관련을 가지고 있지요. 그리고 강호 사람들은 잘 모르지만 남지나상련 역시 장강수로채에 깊은 영향력을 미치고 있습니다. 남지나상련이야말로 엄청난 세력이지요."

"네. 복주의 남지나상련은 저도 좀 압니다."

하정원이 말을 받았다.

"하하, 공자는 강호 초출인데 드러나지 않은 천하의 패자(覇者)들은 다 알고 계시는군요. 혈패천이나 남지나상련에 대해 사람들은 잘 모르는데……."

"네, 저희 아버님이 젊으셨을 때 남지나상련에서 일을 하셨습니다."

하정원이 이야기했다.

"아하! 그렇군요!"

호충량은 세상이 정말 좁다는 것을 새삼 느꼈다.

"그리고 제가 하는 무공 중 하나가 불승불패 고청우 대협의 것입니다. 이백 년 전의 인물이긴 하지만 그분 역시 남지나상련을 소유한 복주 고가장의 둘째 아드님이셨지요."

"아니, 그렇다면 생사박투공을?"

호충렬이 크게 놀라 물었다.

"네."

"그럼 그 혈포인과 싸울 때 쓰신 무공이 바로 생사박투공이었습니까?"

백비가 물었다.

"네."

"아, 정말 강렬한 무공이구나 했더니 역시! 대단하십니다! 고 대협이 돌아가신 후 이백 년간 아무도 익히지 못한 무공인데……."

백비가 감탄했다.

"아직 대성하지 못했습니다. 부끄러울 뿐이지요."

하정원이 공손하게 대답했다. 셋 사이에 잠시 침묵이 흘렀다. 마침내 호충량이 다시 입을 열었다.

"공자, 제가 보기에 조만간 장강수로채에선 사단이 벌어집니다."

"네?"

"열여덟 개 수채의 움직임도 심상치 않고, 장강수로채에 대한 구파일방, 오대세가, 남지나상련의 입장도 심상치 않습니

다. 이미 본채나 수채 내부에 구파일방, 오대세가, 남지나상
련에 줄을 대고 있는 위인들이 분주하게 움직이고 있습니다."

"아, 그런 복잡한 사정이 있군요."

"안타까운 것은 왕 총채주이시지요. 이럴 때일수록 욕심을
버리고 다 포용하고 가야 하는데… 자꾸 신진 세력을 내치시
고 하부의 수채들을 견제하십니다. 그리고 만만한 데릴사위
를 앉혀 실질적으로는 왕혜주 아가씨를 차기 총채주로 만드
는 것을 생각하시는 듯합니다. 거칠기 짝이 없는 남자들의 세
계인 장강수로채의 체질로서는 받아들이지 못할 것입니다.
그러던 차에 이번에 혈패천마저 교두보를 만들겠다고 분탕질
을 쳤으니……"

호충량의 얼굴로 어두운 그림자가 잔뜩 내리덮였다.

똑, 똑, 똑.

백비가 속이 타는 듯 쪽배의 뱃전에서 나무 쪼가리를 손톱
으로 떼어내고 있었다.

"공자, 우리 네 명 중 누구든 이번 아수라장에서 살아남는
다면 공자를 찾아뵙겠습니다. 반드시 한번 공자를 모시고 일
하고 싶습니다."

마침내 호충량의 입에서 폭탄과 같은 말이 튀어나왔다. 하
정원의 가슴이 크게 흔들렸다. 지날 며칠간 겪어보고 호충량,
쌍비, 추국의 사람됨이 정말 진국 중의 진국이라는 것을 알
수 있던 터다. 이미 세파에 단련된 인재들이었고, 그 경륜은

작지 않았다. 이런 인재들이라면 한번 인생을 함께해 보고 싶다는 생각이 들었다. 한참 생각한 후 하정원은 진중한 목소리로 입을 열었다.

"부족한 저에게 이런 말씀을 해주셔서 정말 몸 둘 바를 모르겠습니다. 제 진짜 이름은 하정원이고, 파동 금하장이 제 집입니다."

호충량과 백비는 하정원의 본명을 듣고도 별로 놀라지 않았다. 이미 지난 며칠 동안 여러 번 놀랐기 때문이다.

"저는 이번에 심부름으로 사천 아미파로 가고 있습니다. 심부름이 끝난 후 한동안 고향에 있다가 하남 정주 천세유림으로 돌아갈 것입니다. 거기가 제가 머무는 곳입니다. 인연이 닿으면 한번 정주로 오십시오."

이번에는 호충량이 크게 놀랐다. 호충량은 학문을 닦은 사람이기 때문에 천세유림이 어떤 곳인지 안다. 강호 영웅이 천세유림의 선비라니 크게 놀랄 수밖에 없었다. 호충량은 아직 하정원이 천세유림의 가짜 학생이라는 것을 알 턱이 없었던 것이다. 세 사람은 이야기를 마친 후 반 시진 정도 천천히 배를 저어 패왕호로 돌아왔다.

＊　　　　＊　　　　＊

하태호와 사씨는 흰옷을 입고 화려한 모란꽃이 수놓인 신발을 신고 있었다. 두 사람은 하정원을 깊은 슬픔이 담긴 눈으로 한없이 바라보고 있었다. 하정원은 오랜만에 보는 부모님이 너무나 반가워서 손을 뻗으며 달려갔다.

"아버님! 어머님!"

하태호와 사씨는 슬프지만 사랑이 가득 넘치는 미소를 지었다. 그러나 두 사람은 뒤로 주르륵 밀려가고 있어서 하정원으로부터 점점 더 멀어져 갔다. 하정원이 아무리 발버둥치면서 전력으로 달려도 점점 더 멀어져 갈 뿐이었다. 하정원은 경신법을 사용하여 쫓아가기 위해서 발에 힘을 주어 굴렀다.

침상이었다. 꿈이었다. 하정원은 심장 부근에 바늘로 찌르는 듯한 아픔을 느끼면서 침상에서 일어났다. 가슴이 너무 아파서 숨을 쉬기 어려웠다. 잠시 침상 가장자리에 엉덩이를 붙이고 가슴을 움켜잡은 채 숨을 골랐다. 차 한 잔 마실 시간이 지나자 심장의 통증은 사라졌다.

하정원은 창가로 다가갔다. 이미 묘시(卯時)가 되어 수부들이 움직이고 있었고, 패왕호 옆에는 하정원이 타고 갈 것으로 보이는 쾌속선이 정박해 있었다. 하정원은 한 시진 후에 있을 출발을 생각하며 숨을 깊이 들이마셨다. 새벽 하늘에 뜬 구름에 저녁노을 같은 빛이 점점 더 시뻘겋게 물들면서 강물을 덮쳐 오고 있었다.

8장

혈겁은 물건을 따라온다

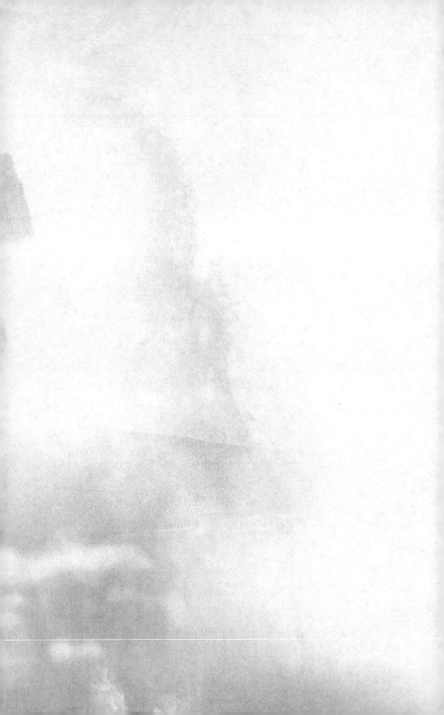

묵환默環

하정원이 패왕호에서 잠을 자다 꿈속에서
부모를 본 이른 새벽의 어슴푸레한 미명(未明) 속에서 백여
명의 혈포인이 파동 금하장이 내려다보이는 구릉 위에 모여
있었다. 혈포인들의 뒤에는 흑의 경장을 입은 사내와 흰색 비
단 경장을 입은 여인이 서 있었다.

"쥐새끼 한 마리도 놓치지 말고 모두 마당으로 끌어내라!"

혈포인들의 우두머리로 보이는 사내가 냉막한 음성으로
명령했다. 사내의 명령에 따라 십여 명쯤 되는 조장의 지휘에
따라 혈포인들이 일사불란(一絲不亂)하게 흩어졌다. 그리고
사방으로부터 금하장의 담을 넘기 시작했다. 경장 차림의 남

녀와 명령을 내린 중년 사내는 구릉에서 움직이지 않았다.

"고(高) 단주, 백정구(白精球)를 하태호가 획득했다는 정보는 정말 확실한 거요?"

흑의를 입은 사내가 말했다. 넓은 이마, 묵직하게 자리 잡은 코, 정광이 넘치는 눈을 가진 이십대 중반의 청년이었다.

"네. 신(臣) 고극수가 신마단(神魔團)으로부터 받은 정보에 의하면 하태호가 여섯 달 전 천산(天山) 아래 타클라마칸[塔克拉瑪干] 사막에서 백정구를 획득했다고 합니다. 그 후 하태호는 다른 데는 들르지 않고 곧장 집으로 돌아와 네 달 전에 집에 도착했습니다. 물건은 금하장에 있을 것이 틀림없습니다. 대공자는 염려하지 마십시오."

대공자라 불리운 청년의 눈살이 찌푸려졌다.

"나는 이 일의 진행 방식이 맘에 안 드오. 희 매(姬媒)도 마찬가지 아니오?"

사내가 백의여인에게 물었다. 둥글고 시원한 눈매에 그린 듯한 눈썹의 빼어난 미모를 가진 이십대 초반의 여자였다. 흰색 비단 경장에 모란꽃이 수놓인 당화를 신고 있었는데 아름다운 자태와 고귀한 기품이 한데 어우러져 있었다.

"네. 저도 이런 방식으로 일이 처리되는 것은 좀 문제가 있다고 생각해요. 이번 일은 전적으로 혈마단(血魔團)를 맡고 계신 고 단주께서 주관하시는 일이기는 하지만… 금하장에 세작(細作)을 넣어서 정확한 정보를 차분하게 확보했더라면 더 좋았을 거라고 생각해요."

여인이 미간을 약간 찌푸리며 말했다.

"공녀(公女), 장강의 일도 대공자의 말씀을 받아들여 금호채에 손익성 부단주 한 명만 보냈다가 실패했다는 것을 어제 연락받았지 않습니까. 만약 제 생각대로 한 스무 명쯤 보냈더라면 반드시 성공했을 것입니다."

고 단주라고 불리운 혈포중년인이 차갑게 말했다.

"글쎄… 만약 그렇게 했다면 혈패천이 장강을 장악하려 한다고 소문이 나서 당장 강호 전체가 들고일어났을지도 모르지."

대공자가 떨떠름한 목소리로 이야기했다.

"일이란 어떨 때에는 거칠고 단호하게 밀어붙여야 합니다. 아무튼 금하장은 저에게 맡겨주십시오."

고 단주가 딱 잘라 말했다.

이들은 혈패천의 고수들이었다. 야차마장(夜叉魔掌) 고극수는 혈패천 최강의 무력 부대인 혈마단의 단주를 맡고 있었다. 대공자는 혈천고성(血天孤星) 갈천휘로서 혈패천주(血覇天主) 예무단의 유일한 제자였다. 혈패천의 다른 원로들의 자제와 구분하기 위하여 '대공자'라 불리고 있었다. 지난 오 년 동안 폐관 수련을 하고 이번에 나온 것이다. 여인은 북모란(北牡丹) 예서희로서 혈패천주 예무단의 무남독녀였다.

"저희 혈마단이 이번에 부여받은 세 가지 임무는 반드시 성공시켜야만 될 일입니다. 그중에서 이미 장강의 무한 이서(以西)를 장악하는 일은 당분간 더 손써볼 수 없는 상황이 되어버렸습니다. 타초경사(打草驚蛇:풀섶을 섣불리 건드려 뱀이 달아나 버린다는 뜻)가 되어버리고 말았지요. 금호채의 일이 실패함에 따라 장강수로채뿐 아니라 그와 관련이 있는 모든 세력이 초긴장 상태에 들어가 버리고 말았습니다."

혈마단주의 눈에는 대공자를 원망하는 빛이 가득했다.

"나머지 두 가지 임무는 반드시 성공시켜야 합니다. 필히 금하장에서 백정구를 확보해야 합니다. 또한 아미파에서 치료를 받고 있는 천음절맥(天陰絶脈)의 여인 또한 반드시 손에 넣어야 합니다. 게다가 저희는 시간이 없습니다. 아미의 일까지 마친 후 구월 전에는 천(天)에 복귀해야 합니다."

"글쎄, 나도 이 세 가지 임무를 반드시 완수하고 싶소. 하지만 무공을 모르는 상가(商家)의 사람들을 잡아 죽인다고 일이 잘되는 것은 아닐 것이오."

대공자가 담담하게 말했다.

"상인들은 무인보다 더 지독합니다. 혹독하게 다루지 않으면 사람을 농락해서 속이지요. 이번 일은 제가 맡았습니다. 제 방식대로 처리하겠습니다."

고극수가 조금도 물러서지 않고 말했다.

장원의 담장을 넘어 들어간 백여 명의 혈포인들은 혈마단 제삼백인대였다. 백인대주 채수열은 직접 열 명을 이끌고 하태우의 침소로 보이는 건물로 들이쳤다.

쾅!

잠옷 바람으로 탁자에 앉아 새벽부터 장부를 뒤적이고 있던 하태우는 문짝이 요란하게 열리며 열한 명의 혈포인이 들이닥치자 탁자에서 벌떡 일어났다. 하태우에게 차를 따라 주고 있던 평상복 차림의 사씨의 얼굴이 경악으로 물들었다.

"누구요?!"

혈포인 중 하나가 아무 말 없이 하태우의 오른팔을 잡아서 등 뒤로 돌려 사정없이 꺾었다.

우드득!

"으아아악!"

어깨 관절이 빠지면서 하태우는 고통스러운 비명을 지르며 머리를 앞으로 숙인 채 고꾸라질 수밖에 없었다. 또 다른 혈포인이 사정없이 사씨의 머리채를 휘어잡아 아래로 짓눌렀다. 사씨 역시 한 마리 짐승과 같은 자세가 되었다.

"너무 심하게 하지 마라! 쓸데없이 잔혹하게 다루지 말도록! 자, 두 명은 이 사람들을 마당으로 끌어내고 나머지는 방을 뒤지도록!"

채수열이 건조한 목소리로 혈포인들에게 명령했다. 무공을 전혀 할 줄 모르는 금하장을 습격한 혈마단의 행사는 정말 채수열의 마음에 들지 않았다. 혈마단의 평소 행실로 보면 오늘 금하장에는 개 새끼 한 마리 남지 않고 모두 죽게 될 것이다. 이미 마제충렬공을 익힌 혈마단원들의 눈은 광기와 살기로 번들거리고 있었다. 방에 남겨진 여덟 명이 침상과 탁자를 뒤집어엎고 책장을 쓰러뜨리며 여기저기 침실 바닥을 파헤치기 시작하자 채수열은 슬그머니 빠져나왔다. 채수열의 눈에 혈마단원 하나에게 잠옷 바람으로 목덜미가 잡힌 채 대롱대롱 들려오고 있는 세 살가량의 사내아이의 모습이 들어왔다.

"그건 또 뭐야?"

"금하장 총관집 애새끼인 것 같습니다. 아주 야들야들한데요. 머리통도 복슬복슬합니다."

대답을 하는 혈마단원의 입매에 잔혹한 미소가 그려졌다. 당장이라도 담벼락에 던져 머리를 깨서 죽이고 싶어 하는 심정이 고스란히 묻어 나왔다.

"내놔라! 내가 들고 가겠다!"

혈마단원은 아이의 뒷덜미를 잡은 손을 채수열에게 불쑥 내밀었다. 채수열은 아이의 허리춤을 잡아 들었다. 아이는 다시 숨을 쉬게 되었는지 캑캑거렸다.

"그 새끼, 담벼락에 패대기치면 아주 볼 만할 텐데……."

혈마단원이 아쉽다는 듯 혼잣말로 중얼거렸다.

"쓸데없는 소리 말고 어서 물건이나 찾아봐!"

채수열은 한 손에 아이를 든 채 마당으로 천천히 나갔다.

마당에는 이미 금하장의 모든 식솔들이 무릎을 꿇은 채 잡혀 와 있었다. 하태호 부부뿐 아니라 총관 집의 네 식구와 네 명의 아주머니, 열한 명의 청년이 끌려 나와 있었다. 청년들은 금하장에서 먹고 자면서 파동 항구의 금하상단에 나가 일하는 사람들로 보였고, 아주머니들은 금하장에서 허드렛일을 하는 사람들이었다. 누가 보아도 그야말로 중소 도시의 전형적인 상가의 식솔들이었다.

청년들 중에는 반항하다가 팔다리가 부러진 이가 서너 명 보였고, 한 명은 양쪽 귀가 베어져 나가서 귀가 있던 부분을 누르고 있는 손바닥 아래로 피를 흥건히 흘리고 있었다. 채수열은 입맛이 쓰고 온몸의 맥이 풀리는 것 같았다. 위대한 혈패천의 혈마단이 고작 무공도 모르는 시골 도시의 상가 식솔들을 학살한다는 게 영 마음에 들지 않았다.

채수열이 한 손에 아이를 든 채 마당으로 들어서고 있는 모습을 본 제삼백인대 부대주 탁남태가 말했다.

"대주, 다 끌어냈습니다. 대원들은 집안을 샅샅이 뒤지고 있습니다."

"음, 가서 단주님께 보고하시오."

채수열은 무기력한 음성으로 말했지만 탁남태 부대주는 신이 나서 금하장 밖 언덕 쪽으로 신형을 날렸다. 잠시 후 고극수와 대공자, 공녀가 나타났다.

"채 단주, 무슨 문제가 있나?"

고극수가 채수열에게 마땅치 않은 기색을 보이며 물었다.

"네. 아직 젖 냄새가 나는 꼬맹이가 하나 있습니다."

채수열이 한 손에 든 아이를 약간 들어올리면서 말했다.

"애라도 예외는 없어! 오히려 본보기가 될 수 있지! 자, 이리 던지게!"

고극수가 잔혹한 미소를 띠면서 말했다. 그의 말에 하태호와 사씨의 안색이 확 바뀌었고, 총관 부부는 실신했다. 금하장의 사람들은 오늘 이 자리에서 모두 죽게 될 것임을 직감했다.

"애들까지 잡아 족친다고 해결될 문제는 아닌 것 같습니다만⋯⋯."

채수열이 조심스럽게 말했다. 순간 고극수의 두 눈이 살기로 번들거렸다.

"언제부터 우리 혈마단이 상관의 명령에 대해 말꼬리를 붙이게 됐나?"

채수열은 아이를 든 채 꼼짝도 하지 않았다. 고극수의 전신에서 살기가 스멀스멀 피어올랐다. 공녀가 중간에 나서지 않았다면 채수열은 고극수의 손에 숨졌을 것이다. 공녀가 채수열에게 다가갔다.

"채 대주, 아이를 내게 줘요. 내가 데리고 금하장 바깥에 나가 있을 테니까."

아이를 공녀에게 넘겨주는 채수열의 눈에 깊은 비애가 비쳤다.

"공녀, 아이라고 해서 예외는 없습니다!"

혈마단주가 냉랭하게 소리쳤다.

"고극수 단주, 저는 일을 이런 식으로 해서는 백정구를 얻을 수 없을 것이라고 말씀드렸는데요!"

공녀는 한마디 쏘아붙이곤 아이를 안은 채 금하장 밖으로 나갔다.

"우리 혈패천은 패(覇)요. 세 살도 안 된 아이를 잡아 죽이는 것은 패(覇)가 아니오! 이번 임무는 고 단주 소관이니까 내가 더 이상 참견하지 않겠지만, 이 세 살도 안 된 어린아이에게 손을 대려면 먼저 나를 꺾어야 할 것이오!"

대공자도 침중한 목소리로 혈마단주에게 말하고는 공녀를 따라 나갔다.

아이는 총관의 막내인 다섯 살 먹은 여강수였다. 여강수는 원래 약하게 태어난 데다가 어렸을 때 심하게 아파서 다섯 살인 데도 불구하고 세 살도 안 되어 보였다. 강수는 공녀의 품에 안겨 금하장 바깥으로 나가는 와중에도 공포에 가득 찬 두 눈으로 마당을 빙 둘러싸고 있는 오십여 명의 혈포인들을 유심히 보고 있었다. 금하장 담 밖에 있는 강수의 귀에는 안에서 들리는 소리가 차곡차곡 쌓이고 있었다.

여강수의 일로 심사가 어지러워진 고극수가 두 눈에서 살기와 광기를 번들거리면서 하태호에게 물었다.

"네놈이 하태호냐?"

"그렇소."

하태호는 이들의 분위기가 심상치 않음을 알고 고분고분하게 대답해 봐야 살아나기 힘들다는 것을 이미 느끼고 있었다. 자연히 하태호의 대답이 퉁명스러워졌다.

"그렇소? 흐흐, 상인 놈이 대가 세구나."

고극수는 차갑게 냉소를 흘렸다.

"사조, 세 놈만 본보기를 보여주거라!"

고극수의 명령이 떨어지자마자 사조에 속한 것으로 보이는 혈포인 세 명이 검을 뽑아 가장 가까운 데에 무릎을 꿇고 있던 한 명의 아주머니와 두 청년의 목을 쳤다. 워낙 빠른 손속이었기 때문에 비명조차 없었다. 목이 달아난 몸통은 무릎으로 두세 걸음 걷다가 풀썩 엎어졌다. 피가 분수처럼 튀어 주위 사람들에게 피칠갑을 했다. 사람들은 너무 놀라서 비명조차 지르지 못하고 부들부들 떨었다. 사람들의 두 눈이 경악과 공포로 물들었다.

하태호는 이 자리가 죽을 자리라는 것을 다시 한 번 직감했다. 여강수를 둘러싸고 자기들끼리 주고받은 이야기를 보아도 이 악마 같은 자들은 결국에 이 자리에 있는 모든 사람을 죽일 것이라는 생각이 들었다. 하태호는 만감이 교차하는 눈빛으로 사씨를 보았다. 이 재산을 모으기 위해 젊어서부터 같이 고생해 온 부인이었다. 두 손은 평생 일을 하고 살아서 손

마디가 웬만한 장정보다 굵었다. 신혼 초에는 가냘픈 새댁이
었지만 그동안 하태호와 함께 여러 고비를 넘기면서 이제는
여장부가 되어 있었다.

사씨 역시 슬픔과 체념이 그득한 눈빛으로 하태호를 보았
다. 사씨는 가볍게 고개를 끄덕여 하태호에게 인사를 했다.
하태호의 입가에 모든 것을 체념한 사람의 웃음이 약하게 걸
렸다.

"우에엑!"

사씨는 사람의 목이 떨어져 나가는 광경에 구역질을 하는
것처럼 꾸며서 양손으로 가슴을 잡고 상체를 앞으로 숙였다.
사씨는 상체를 숙인 채 품에서 날이 세 치, 자루가 네 치인 은
장도를 꺼내어 입에 물고 얼굴을 땅에 처박았다. 마당의 흙
냄새가 사씨의 코에 훈훈하게 느껴졌다.

"이런 독한 년이 있나!"

고극수는 달려들면서 사씨를 걷어찼다. 삼사 장을 튕겨져
날아가는 사씨의 뒤통수 숨골에는 은장도의 날이 이미 한 치
반이나 튀어나와 있었다. 사씨의 죽음은 금하장 사람들로부
터 공포를 없앴다. 고극수는 일이 꼬였다는 것을 직감했다.

"이런 지독한 장사치들! 하태호! 내가 묻는 말에 순순히 대
답하면 목숨만은 살려줄 것이다! 백정구는 어디 있나?"

고극수가 냉막한 음성으로 물었다.

"백정구가 누구요? 그 사람을 찾는다고 이 짓을 한 거요?"

하태호가 오히려 화를 내며 되물었다. 하태호는 이미 사는 것을 포기한 사람의 표정이었다. 안색은 기이하도록 창백했으며 눈빛은 호수와 같이 담담했다. 혈마단주뿐 아니라 혈패천에서 온 누구도 설마 하태호가 '백정구'라는 용어를 모를 것이라고는 전혀 생각하지 못했다. 하태호가 기물(奇物)인 백정구를 사람인 것처럼 말을 하자 혈패천의 인물들은 그가 거짓말을 하고 있거나 빈정거리고 있다고 생각했다.

특히 사씨의 단호한 자살은 혈패천에서 온 사람들의 기를 질리게 만들었다. 혈마단주는 조급해지기 시작했다. 곧이어 잔혹한 일이 벌어지기 시작했다. 사람들은 하나씩 죽어갔으며 신체가 온전한 채 단숨에 죽은 사람은 하나도 없었다. 아혈을 짚어 비명조차 나오지 못하게 한 상태에서 혈마단주는 참혹한 고문을 겸한 학살을 집행했다.

그 이후에도 혈마단의 만행은 하태호의 전신을 포를 떠서 죽이는 것이 진시(辰時)까지 계속되었다. 사씨의 죽음 이후 하태호는 죽음에 대해 초연해졌을 뿐만 아니라 고통조차 느끼지 못하는 것 같았다. 전신이 포가 떠지는 데에도 마지막 숨이 넘어갈 때까지 노래를 홍얼거렸다. 하태호의 입에서 백정구에 관해 알아내야 한다는 목표가 없었다면 혈마단은 그 노랫소리가 너무 듣기 싫어서 하태호를 일찌감치 죽였을 것이다. 질펀한 피바다 속에 누워 고문당하면서도 하태호는 혈마단원에게 이렇게 말하면서 형편없는 음치로 나직하게 노래를 불렀다.

"이 노래 알아? 내가 젊었을 때 풍류가 좀 있었거든. 항주에 아주 곱게 늙은 퇴기가 있었어. 그때 나이가 오십이 넘었는 데에도 아직도 고운 자태가 있었지. 그땐 내가 젊었을 때야. 그래서 노상 그 퇴기한테 '환갑 다음날 나랑 한번 잡시다'라고 농을 했었어. 하하하! 정말 곱게 늙은 퇴기였어. 내가 그 퇴기한테 배운 인생불가지(人生不可知:인생은 알 수 없다)란 노래 하나 부를 테니 잘 들어봐."

있는 것은 장차 반드시 없어지고[有必將至無],
없는 것은 반드시 흘러 있는 것이 되네[無必流爲有].
생명은 장차 반드시 죽게 되고[生必將至死],
죽은 것은 반드시 변해서 생명이 되네[死必轉爲生].
흘러 흐르고 변해 변하는구나[流流轉轉兮].
시작도 없고 끝도 없구나[無始無終兮].
의기를 느껴 분노하는 가슴에도 더러운 마음이 숨어 있거늘[義憤藏汚心],
옳고 그름은 한낱 봄날의 꿈일 뿐이네[是非一春夢].

"어때, 노래 좋지? 자손 만대까지 인간 백정질 해먹고 살거 아니라면 자네들도 마음 좀 고쳐먹어야 할 거야. 인생을 반성하고 살라구."

결국 혈마단은 백정구에 대해 하나도 알아내지 못한 채 금하장을 나올 수밖에 없었다. 혈마단주는 '하태호가 백정구를 획득했다'는 정보가 엉터리였다고 결론지었다.

북모란 예서희는 강수의 수혈을 얕게 찔러 금하장의 대문 앞에 내려놓았다. 옆에서 그것을 보던 혈마단 백인대주 채수열이 집안에 들어가 옷가지를 들고 나와서 아이의 머리에 괴어 누운 자리를 고쳤다. 아이가 잠결에 대문의 계단으로 굴러 떨어지는 것을 막기 위함이었다. 채수열 역시 아까 고극수가 하태호를 포를 뜰 때 하마터면 구토를 할 뻔했다. 잔인할 필요가 있을 때에는 이보다 백배천배 잔인해질 수 있지만 무공을 모르는 작은 상가 식솔들을 상대로 이런 참극을 벌이는 것은 무인의 도리가 아니라고 생각했다. 북모란 예서희와 혈천고성 갈천휘는 입술을 굳게 물고 안색을 깊게 찌푸린 채 혈마단의 뒤를 따랐고, 그 그림자를 쫓아 채수열이 움직였다. 참으로 화창한 늦여름 아침이었다.

만약 혈패천의 사람들이 하태호에게 점잖게 찾아와서 백정구가 무엇인지 잘 설명했더라면, 하태호는 얼싸 좋다 하고 괜찮은 가격에 백정구를 팔았을 것이다. 하태호는 지난 넉 달 동안 백정구를 아주 잘 사용해 왔지만 실은 그 이름도 몰랐다. 낙타 대상을 따라 천산 비단길[天山絲路]의 돈황(敦煌)을 구경하러 나섰다가 타클라마칸 사막에서 백정구를 발견했다. 고기라도 익힐 것 같은 뙤약볕이 내리쬐이는 사막에 잠시 털썩 주저앉았는데 하태호가 앉은 데만 서늘하고 시원했다. 이상하게 여겨서 더듬어보자 반경 열 장쯤 되는 땅만 서늘한 것이었다. 하태호는 길 안내꾼을 불러 이 지점을 정확하게 기억할 수 있는지 확인했다.

낙타 대상의 여정이 끝나 오로목제로 간 하태호는 다시 그 길 안내꾼을 고용하고 두 명의 일꾼을 더 고용해서 사막으로 나섰다. 모래를 파헤치자 직경 한 자가 넘는 공같이 생긴 물건이 나왔다. 공은 너무 차가워서 손으로 만지면 그 순간 손가죽이 들러붙어 떨어져 나갈 정도였다. 낙타 털로 만든 양탄자를 잘라 여러 번 공을 싸고 다시 대여섯 겹의 나무 상자로 포장하자 한기가 좀 덜 느껴졌다.

하태호는 집으로 공을 가지고 돌아오면서 무슨 용도로 사용해야 할지 고민했다. 파동은 옛날부터 온천으로 유명했다. 금하장의 뒷마당에는 서너 평쯤 되는 허름하게 판자로 지은 작은 목욕탕이 있었다. 거기에서는 팔팔 끓는 온천 원수(原水)가 나오고 있었는데 이제까지는 우물에서 물을 길어다 찬물을 섞어서 사용해 왔다. 하태호는 문득 이 공으로 온천 원수를 식힐 수 있다는 생각에 입가에 흐뭇한 미소가 흘렀다. 부인 사씨가 이 년 전부터 관절염을 앓고 있어서 점점 더 목욕을 자주 하고 있었다. 하태호는 이 공을 사용하면 찬물을 섞지 않고도 온천 원수의 온도를 적당하게 식혀서 탕으로 넣을 수 있을 것 같았다.

백정구라고 불리우는 이 공은 지난 넉 달간 허름한 목욕탕에서 온천 온수를 식히는 냉각기로 사용되어 왔다. 하지만 누구라도 금화 삼십 냥을 내놓고 공을 팔라고 했으면 하태호는 냉큼 팔아치웠을 것이다. 하태호는 장사꾼이었고, 백정구는 목욕탕에서 쓰이는 기물(奇物)에 불과했기 때문이다.

*   *   *

두 시진쯤 지나서 강수는 수혈이 풀려 일어났다. 본능적으로 강수는 금하장으로 들어가지 않고 걸어서 대장장이 마씨의 집으로 갔다. 마씨의 늦둥이 막내인 소두가 강수의 둘도 없는 친구이기 때문이었다. 강수의 안색은 백짓장 같았고, 입은 반쯤 벌려져 있었으며, 눈동자는 멍하게 풀려 있었다. 충격이 너무 컸던 것이다.

마씨를 만나서도 강수는 아무 말도 하지 못했다. 마씨는 강수의 태도가 매우 이상한 것을 보고 금하장으로 갔다가 참혹한 광경을 보고는 그 자리에서 까무러쳤다. 오후에는 포쾌 두 명이 왔지만 대문을 열고 마당을 보더니 바로 줄행랑을 쳤다. 이런 참혹한 대형 살인 사건을 겪은 적이 없는 파동 현청은 아무 조치도 취하지 못하고 우왕좌왕하기만 했다.

결국 대장장이 마씨가 나서서 마을 사람들의 돈을 추렴하여 광목을 샀다. 마당의 시체와 살점과 뼈 조각을 간신히 덮기만 한 것이 다음날 오후였다. 현청에서는 계속 회의가 열렸지만 현장을 조사하기는커녕 시신을 수습하러 보낼 사람조차 선뜻 구하지 못했다.

결국 참사가 있은 다음날 오후 늦게 현청에서 사람들이 나왔다. 다른 일은 하지 않고 금하장의 정문에 금줄을 치기만 했다. 명분은 '의창(宜昌)에서 살인 사건 전문 포쾌가 올 때까지 현장을 건드리지 않고 보존한다' 는 것이었다.

*　　　*　　　*

패왕호를 떠나 쾌속선을 타고 출발한 지 이틀째 되는 날 새벽, 하정원의 눈에 고향 파동의 항구가 들어오기 시작했다. 고향에 돌아오는 하정원의 마음은 기쁨과 설렘에 들떠 있지 않았다. 오히려 불안감에 짓눌려 있었다. 쾌속선에서 잠을 잔 이틀 동안 하정원은 패왕호에서 보낸 마지막 밤에 꾸었던 것과 똑같은 꿈을 꾸었던 것이다. 흰옷을 입고 화려한 모란꽃이 수놓인 신을 신은 부모가 자꾸 멀어져 가는 꿈이었다. 사흘 연속 같은 꿈을 꾸고 나자 불길한 예감이 점점 더 마음을 짓눌러 왔다.

이른 새벽 묘시(卯時)경, 쾌속선이 항구에 닿자마자 하정원은 배에서 뛰어내려 시내를 에두르는 인적 없는 길을 택하여 최고의 속도로 경공을 발휘했다. 저 멀리 집이 보였다. 이 시간이면 벌써 인기척이 있고 몇 군데 불이 밝혀졌어야 한다. 굴뚝에서는 장작 때는 냄새가 나야 한다. 그런데 마치 집 전체가 죽어 있는 것 같았다. 하늘을 돌고 있는 운이 갑자기 내려와 달리고 있는 하정원의 어깨에 앉더니 머리를 하정원의 목덜미에 마구 비볐다.

정문에 쳐져 있는 금줄을 보는 순간 하정원의 가슴은 만 장 절벽에서 떨어지는 것처럼 철렁했다. 조심스럽게 정문을 열고 들어섰다. 어지럽게 펼쳐져 있는 흰 천이 보였고, 시신이 부패하는 냄새가 코를 찔렀다. 하정원은 미친 듯이 흰 천을 걷어내기 시작했다. 대부분 머리만은 온전했으나 나머지 부분은 사람의 몸뚱이라고 할 수 없는 시신들이었다. 사씨의 시신과 찢어진 걸레 쪽이라고 할 수밖에 없는 하태호의 시신을 나란히 놓은 하정원은 썩어가는 살점과 진물이 되어버린 핏물이 질퍽한 마당에 철퍼덕 주저앉았다. 아무 소리도 나오지 않고 눈물도 나오지 않았다. 하정원의 두 눈에서는 공허함과 슬픔과 분노가 계속 교차하고 있었다.

한 시진쯤 지나자 금하장에서 짐승과 같은 비명과 통곡 소리가 흘러나오기 시작했다. 마을 사람들은 처음에는 귀신의 울음인 줄 알고 움츠러들었다. 그러나 간간이 짐승의 비명과 울음소리 중간에 '어머니', '아버지'라는 사람 말이 섞여서 들리는 듯하자 마을 장정 아홉 명이 모여서 금하장으로 몰려

갔다.

그중에는 하정원의 깨복쟁이 친구인 마대두와 이소평도 있었다. 양손, 얼굴, 온몸에 시체에서 나온 진물과 썩은 핏물이 묻은 괴물이 하정원이라는 것을 알아본 것은 마대두였다. 하정원의 울음에 전염되어 마대두와 이소평도 통곡을 하기 시작했고, 이어서 금하장에 같이 올라온 나머지 일곱 명의 장정도 소 울음 같은 소리를 내기 시작했다. 이 울음소리를 듣고 줄줄이 금하장 문 앞으로 몰려온 마을 사람들도 따라서 울기 시작했다. 거의 반 시진 이상 울고 난 후 사람들은 공포와 충격으로부터 벗어날 수 있었다. 울음은 때로는 공포나 충격보다 강하다.

하정원은 친구들의 도움을 받아 시신을 수습했다. 한꺼번에 그 많은 관이 있을 리 없으므로 마당에 있던 굵은 오동을 베고 헛간에 보관되어 있던 깨끗한 판자를 사용하여 스무 개가 넘는 칠성판을 만들었다. 시신을 칠성판 위에 누이고 새 광목으로 다시 덮었다.

마을 사람들은 하정원과 장정들이 칠성판을 만들어 시신을 누이는 동안 금하장 앞 텃밭을 뭉갰다. 가슴 높이에 이르는 장작더미 스물두 개를 쌓았다. 하정원은 아버지가 선물용으로 수집한 골동품 항아리 수십 개 중에서 유골함으로 쓸 만한 것들을 골랐다. 이 모든 준비를 마치고 나자 어둑어둑해지고 있었다. 하정원은 스물두 개의 장작더미 하나하나에 칠성판을 올리고 화장을 시작했다. 그리고 장작불 옆에서 친구들과 함께 꼬박 밤을 새웠다. 사람들이 먹을 것을 가져다 주었으나 하정원은 물 한 방울 입에 대지 않았다. 다음날 아침 불이 사그라들자 하정원은 뜨거운 재에 손이 데는 줄도 모르고 두 시진 넘게 유골을 추려서 유골함에 안장했다.

하정원은 유골함 하나하나에 이름을 적었다. 이름을 적다가 한동안 붓을 놓고 소리없이 눈물을 흘리기도 했다. 스물두 개의 항아리 중 하태호와 사씨의 것을 제외한 스무 개의 항아리는 마대두에게 부탁하여 대장간에 보관했다가 유족과 연락이 되는 대로 내어주도록 했다. 하태호와 사씨의 것은 행낭에 챙겼다. 마대두가 눈치를 채고 얼른 집으로 가서 미숫가루와 건포를 가져다가 하태호의 행낭에 넣어주었다. 하정원은 그 길로 천천히 걸어서 축융산으로 올라갔다.

*   *   *

하정원은 물안골을 지나고 범바위 능선을 지나 장군봉 밑에 있는 동굴로 갔다. 사 년 만에 돌아온 하정원의 집이었다. 동굴 앞을 가려놓았던 돌과 나무를 치우고 다시 동굴 앞의 공터에 앉았다. 하염없이 앉아 있던 하정원은 밤이 되자 유골함 두 개를 안은 채 밤바람에 축축이 젖기 시작한 풀밭에 드러누웠다. 큰 별, 작은 별, 가까운 별, 먼 별, 밝은 별, 덜 밝은 별이 소리없이 쏟아지듯 반짝이고 있었다. 아직도 어디선가 어머니와 아버지가 불쑥 자신의 이름을 부르며 나타날 것만 같았다. 한 시진쯤 지나자 유골함을 안은 채 하정원은 어느새 잠에 빠져들고 있었다.

하룻밤 자고 나서부터 식욕이 생기기 시작하여 대두가 챙겨준 미숫가루와 건포를 먹었다. 음식을 우물거리면서 하정원은 해야 할 일을 곰곰이 따져 보기 시작했다. 우선 파동에 며칠 머물면서 단서를 수집해야겠다고 생각했다. 그리고 일단 아미파로 가서 심부름을 마친 후 범인의 윤곽이 잡히면 정주로 돌아가는 대신 범인부터 잡아야겠다고 다짐했다. 시뻘겋던 분노의 불길은 이제 하정원의 가슴속에서 하얗게 타오르는 백열(白熱)로 갈무리되기 시작했다.

마음을 정하고 나서 하정원은 맹렬히 먹기 시작했다. 대두가 싸준 건포와 미숫가루가 떨어지자 운을 시켜 꿩을 잡아오게 하여 배를 더 채웠다. 숲에서 하룻밤을 더 잔 하정원은 새벽 일찍 유골을 숲에 뿌렸다. 빈 항아리를 동굴 앞 공터 한 구석에 묻은 후 나는 듯이 달려서 파동으로 내려갔다.

〈제1권 끝〉

FANTASTIC ORIENTAL HEROES

무한 상상 · 공상 세계, 청어람 신무협&판타지

『한백무림서』11가지 중『무당마검』,『화산질풍검』을
잇는 세 번째 이야기 『천잠비룡포』의 등장!!

천상천하 유아독존!!
새로운 무림 최강 전설의 탄생!!

『천잠비룡포』
(天蠶飛龍袍)

천잠비룡포(天蠶飛龍袍) / 한백림 지음

천잠비룡황, 달리 비룡제라 불리는 남자.

그는 누군가의 명령을 받고 움직이는 남자가 아니다.
그는 자신의 적을 앞에 두고 물러나는 남자가 아니다.
그는 자신의 이름 안에 있는 자들의 원한을 결코 잊는 남자가 아니다.

그 누구보다도 결정적이고 파괴력있는 면모를 지닌 남자.
황(皇)이며, 제(帝). 그것은 아무나 지닐 수 있는 칭호가 아니다.
그는 제천의 이름으로도 제어할 수가 없는 남자였다.

무적의 갑주를 몸에 두르고
가로막은 자에게 광극의 진가를 보여준다.

입소문을 통해 아는 분은 다 알고 계십니다!
올 한해 공인중개사 최고의 화제작!

1~2권 합본 | 이용훈 지음
3~4권 합본 | 이용훈 지음
5~6권 합본 | 이용훈 지음
용 어 해 설 | 이용훈 지음
1~2차 문제풀이집 | 이용훈 지음

수험생 기본 필독서
만화 공인중개사

제목 : 만화공인중개사 쓰신 분에게 감사드립니다.

학원을 두달 다녔어요. 근데 과연 그 숫자 와우기 그렇게 몇 문제나 나올까 생각을 했어요.

아니라는 생각이 드네요. 학원강의를 뒤로 하고 서점을 갔어요. 내 머리에 가장 이해될 수 있는 책이 없나 하구요. 거기서 만화를 발견했어요. 무조건 세번 봤어요. 3개월 걸렸어요. 문제집을 보라고 했는데 그건 시행을 못했어요. 근데 합격을 했네요.

어떻게 감사의 말을 해야 될지…

도서관에서 만화책 들고 다니니까 사람들이 비웃더라구요. 만화책으로 공인중개사를 공부한다고 미친사람처럼 보더라구요. 근데 그거 다 감수하고 했던 내가 자랑스럽습니다.

어떻게 감사의 말을 해야 할지 정말 감사합니다.

부디 행복하세요. 제 나이 41살에 좋은 스승을 만난 거 같습니다.

엎드려 감사드립니다.

-본사 홈페이지에 독자분이 올린 메일 中 에서 발췌-